# 万葉のひびき

鈴木久美子

本阿弥書店

## 万葉のひびき＊目次

装幀　渡邉聡司

# 凡　例

一、本書掲出『万葉集』の引用歌は『日本古典文學大系　萬葉集（一）～（四）』（岩波書店　一九五七年～一九六二年）と、『増訂　萬葉集全註釋（一）～（十四）』（角川書店　一九五六年～一九五七年）に拠った。なお、適宜付した振り仮名は同書の表記に従って歴史的仮名遣いを用い、漢字については新字体に改めた。

一、本文の表記は原則として新字体、現代仮名遣いを用いた。ただし、引用歌、引用箇所については歴史的仮名遣い、新字体を用いた。

# 万葉のひびき

# 日並皇子《ひなみしのみこ》の命《みこと》の馬並《な》めて御猟《みかり》立たしし時は来向《きむか》ふ

（巻一・四九）

『万葉集』の代表的歌人の一人である柿本人麿は、生没年不詳でその生涯は定かではないが、持統、文武朝時代に活躍し、行幸従駕の歌や皇子、皇女への挽歌など宮廷に関わる歌を多く詠んでいる。

掲出歌も「軽皇子《かるのみこ》の安騎《あき》の野に宿りましし時、柿本朝臣人麿の作る歌」と題された長歌と短歌四首の中の一首である。軽皇子（後の文武天皇）は、天武天皇の死後（持統三年・六八九）に即位直前で亡くなった草壁皇子（日並皇子）の遺児。阿騎野は、奈良県宇陀郡大宇陀町辺りの丘陵地帯、古くから皇室と関わった狩猟地であり、かつて草壁皇子も狩を行った。また、大和中央部より伊賀、伊勢への交通路でもあった。こうした地である阿騎野行は、長歌に次のように歌われる。

やすみしし　わご大王《おほきみ》　高照らす　日の皇子　神《かむ》ながら　神さびせすと　太敷《ふとし》かす
京《みやこ》を置きて　隠口《こもりく》の　泊瀬《はつせ》の山は　真木《まき》立つ　荒山道を　石《いは》が根　禁樹《さへき》おしなべ　坂
鳥の　朝越えまして　玉かぎる　夕さりくれば　み雪降る　阿騎《あき》の大野に　旗薄《はたすすき》　小《し》

竹《の》をおしなべ　草枕　旅宿《たびやど》りせす　古思《いにしへ》ひて　（巻一・四五）

我が大王の軽皇子は、神さながらに、立派な飛鳥の都から、険しく荒々しい泊瀬の山道を鳥のごとく越え、阿騎野に旅の宿りをなさると述べ、「古思ひて」と結んでいる。この阿騎野への旅は、単なる狩ではなく、「古思ひて」の旅、亡き草壁皇子を追慕する狩の旅なのである。そして、長歌の後に、狩の前夜から明け方、早朝まで、時間を追って詠まれた四首が添えられる。掲出歌は、次の三首に続く最後の一首である。

阿騎の野に宿る旅人打ち靡《なび》き眠《い》も寝らめやも古思ふに　（巻一・四六）

ま草刈る荒野にはあれど黄葉《もみちば》の過ぎにし君が形見とそ来し　（巻一・四七）

東《ひむかし》の野に炎《かぎろひ》の立つ見えてかへり見すれば月傾《かたぶ》きぬ　（巻一・四八）

——亡くなられた日並皇子（天皇と並んで天の下を治める）である草壁皇子が、馬を連ねて狩にお出かけになったあの朝の時刻が、今、やって来ようとしている。

天武・持統天皇の孫である軽皇子が、父の草壁皇子を追慕する狩を行ったのは、持統六年（六九二）冬頃と推定されている。この時、軽皇子はまだ十歳頃の少年であった。祖母にあたる持統天皇は、草壁皇子が果たせなかった皇位の継承を、孫に望んだにちがいない。その持統天皇の思いも深く関わっていたのではないだろうか。

かつて阿騎野へ草壁皇子の狩に供をした柿本人麿は、一連の歌に、自分だけでなく軽皇子その人と、この旅に従った全ての人々の思いを込めた。飛鳥京をあとに雪の阿騎野に到着した一行は、夜明けを待って草枕の旅の宿りをする。荒野を冷たい風が吹き渡る中、人々は在りし日の草壁皇子を偲び、眠れぬ夜を過ごしたことであろう。やがて東方に暁の光が見え始め、狩場の夜が明けると狩の時刻になる。馬のいななきが聞こえ、人々の立ち動く気配も感じ取れるようだ。

掲出歌は「の」の音が重ねられ、高らかに歌いあげていくような調子が心に響いてくる。そのリズムの中に、馬を並べて狩に立たれた草壁皇子の颯爽とした姿が浮かび、いよいよ高まる追慕の情が迫ってくる。後半のきっぱりとした表現も「今、まさに」という緊張感、期待感を伝える。荒涼とした冬の阿騎野を舞台に、そこにこの時を過ごした人々の思いを、ドラマのように歌いあげた一連の最後のこの歌は、くっきりとした強い印象を残す一首である。人麿は、軽皇子に、若くして世を去った草壁皇子を見ているのだろう。

学生時代、研究会の万葉の旅で初めて阿騎野を訪れたのは昭和四十二年（一九六七）の暮れ、十二月二十一日であった。冬枯れの阿騎野は寒々とし雪も舞った。やや上り詰めた台地にポツンとあった佐佐木信綱筆の「東の……」の歌碑を見、老杉に囲まれてひっそりと鎮まる阿紀神社に足を運んだ。

昨年（二〇〇二）の冬、阿騎野を訪ねた。三十数年ぶりの阿騎野は静かで明るく穏やかだった。あの頃のように落ち葉を踏みしめて、歌碑の周辺を整備した「かぎろひの丘万葉公園」から阿紀神社まで歩いていると、いつになく強く学生時代の万葉の旅が思い出された。岡野弘彦先生や先輩達に導かれひたすら歩いた冬の日。「明け方、人麿が恋人のもとから走ってこの道を帰ったんだ」という先生の話に心躍らせながら歩いた山辺の道、芋峠越えの吉野路、多武峰から明日香への下り道、飛鳥路、当麻、近江へと……。これらの旅があまりに印象深く、卒業後訪れるたびに、万葉の地や周辺が形を変え整えられていくことに戸惑いのようなものを感じていた。だが、今回阿騎野で、そうではなく、あの万葉の旅が宝ものとして自分の心にあることの幸せを意識し、あらためて先生や先輩、研究会の仲間達に深く感謝した。

あの旅の日からずい分遠く来てしまったが、また新たな気持ちで万葉の歌に向かい、心に響いてくる一首を確かめていきたいと思う。

（二〇〇三・五）

# 秋山の樹《こ》の下隠《かく》り逝く水のわれこそ益《ま》さめ御思《みおもひ》よりは　（巻二・九二）

古風な趣の美しい歌である。歌の中心は「われこそ益さめ御思よりは」という後半にあることはいうまでもない。それを起こす前半の序詞を受け、つつましやかに人を恋い慕う気持ちが歌われている。

——静かな秋山の木々の下を隠れ流れて行く水が、次第に水嵩を増すように、私があなたをお慕いする思いの方がまさっているでしょう。あなたが私を思って下さるよりは……。

この歌は「天皇、鏡王女《かがみのおほきみ》に賜ふ御歌一首」として近江の国に在った天智天皇の、

妹が家も継ぎて見ましを大和なる大島の嶺《ね》に家もあらましを　（巻二・九一）

に応えた鏡王女の歌である。大和の大島の嶺（生駒郡と中河内郡との境の山、高安山ともいわれるが不明）の麓に住んでいたのだろう鏡王女に、自分の家も大島の嶺にあったらあなたの家をいつも見ることができるのにという天皇。鏡王女は、私の方こそ一層深くあなたに思いを寄せておりますと告げる。静寂の中にどこか燃えるような華やかさを秘めている秋の山、その木々の下陰をひそやかに流れ逝く水という序詞の美しさ。しかし、意外に

もかなりはっきりとした強さを感じさせる「われこそ益さめ御思よりは」の表現が響き、鏡王女という一人の女性に、あらためて心ひかれる。

鏡王女は、鏡王の娘で額田王の姉とも、また墓所が舒明天皇陵の域内にあることから、舒明天皇の皇女か皇孫ともいわれるが確かなことはわかっていない。後に、藤原鎌足の正室となるのだが、それ以前、贈答歌が示すように、天智天皇と交流があったということなのだろう。掲出歌の他に、天智天皇に関わる歌が巻四にある。額田王が天智天皇を偲んで詠んだ歌に和した形で作られている歌である。（巻四・巻八に共に重出）

君待つとわが恋ひをればわが屋戸《やど》のすだれ動かし秋の風吹く
（巻四・四八八／巻八・一六〇六）

風をだに恋ふるは羨《とも》し風をだに来《こ》むとし待たば何か嘆かむ
（巻四・四八九／巻八・一六〇七）

我が君のおいでをお待ちして恋しく思っていると、すだれを動かして秋の風ばかり吹いてくると歌う額田王に、鏡王女は、風だけでも待ち恋うことができるのはうらやましい、私には風さえ吹いて来ないと嘆いている。「わが恋ひ」「わが屋戸の」の音の響き、「風をだに」のくり返しが優しいリズムを作り、微妙な心の動きを伝える。額田王と鏡王女の姉妹関係は定かではないが、天智天皇への思いが、二人の女性の間でそれぞれに揺れているのがうかがえる。鏡王女は「風をだに恋ふるは羨し」と歌いながら、額田王を慰め幸せを念じているようにも感じられる。

鏡王女は藤原鎌足の正室となったが、鎌足が鏡王女に求婚した時に交わした二人の歌があり、掲出歌の後に続いて見られる。

玉くしげ覆《おほ》ふを安み開《あ》けて行かば君が名はあれどわが名し惜しも　（巻二・九三）

玉くしげみむろの山のさなかづらさ寝ずはつひにありかつましじ　（巻二・九四）

鏡王女は婚姻の申し入れに来た鎌足に、夜が明けてから出て行ったら噂になり、あなたの名はともかく私の名が立つのが惜しいと歌う。「わが名し惜しも」と強く自己主張しているのが印象的である。鎌足は、どうしても結ばれずにはいられないと訴えているが、どこか余裕を感じる。鏡王女はまだ若く、鎌足は既に地位もあり、相当の年齢にも達していたのではなかろうか。藤原鎌足は天智八年（六六九）に亡くなったが、晩年、病にかかった時、鏡王女はその平癒を祈って、山階寺を建立したという。後の興福寺である。

鏡王女の歌はもう一首、「巻八・春の雑歌」の部に、

神名火《かむなび》の伊波瀬《いはせ》の杜《もり》の呼子鳥《よぶこどり》いたくな鳴きそわが恋まさる　（巻八・一四一九）

がある。人を呼ぶように鳴く呼子鳥よ、そんなに鳴かないでおくれ、人恋しさがつのるから……と、鎌足も逝き、年齢を重ねて一人になった鏡王女の感慨であろうか。しみじみとした寂しさが自然に心に届いてくる。

『万葉集』に残された鏡王女の歌は四首。数少ない歌から、心のうちに凛とした強さと激しさを秘めつつ、優しさ可憐さのにじみ出た女性像が浮かんでくる。鏡王女は天武十二年（六八三）七月五日に没したが、その前日、天武天皇はわざわざ見舞ったという。鎌足の正室としての地位を重んじたのだろう。

鏡王女の墓は、桜井市忍坂《おっさか》山の裏の山ふところ、舒明天皇陵や大伴皇女の墓近くにある。学生時代の毎冬に万葉の旅をしていた頃、鏡王女の墓はささやかな円墳で十数本の松が立っているだけなのだが、それだけで周囲の風景から際立っている、という文章を読んだことがあり、一度訪れたいと思ったまま果たせないでいる。近鉄線大和八木辺りより、桜井、長谷、名張方面に向かう電車から眺める山々、目に入ってくる集落や地名は万葉の歌に親しく、いつ乗っても何ともいえない懐かしさが胸にあふれる。鏡王女の眠る山あいのその場所をいつか必ず訪ねようと思っている。

（二〇〇三・八）

# 新《あらた》しき年の始の初春の今日降る雪のいや重《し》け吉事《よごと》

（巻二十・四五一六）

天平宝字二年（七五八）六月、大伴家持は因幡守《いなばのかみ》に任ぜられ因幡国に赴いた。そして、迎えた新年「三年春正月一日、因幡国の庁にして、饗《あへ》を国郡の司等に賜ふ宴《うたげ》の歌一首」としてこの歌を詠んだ。

――新しい年の始めの初春の今日、降りしきる雪のように、ますます積み重なれ。めでたい事が……。

雪は豊年の兆し、「の」の律動によってよどみなくしきりに降り続く雪の感じを出し、そのように吉い事が積もれ、積もれと歌っている。

家持が越中から帰京し、因幡に来るまで過ごした都での七年間は、彼にとって苦悩の日々であった。天平内乱期ともいうべき時代、度重なる政権争いの中で、藤原氏が大きく勢力を伸ばし、その圧倒的な力の前に、名門大伴氏は衰退の一途をたどることになったからである。このような状況にあって家持は、絶唱といわれる三首を詠んだのである。

春の野に霞たなびきうら悲しこの夕かげに鶯鳴くも

（巻十九・四二九〇）

わが屋戸のいささ群竹《むらたけ》吹く風の音のかそけきこの夕《ゆふべ》かも　（巻十九・四二九一）

うらうらに照れる春日《はるひ》に雲雀《ひばり》あがり情悲《こころかな》しも独りしおもへば　（巻十九・四二九二）

天平勝宝五年（七五三）二月二十三日（二首）、二月二十五日（一首）の作である。春の景（霞・鶯・いささ群竹・春日・雲雀……）の中に身を置き、耳を澄ませ我が心を見つめ、家持は「うら悲し」「音のかそけき」「情悲しも」とつぶやくように歌い、更に「独りしおもへば」と詠む。この三首の歌から感じられる憂愁の思い、静かな孤独感は、万葉の古代の感覚とは違った家持特有の世界であろう。

また、その後、一族の出雲守大伴古慈悲が讒言《ざんげん》によって解任されるという事件が起こり、家持は長歌「族《やから》に喩す歌一首」と併せて次の二首の短歌を作った。

磯城島《しきしま》の大和の国に明らけき名に負《お》ふ伴の緒《を》心つとめよ　（巻二十・四四六六）

剣大刀《つるぎたち》いよよ研ぐべし古《いにしへ》ゆ清《さや》けく負ひて来《き》にしその名そ　（巻二十・四四六七）

長歌では、大伴一族の武門の系譜と代々の天皇にまことの心で仕えてきたことを述べ、二首の短歌にも、その清く輝かしい大伴の名を負う者たちよ、心を励まし努めよ、ますます磨くべきであると呼びかけている。

こうして家持は、大伴氏の氏の上として一族の行動を戒め、自身も慎重に身を処してきた。だが、頼りにしていた聖武天皇や橘諸兄《もろえ》亡き後、一族の多くが関わった「橘奈良麿の変」などを経て、家持は孤立無援の状態で、ここ因幡に遠ざけられたのであろうか……。都から遠く離れた地で、降りしきる雪を見ながら、家持は因幡守として国郡の司らを招いた宴席で、謹賀新年、国家繁栄への祈念を歌った。平明な歌いぶりながらめでたさの気持ちがよく出ており、聴いている誰にも新年を寿ぐ歌の内容は伝わったであろう。

新年を寿ぐ歌といえば、学生時代、研究会の折であったか、万葉の旅であったろうか。先生が覚えておくと良いと教えて下さったのは、同じ家持の歌、

あしひきの山の木末《こぬれ》の寄生《ほよ》取りて挿頭《かざ》しつらくは千年寿《ほ》くとそ（巻十八・四一三六）

越中での新年の歌である。「寄生」はヤドリギのこと、他の樹木に寄生する常緑樹でめでたいものとして賞されていたらしい。「寄生」という語が印象深く、冬の大和路を歩きながら、先生が指さされたヤドリギを見上げたのも懐かしい思い出である。

しかし、今回、家持はどのような思いで掲出歌のような新年の歌を詠んだのであろうか。この歌を宴席で披露した彼の心情はいかばかりであったろう。

家持が因幡国に赴く前、大原今城《いまき》の宅で送別の宴が催されたが、集った人々の名前もなく、記されているのは家持の歌一首のみである。

秋風のすゑ吹き靡《なび》く萩の花ともに挿頭《かざ》さず相《あ》ひか別れむ
（巻二十・四五一五）

秋風が吹きなびかせている萩の花を共にかざしにすることもなく別れるのかと、大原今城との別れを惜しむ家持。静かな寂しい歌である。時間の経過はあるが、この歌の後に、最後の一首、掲出歌が置かれる。

掲出歌に、家持は因幡守としての思いだけでなく、自分の現在を考えつつ、せめて今年だけでも良いことがあってくれと、彼自身の深い祈りを込めたのではなかろうか。ときに家持は四十二歳。これ以後の歌は残されていない。家持は、延暦四年（七八五）に亡くなるまでの二十六年間、さまざまな役職に就いたが、平坦な道のりではなかったようである。死後にまで政治的嫌疑がかかるという不運にも見舞われた。こうした家持の人生に思いをはせる時、この歌に、宴果てた後、降り積む雪の中に佇む孤独な後姿が見えるようで、やはり心に響いてくる一首である。

因幡国庁跡を訪ねたのは、二十数年前の夏の終わりであった。雪の季節ではなかったので歌の実感は乏しかったが、静かな田園風景の中で碑の前に立ち、はるかに万葉の終焉を思った。

（二〇〇三・十一）

## 磯《いそ》のうへに生《お》ふる馬酔木《あしび》を手折《たを》らめど見すべき君がありと言はなくに
（巻二・一六六）

「馬酔木」という花の名を初めて知ったのは、高校の国語の教科書に載っていた堀辰雄の『浄瑠璃寺の春』を読んだ時である。

「どこか犯しがたい気品がある、それでゐて、どうにでもしてそれを手折って、ちょっと人に見せたいやうな、いぢらしい風情をした花だ。……花といふものが今よりかずっと意味ぶかかった万葉びとたちに……どの花にも増して、いたく愛せられてゐたのだ」の一節は、今でもよく覚えている。スズランに似た小さな白い花を実際に見、ここに掲げた大《おお》伯皇女《くのひめみこ》の歌に出会った時、可憐な花の風情と歌とこの一節が、自然に重なり合って心に刻まれた。

――小さな白い花をつける馬酔木。岩のほとりに生えている馬酔木を手折ろうと思うけれど、それをお見せすべき君がこの世にいるとは誰も言わないことだ。

「見すべき君」とは弟、大津皇子のこと。死に処せられ、もうこの世にはいない弟への思い、大伯皇女の悲しみが静かに響いてくる。

大伯皇女《おおくのひめみこ》は、大海人皇子と天智天皇の娘・大田皇女との間に、六六一年に生まれ、大津皇子の二歳年長である。母を早くに失った二人は、寄り添うように幼い心を結び合って過ごした。しばらくして壬申の乱が起こり、勝利した父、大海人皇子が飛鳥浄御原《あすかきよみはら》で即位、天武天皇としての治世が始まった年、十四歳の大伯皇女にも大きな変動があった。伊勢の斎宮《さいぐう》に任ぜられ、六七四年の初冬「神のをとめ」となって伊勢へ赴いたのである。二人きりの姉弟は長い別離を迎え、別々の道を歩むことになる。

姉と別れた後、成長した大津皇子は、堂々たる風貌で弁舌爽やか、文武にすぐれ、度量も大きく人望を集めていたという。父、天武天皇からも認められ、国政に参与していた。しかし、それが故に、皇太子草壁皇子の母である皇后（後の持統天皇）にとっては、我が子の地位を脅かすものとして、常に気にかかる存在であったろう。この皇位継承にからみ、やがて大津皇子は悲劇の人となってしまうのである。六八六年九月、天武天皇は波瀾にみちた生涯を閉じたのだが、その直後、大津皇子は謀反を企て、それが発覚したとして捕らえられ、死罪に処せられた。時に二十四歳。天皇の死後、二十四日目、あまりにも急な展開であった。

ところで、この事件の前、大津皇子はひそかに都を離れて伊勢に向かい、大伯皇女を訪ねている。長い間会うことのなかった姉弟は、深夜のつかの間、何を語り合ったのだろうか。

わが背子を大和へ遣《や》るとさ夜深《ふ》けて暁露《あかときつゆ》にわが立ち濡《ぬ》れし　（巻二・一〇五）

二人行けど行き過ぎ難き秋山をいかにか君が独り越ゆらむ　（巻二・一〇六）

大津皇子が去った後のこの二首は、弟の前途に感じるただならぬ不安と、もはや会うことかなわぬかもしれぬという切実な感情があふれている。一見、恋歌のようだが、それだけ皇女の思いが強いということなのだろう。闇の中に消えていった弟を見送ったまま、暁露にぬれて立ちつくす皇女の姿が浮かんできて切ない。

大津皇子の死後間もなく、伊勢斎宮の任を解かれた二十六歳の皇女は都に帰ってきた。翌年の春、大津皇子を二上山に移し葬った時、先に掲げた一首と共に、

うつそみの人にあるわれや明日よりは二上山を弟世《いろせ》とわが見む　（巻二・一六五）

と歌った。伊勢から帰る弟を送った二首と比べると、静かに穏やかにその悲しみが流れているように思う。幽明境を異にした今、現実に生きている自分は二上山を弟と思って見よう、馬酔木の花を手折って見せたい人ももういないのだ、という深くたたみこまれたような嘆きが胸にしみてくる。七〇一年四十一歳で皇女は世を去ったが、独身の生涯であった。万葉集に残された歌は六首、全て大津皇子への歌である。

二上山は、雄岳、雌岳の双峰が並び、大和平野のどこからも見える印象的な山である。私には、学生時代万葉の旅で毎年のように宿泊させて頂いた飛鳥の橘寺の西の門から仰いだ二上山がとりわけ懐しく忘れ難い。この二上山に登ったのは、二度目の旅の時であった。前夜、当麻寺にお世話になった私たちは、当時、道ともわからぬ所を登りつめて、雄岳の頂上、大津皇子の墓に出た。曇り空の冬の日、吹きさらしの山頂の墓は荒れて寂しく、非業の死を遂げた大津皇子の魂は今なお安まらぬのかと、身の震えるような思いを抱いたものである。

昨年（二〇〇三）の初冬、当麻の里に一日を過ごした。駅から当麻寺に向かって歩くと、二上山は大きく静かに私の前にあった。学生時代の記憶を辿りつつ周辺を巡っていた時、二上山への旅を導いて下さった岡野弘彦先生が詠まれた一首、

六地蔵ならびしづけき道すぎて二上の嶺は蒼く昏れきぬ

（『冬の家族』）

の歌が、清らかな調べをもって思い出された。いつしか蒼く暮れようとしている二上山をゆっくりと眺め当麻の地を後にした。

（二〇〇四・二）

## 山振《やまぶき》の立ち儀《よそ》ひたる山清水酌《く》みに行かめど道の知らなく（巻二・一五八）

季節が巡ってくると、心に浮かんでくる歌というものがある。四月半ば過ぎ、隣家の生垣の中に、毎年、決まって一本の山吹が咲く。新緑に映える五花弁の黄色い花は愛らしく、思わず手に取りたい気持ちになる。そして、いつも、高市皇子《たけちのみこ》のこの一首が思い出される。

ここ房総の地では、菜の花の優しい黄がまず親しく、それに比べると、山吹の黄はもっと鮮やかに目にとび込んでくるように感じられる。しかし、その鮮やかさには、派手な印象はなく、花はあくまで可憐で、細くたおやかな枝にふさわしい風情をしている。山吹は日本原産の植物で、八重も多く見られるが、万葉の時代は一重咲きだったようである。万葉集には十七首詠まれており、実景を詠んだ歌、相聞や贈答の歌など、山吹に寄せて思いを述べている何れも美しい歌である。「山振」という字も当てられているのは、その枝が柔軟で、風のまにまに振れ揺らぐからともいわれる。

ここに掲げた歌は、「巻二・挽歌」の部に、十市皇女《とおちのひめみこ》が亡くなった時、高市皇子が作られた歌三首、と題詞にある中の一首である。

――黄色い花の山吹が、回りを飾っている山の泉の水を汲みに行こうと思うけれど、その道がわからないことだ。

「山振の立ち儀ひたる山清水」という上句は、山吹の「黄」と清水の「泉」とで、「黄《よ》泉《み》」すなわち死者の世界を表している。また、泉のほとりに美しく咲いている山吹の花は、皇女の姿を連想させる。こうした巧みな表現によって、死のイメージより美しさや清らかさが際立って心に響いてくる。そして、結句の「道の知らなく」からは、亡き皇女を尋ねて、黄泉の国までも行きたいが、自分にはその手だてがないという、高市皇子の嘆きが伝わってくる。

十市皇女は、大海人皇子（天武天皇）と額田王との娘で、天智天皇の皇子である大友皇子の妃となり葛野王を生んでいる。高市皇子は、天武天皇の皇子（母は尼子《あまこ》娘）であるから、二人は異母兄妹ということになる。六七二年、皇位争奪の壬申の乱が起こるが、この戦いで大友皇子は惨敗、自害して果てた。この時、大海人軍を率い、総指揮をとって戦ったのは高市皇子であった。十市皇女は、自分の夫が、自分の父や兄と戦って敗れ、死ぬという悲運に見舞われたのである。

それは勝敗にかかわらず、この上なく辛いことであったろう。壬申の乱後、皇女は大和の父のもとに帰っていたが、天武七年（六七八）四月七日、急な病で亡くなったと左注に記されている。その状況は、壬申の乱に勝利した礼として、天皇が、倉橋川で天神地祇を祭るために、行列を整え今や出発しようとした時の、皇女の急死であったという。行幸は中止されたが、何かただごとではない空気を感じる。やはり、皇女は、壬申の乱という不幸な事件の呪縛に耐えられず、みずからの命を断ったのであろうか。六年という歳月の流れも、皇女の心を救うことにならなかったのが悲しく思われる。

このようにして世を去った十市皇女への高市皇子の挽歌は、掲出歌の前に、次の二首がある。

三諸《みもろ》の神の神杉《かむすぎ》夢にだに見むとすれども寝《い》ねぬ夜ぞ多き　（巻二・一五六）

三輪山の山辺真麻木綿《まそゆふ》短木綿《みじかゆふ》かくのみ故に長しと思ひき　（巻二・一五七）

一首目は、せめて夢にだけでも十市皇女を見ようとするけれども、眠れぬ夜が多いと、皇女を失った悲しみが歌われる（三、四句の読みは、古くから難解でさまざまな読み、解釈のなされているところである）。二首目は、長いと思っていた皇女の命が、短くはかないものであったことを、神の山である三輪山にまつる真麻木綿（神事に使う）が短いようにと、比喩をもって表し嘆いている。一、二首とも、神の神杉、神の山三輪山といった神々しい印象の語が含まれているのは皇女の存在を、気高いものと見ていた高市皇子の気持ちが読みとれる。

ところで、高市皇子の三首の挽歌は何を物語っているのだろうか。十市皇女の早すぎる死を嘆き、夢にでも会いたい、黄泉の国までも追って行きたいという思いは、深く切実である。高市皇子は十市皇女を慕っていたのだろう。十市皇女はどうだったのだろうか。万葉集に皇女の歌はない。二人は異母兄妹であるが、壬申の乱は、更に二人の間を複雑なものにしただろう。それにしても、壬申の乱前後、宮廷の人間関係は、天智天皇と大海人皇子の関係を始め、幾人もの妃たちやその周辺の人々の関わりも極めて複雑ではかりしれない。そんなことを考えると、高市皇子の挽歌も、単に十市皇女への秘かな思いからというだけでなく、壬申の乱で大友皇子を死に追いつめた自分が、皇女の死を悲しみ悼む歌を詠むことで、その霊を慰め、魂を鎮めようとしたということになるのだろうか。

山吹の花のように散った十市皇女への挽歌のみを残した高市皇子は、持統四年（六九〇）太政大臣に任ぜられ、持統十年（六九六）に没した。柿本人麿は壮大な挽歌を捧げている。

（二〇〇四・五）

# 立ちかはり古き都となりぬれば道の芝草長く生《お》ひにけり（巻六・一〇四八）

真夏の平城宮跡に初めて立った。さすがにこの季節歩いている人の姿はほとんど無い。唐の長安を模して造られた平城京の中心平城宮跡は、発掘、調査が進み、柱の跡に木を植えて建物を示し、砂利を敷いて通路を表している。大極殿は、一段高い土壇となっており、既に復元されている朱雀門や宮内省、東院庭園とともに平城宮の一端がうかがえる。大仏殿の大屋根を眺め遠く緑の丘陵や山並みを望むと、千三百年という時間も、一気に越えられるようだ。目眩を起こしそうな暑い日だったが、現在、復元工事中（二〇一〇年完成予定）の大極殿を横に見、遺構展示館から東院庭園まで歩いた。その道すがら、熱をふくんだ風の流れる中でここを往き来する大宮人と、一瞬すれ違ったようなそんな錯覚をおぼえた。——美しく立派だった奈良の都。それがうつり変わって古い都となってしまったので、道の雑草も長く伸びたことだ。

この歌は「寧楽《なら》の故《ふ》りにし郷《さと》を悲しびて作る歌」と題詞にあるように、奈良の都の荒廃を嘆いて詠まれた長歌の反歌である。平易な表現でさらりと歌っているが、四、五句の具体的な描写が利いて言葉にならない思いが伝わってくる。長歌の末尾「……大宮人の　踏み平《なら》し　通ひし道は　馬も行かず　人も往《ゆ》かねば　荒れにけるかも（巻六・一〇四七）」を受けてまとめたもので長歌ともよく呼応している。廃墟に佇む人のため息がきこえてきそうな一首である。

ところで、繁栄した奈良の都が捨てられ廃墟になったのは、いつ、どのような時であったのだろうか。和銅三年（七一〇）に奈良に都が開かれ、平城宮を中央とした広大な地域に寺院が建ち、貴族たちも豪壮な邸宅を構えた。新都の生活にも慣れ、余裕を持つようになった彼らは、政務のあいまに、野山に遊び、館に宴し、文雅のふうに浸った。そののどかな様子は、

ももしきの大宮人は暇《いとま》あれや梅を挿頭《かざ》してここに集《つど》へる　（巻十・一八八三）

のように歌われた。しかし、こうした貴族たちは、奈良の人口、二十万ともいわれた中のほんの一握りで、多くは「貧窮問答歌」にあるような庶民、農民であった。平城京造営そのものを担当したのも、役民としてかり出された膨大な人数の彼らであり、農村にあって常に貴族の生活を支えていたのも彼らであった。農民たちの血と汗の代償として成り立っていた貴族文化の繁栄だったが、その華やかさにひきかえ、内実は、徐々に表面化してき

た律令体制の矛盾が社会不安となり、藤原氏をめぐっての上層政界の闘争も複雑化しつつあった。加えて天平四年（七三二）以来、頻発した天災と飢饉、疫病の大流行は、一段と人々を不安に陥れた。そして、天平十二年（七四〇）時勢を激しく批判して大宰府で兵を挙げた「藤原広嗣《ひろつぐ》の乱」は、宮廷貴族に大きな衝撃を与えた。その衝撃からか、時の聖武天皇は、突如、伊勢に行幸し、乱が平定された後も都には還らず、天平十七年（七四五）に都が再び奈良に落ちつくまでの五年間、恭仁《くに》、難波《なにわ》、紫香楽《しがらき》と、あわただしい都うつりをくり返したのであった。

それにしても、天皇のこの行動は何だったのだろう。天平宮廷の周辺に漂う不穏な空気のせいか、それだけではないような気がする。天平文化の絶頂期は、聖武天皇の治政の期間に重なるが、天皇の心の奥には、言い知れぬ闇があったのかもしれない。何れにせよ、都うつりはなされ、当時は、新しい宮殿を建てる際、旧都の資材を使用したので、恭仁京造営では、平城宮の大極殿や廻廊を解体して運んだ。宮廷に仕えていた官人たちも引っ越し、奈良の都はたちまち廃墟となってしまった。掲出歌はこの時期を詠んだものであろう。

世間《よのなか》を常無きものと今そ知る平城《なら》の京師《みやこ》の移ろふ見れば　（巻六・一〇四五）

とも、誰の作かわからないが、同じような時期が歌われている。これらの歌は、奈良の都の咲く花の「にほふ」が如き盛りに対して、「立ちかはり」「移ろふ」衰えが詠まれ、無常観的なものが感じられる。都うつりとその荒廃は、人々の心に、ある感慨を抱かせたのではなかろうか。

掲出歌は「田辺福麿《さきまろ》の歌集の中に出づ」とあり、彼自身の作といわれる。福麿は巻十八に、越中守大伴家持のもとにさし向けられた橘諸兄の使者として登場、挽歌や恋、旅、伝説などの歌もあるが、特徴的なのは「都うつり」をしきりに歌った点である。聖武天皇が居所を転々とかえた「彷徨五年」を、荒都を悲しむ歌と、新都をほめたたえる歌にくり返し詠んだ福麿は、職業歌人的な面を持っていたのだろうか。不思議な歌びとである。

ここ三、四年、晩秋の頃に、平城宮跡を訪ねている。この地を歩きながら、万葉人に思いをはせるのは心楽しい。だが、目をつぶって平城宮跡を考える時、まっ先に浮かぶのは、四十年近く前の万葉の旅で出会った大極殿址の石柱と一本の松の他は、ぼうぼうたる草原の、まさに福麿の歌ったそのままの光景なのである。

（二〇〇四・八）

# 降る雪はあはにな降りそ吉隠《よなばり》の猪養《ゐかひ》の岡の寒からまくに（巻二・二〇三）

桜井市の東端、長谷寺を過ぎ榛原《はいばら》町（二〇一八年現在・宇陀市）との境近く、大和から伊賀、伊勢への街道筋にあたる所に、ここに詠まれている「吉隠」がある。

「吉隠の猪養の岡」は、題詞に「但馬皇女《たぢまのひめみこ》薨《かむあが》りましし後、穂積皇子《ほづみのみこ》、冬の日雪の落《ふ》るに、遥かに御墓《みはか》を見さけまして、悲傷流涕して作りましし御歌一首」と示されている但馬皇女が葬られている地であり、一首はその皇女を悼んだ穂積皇子の挽歌である。

——降りしきる雪よ。あまりたくさん降ってくれるな。皇女の眠るあの吉隠の猪養の岡が冷たく寒かろうから。

何と哀切に胸に響いてくる歌だろう。この歌は一首に地名を二つ、「降る」という語を二回詠み込んでいる。限られた音数なのだがその重なりは気にならない。上句はやはり「降る雪は……な降りそ」でなければならないだろうし、祈りをこめた柔らかい禁止の表現が、「寒からまくに」の語とともに強く思いを伝えている。感情を直接に表す語ではなく、動きや感覚を表す具体的な表現が、亡き皇女へ寄せる穂積皇子の深い悲しみと愛情を、より一層切実なものに感じさせるのだろう。

ここに掲げた歌は、天武天皇を父とする異母兄妹の間の悲恋にまつわる歌として知られる一首である。だが、その二人の恋のゆきあいを物語るのは、万葉集に残されている歌と題詞だけである。

まず、「但馬皇女、高市皇子の宮に在《いま》す時、穂積皇子を思《しの》ふ御作歌《みうた》一首」として、

秋の田の穂向《ほむき》の寄れること寄りに君に寄りなな事痛《こちた》かりとも　（巻二・一一四）

があり、皇女の歌は次のように続く。（題詞　略）

後《おく》れ居て恋ひつつあらずは追ひ及《し》かむ道の阿廻《くまみ》に標結《しめゆ》へわが背《せ》　（巻二・一一五）

人言《ひとごと》を繁み言痛《こちた》み己《おの》が世に未だ渡らぬ朝川渡る　（巻二・一一六）

一方向に寄る秋の稲穂を序詞にした一首目は、世間の噂がひどかろうと、ひとすじに君に寄り添いたいと歌われる。題詞から、皇女が高市皇子の妃であったともいわれるが、確かなことは皇女についてもわからない。二首目には、志賀の山寺へ遣わされた穂積皇子へ後を追いたいので道しるべを曲り角に結ってほしい、と恋い願う気持ちがあふれる。三首目は、穂積皇子にひそかに接していたことが顕れた時の歌という。人がさまざまに噂するが、ひるまず思いを貫こうとする心の激しさが迫ってくる。下句が清新で力強い。

ところで、穂積皇子の思いはどうだったのだろう。皇女の恋歌に返した歌はない。それは、ともに天武天皇の子であった穂積皇子、但馬皇女、高市皇子……人間関係も、政務に携わった関係からも、複雑にならざるを得なかったためであろうか。

皇女の恋歌が詠まれた頃の三人の状況や年代、また生年もはっきりしない。亡くなったのは、高市皇子（六九六）、皇女（七〇八）、穂積皇子（七一五）とされる。壬申の乱（六七二）で活躍した最年長の皇子が高市皇子であり（二十歳前後か）、穂積皇子は小さく、皇女は誕生前というのが、三人の年代を考える上でわずかな手がかりとなろうか。何れにせよ、歌の印象からも、皇女はずい分と若かったように感じられる。

高市皇子の宮に在った皇女が、近しい存在の穂積皇子の姿を見、声を聞く機会はあったであろう。いつの頃からか、皇女に穂積皇子を慕う気持ちが芽生え、次第に激しい恋の思いに育っていったのだろう。ただ、それは、皇女の心の中でのみ燃え続けた炎であり、穂積皇子は当時、皇女に対しては、親愛の情を抱くにとどまっていたのではなかろうか。皇女が世を去ってしばらくの後、遺された皇女の歌の心を受けとめた穂積皇子は、掲出歌のような心情を吐露したものであろう。若くして逝った皇女のひたむきな思いも、過ぎし日の自分自身をも、悲しみの中に抱きしめ、いつくしんでいるような歌だと思えてならない。

「吉隠」を訪れたのは、山々が雨にけぶり「隠口《こもりく》の初瀬《はつせ》」が実感されるような、小雨降る秋の日であった。大和らしい民家が点在する山あいの集落が、静かなたたずまいを見せていた。ここの小学校跡地に建つ公民館前に、「降る雪は……」のつつましやかな碑がある。「猪養の岡」の場所は、もはや定かではないが、碑の辺りから山並みを望み、このどこかに皇女が眠っているのだと、そして、雪降る中で皇女を偲んだ穂積皇子を思った。二人の関わりも歌についても不明な点があり、物語風に手を加えられたのだともいわれる。だが、そうであったとしても、万葉集の中に生きた歌びとらの人間や自然への深く熱い思い、それを温め伝えてきた人々の心をこそ受けとめたいと思う。宇陀や初瀬、山辺の道や明日香を巡っていると、一入《ひとしお》その思いが強まる。今、立っている地の底から、眺めている山や空のかなたから、何かに強く魂を揺さぶられるような気がするのだ。天平の奈良とはまた違った感慨を覚える。

山あいの「吉隠」の地は、間もなく紅葉に華やぎ、やがて雪の舞う日を迎えるのであろう。

（二〇〇四・十二）

## 采女《うねめ》の袖吹きかへす明日香風《あすかかぜ》都を遠みいたづらに吹く　（巻一・五一）

昭和四十一年十二月二十日、二十二時三十五分東京駅発「急行・大和」は、翌朝八時二十分に奈良駅に着いた。——初めての万葉の旅である。奈良を一日歩き、次の二晩を橘寺に宿り飛鳥路を辿った後、芋峠を越え吉野を巡った。五日間乗り物は殆ど使わず、旅とは歩くことなのだと、心と身体にしっかりと刻んだ。

この年、国文科の学生となった私は、研究会で万葉集や文学史を学び始めて日も浅く、旅も、岡野弘彦先生や先輩達についていくのが精いっぱいであった。毎日、どれ位の距離を歩いたことだろう。だが、さまざまの話を聴きながら歩き続けていると、踏みしめている地の底から、風の音や冬の陽ざし、しんとした闇の中から、万葉びとの足音やひそやかな息づかい、生命の力が感じ取れるようであった。それは、この旅で初めて訪れた飛鳥で、とりわけ強かったように思う。

そして、飛鳥への思いが一層深まったのは、吉野までをひたすら歩いた長い道のり、芋峠を越えた時である。峠を越えると飛鳥はもう見えないのだと、先生が話されたことが心に残り、何とも言えない気持ちで、幾度も飛鳥の地を振り返った記憶は今も鮮明である。

飛鳥を詠んだ多くの万葉歌の中で、ここに掲げた志貴皇子《しきのみこ》の歌は、最もよく知られている一首ではなかろうか。

――宮仕えの采女たちの、華やかな衣の袖を吹き返していた明日香の風。その明日香風も、今は都が遠くなりさびれてしまったので、ただ空しく吹くばかりである。

題詞によれば、この歌は、飛鳥浄御原《きよみはら》宮より藤原宮に都が遷った持統八年（六九四）十二月以後に作られたという。一読すると、まず、上句の情景が絵のように思い描ける。宮廷の采女達の美しい姿、彼女達を飾っていた衣の袖を翻す軽やかな風、「明日香風」のアの音の響きも明るい。花と新緑の季節であろうか……。だが、これは、志貴皇子の幻影に浮かぶ懐かしい飛鳥であり、下句からは、ふと現実に戻った志貴皇子が、廃都の上を渡る風に吹かれて立ちつくす姿が見えてくる。優美な歌いぶりだが、作者の心には寂寥感がこみあげているのだろう。静かな寂しさの中で古都を偲んだ歌といえよう。

そして、志貴皇子の飛鳥古京への回想と思慕は、飛鳥を旅する現代のわたし達の思いにつながるのだ。

ところで、この歌のように遷都の後、旧都への思慕や回想、悲哀の情を詠んだ歌は、額田王や柿本人麿、山部赤人らの歌にも見出される。殊に、人麿の「近江の荒れたる都を過ぐる時……」(巻一・二九〜三一)の歌は、大化改新後、飛鳥から遠く近江に遷都して五年、壬申の兵火に焼けて廃墟となった大津宮を悼む気持ちが迫ってくる。壬申の乱の悲劇を思う人麿の強い悲しみもこめられている歌なのだろう。志貴皇子の歌には悲痛さは感じられない。旧都への思いも、どこか透明で流れるような静けさが漂うのは、その故もあろうか。

そして、志貴皇子の歌の背景にある藤原宮遷都は、新都造営を計画していた天武天皇亡き後、持統天皇によって完成を見、行われたものである。大和三山に囲まれた地に建設された日本初の大都城、宮廷は活気と繁栄に満ちたことであろう。しかし、飛鳥古京にほど近い晴れやかな新都に居ても、志貴皇子の心は、一人遠くにあったにちがいない。

さて、こうした思いを抱えていた志貴皇子の境涯はどのようなものだったのだろうか。生年は不明だが、父は天智天皇、母は越道君伊羅都売《いらつめ》という采女であった。掲出歌の「采女」には、若き母の姿が重ねられていたのかもしれない。壬申の乱後、天武八年(六七九)吉野宮での六皇子の盟約に川島皇子とともに参加しているが、天智天皇の遺児である二人には複雑なものがあったろう。川島皇子の死後は、天智天皇のただ一人の遺皇子となったが、天武天皇の政権下では、中央にいられる立場ではなく常に局外者的存在であった。

わびしさも感じたろうが、かえってそれが、現実よりも遠くを見通すような視線、自然に寄せる曇りのない細やかな心を養い、志貴皇子の歌風が作られたのであろう。

掲出歌を含めて六首が収められており、

葦辺《あしべ》行く鴨の羽《は》がひに霜降りて寒き夕べは大和《やまと》し思ほゆ　（巻一・六四）

石《いは》ばしる垂水《たるみ》の上のさ蕨《わらび》の萌《も》え出づる春になりにけるかも　（巻八・一四一八）

などは、いかにも志貴皇子の歌らしい。一首目は文武天皇の難波行幸に従った折の歌。我がふるさと大和への恋しさが歌われているが、心でとらえた上句の描写が細やかで美しい。二首目は歓びの歌。のびやかなリズムが快く、志貴皇子の温雅な人柄さえ感じられる。また、次のような優しい恋の歌もある。

大原のこの市柴《いつしば》の何時《いつ》しかとわが思《も》ふ妹に今夜《こよひ》逢へるかも　（巻四・五一三）

志貴皇子は、平城京遷都後、奈良高円《たかまど》山麓に住まい、数年を経て亡くなった。奈良時代最後の天皇の光仁天皇、十九首が収められ秀歌を残した湯原王《ゆはらのおおきみ》はともに志貴皇子の子。皇統の上でも歌の上でも、後代につながるかけがえのない橋渡しとなった志貴皇子であった。

（二〇〇五・二）

明日香川《あすかがは》瀬瀬《せせ》の珠藻《たまも》のうち靡《なび》き情《こころ》は妹《いも》に寄りにけるかも

（巻十三・三二六七）

飛鳥の中央に位置する甘樫岡《あまがしのおか》（甘樫丘）。ここに立って周囲を見渡す時ほど、飛鳥にいることが実感されることはない。この辺り、揺れ動いた古代史の舞台としてはいかにも狭いが、その時代も景観も一望のうちに思い描けるような気がする。甘樫岡は、古くは古代人の信仰の場として盟神探湯《くがたち》（熱湯の中に手を入れさせ火傷するかどうかで罪の有無を判定した）が行われ、また、岡の中腹には、蘇我入鹿の邸宅があったと伝えられる。

麓から約十分、意外に急な坂道を登り、頂上に着くと、遠く近く、万葉に親しいさまざまな場所が眺められる。いくつもの宮跡が埋められている「真神《まかみ》の原」一帯、飛鳥の集落、大和三山の優しい山容。この山に囲まれた藤原宮は、飛鳥からほど近い。しかし、飛鳥京を「都を遠み」と歌った志貴皇子の心も、また、あらためて偲ばれる。更にかなたの山並みには、万葉人にとって神聖な三輪山、大津皇子の悲劇を秘めた二上山も望める。幾度訪れても、懐かしくもはるけくもの気持ちが湧いてくるのだ。

そして、掲出歌に詠まれている「明日香川（飛鳥川）」。甘樫岡の裾をめぐり飛鳥の中心を流れる飛鳥川は、どこにでもある田舎の里川で、後の時代にまで文学作品に登場するとは見えないような川である。しかし、この川筋に暮らす人々にとっては、なくてはならない存在の、朝夕見なれた生活の川で、上流には、飛鳥人の歌声もあった。

——明日香川のあちこちの浅瀬の美しい藻がなびくように、私の心は、いとしい人にすっかりなびき寄ってしまったことだ。

この一首は、恋歌で、美しい序を持つ長歌の表現と内容をまとめた反歌である。明日香川の清らかな流れに映る、玉藻のように可憐な娘への若者の恋ごころが、心地よい水の音とともに伝わってくる。わかりやすく素朴な味わいの歌である。題詞がほとんど無く、作者や作歌事情も記さない巻十三に収められているこの歌は、土地の人々の間に歌い継がれていたものなのだろうか。同じように、ほとんどの歌が作者不詳の巻七に、

明日香川瀬瀬に玉藻は生ひたれどしがらみあれば靡きあはなくに　（巻七・一三八〇）

という歌もある。しがらみのために川藻がなびき合わない情景を詠みながら、恋のしがらみの嘆きが表現される。また、これも作者不詳で、巻十一の古今相聞往来の歌、「物に寄せて思を陳《の》ぶ」る歌の中にも、

明日香川明日も渡らむ石橋《いははし》の遠き心は思ほえぬかも　（巻十一・二七〇一）

と、明日香川の石橋（飛び石）の石と石との間が離れているように、あなたに対して遠く離れた気持ちなど持っていません、とも歌われている。

飛鳥川が、このように幾首もの歌の恋のモチーフとして使われているのを見ると、いかに飛鳥人の暮らしに溶け込んでいたかが窺われる。歌の中では、「玉藻」「しがらみ」「石橋」は比喩的に用いられているが、これらは、みな、飛鳥川を生活の拠り所としていた飛鳥人の体験に即したものであったろう。水草の揺れる清流や、しがらみで藻がなびき合わない様子も、良く目にした光景だったろうし、農作業や恋人のもとに通うために川の飛び石を渡ったことであろう。ここに掲げた歌は、どの歌も力ある個性的な歌とは言い難いが、みずからの風土の中に息づいている歌として、より親しく心に響いてくる。

さて、万葉集に二十数首詠まれている飛鳥川は、吉野に続く竜門の山塊に源を発し、栢森《かやのもり》、稲淵《いなぶち》（南淵）の谷あいを下り、祝戸《いわいど》で多武峰から来る冬野川（細川）を合流、飛鳥の中心部から大和三山の間を北西に流れ、大和川に注いでいる。飛鳥川を遡った稲淵には、中大兄皇子や中臣鎌足が教えを受け、そこでひそかに蘇我入鹿誅滅《ちゅうめつ》の計画を練ったという南淵請安《みなみぶちのしょうあん》の屋敷があった。帰化人も多く住みついていたこの地域へ、山道を通う途中、二人はどのような感慨で飛鳥川の流れを見たことであろうか。大化改新という大きな歴史の動きを飛鳥川は知っていたのだ。また、古来水量豊かな飛鳥川を、水に憧れた古代人は畏敬し、その水源を神聖視して、飛鳥川源流一帯を水神の拠り所として祀った。持統天皇の三十回以上もの吉野行幸は、壬申の乱発祥の地であることや、吉野の山川の清さに魅かれたことなど理由はいろいろあろうが、吉野の水域、水神への祈願の心もあったのだろう。

このように、飛鳥の歴史や文化にとっても、ここに生きていた人々にとっても、欠くことのできない飛鳥川の流れであった。

明日香河川淀《かはよど》さらず立つ霧の思ひ過ぐべき恋にあらなくに　（巻三・三二五）

都が平城に遷った後、山部赤人は、飛鳥の神岡（雷丘）にあがり、古都を讃え愛惜する気持ちを、長歌とこの反歌一首に格調高く詠んだ。飛鳥川に立つ霧のように消え去ってしまう淡い思慕の情ではないのだと、古都への強い思いを歌った赤人の心には、飛鳥川が流れる里の美しい自然と、天武・持統の昔が浮かんでいたことだろう。

時は過ぎ、飛鳥川は『古今和歌集』に、

世中《よのなか》はなにかつねなる　あすかがはきのふのふちぞけふはせになる（巻十八・九三三）

と歌われ、淵瀬の変りやすい流れの名、観念上の川とのみ知られ、作品に現れるようになっていった。

（二〇〇五・五）

# 朝日照る佐太《さだ》の岡辺《をかべ》に群れ居つつわが泣く涙止む時も無し

（巻二・一七七）

飛鳥の地を通る近鉄吉野線、岡寺駅から壺阪山駅の西側にかけてゆるやかに延びる真弓丘陵。その南端に近い辺りが佐田（佐太）の岡である。ここに、草壁皇子の墓といわれる「岡宮天皇陵」がある。

この歌は、題詞に「皇子尊《みこのみこと》の宮の舎人《とねり》ら慟《かな》しび傷《いた》みて作る歌廿三首」とあるように、天武天皇崩御の三年後に亡くなった日並《ひなみし》皇子尊（草壁皇子）の殯宮（あらきのみや・もがりのみや）の時に、仕えていた舎人たちが悲しみ詠んだ挽歌二十三首の中の一首である。

――朝日のさす佐田の岡のほとりに群れ集い宮を守って奉仕する吾等、亡き皇子を思って吾等が泣き、流す涙は止む時のないことだ。

「朝日照る」は、宮殿を讃える言葉であると同時に実景をも映しているだろう。岡辺に照りはじめた朝の光、そのまぶしさに何かそぐわない虚ろな心を抱えて嘆き悲しむ舎人たちの姿が見えるようだ。

草壁皇子は、天武、持統天皇の子。壬申の乱では、父母と行を共にし、天武十年（六八一）に皇太子となって日並皇子尊（天皇と並んで世を治める）と呼ばれたが、即位することなく、持統三年（六八九）二十八歳で亡くなった。皇子は皇位にはつかなかったが、皇子の離宮、島の宮（石舞台古墳の辺りの島庄という地で、かつて蘇我馬子の邸宅があった）が、飛鳥の岡のほとりにあったのに因み、後になって「岡宮天皇」の尊号が追贈された。

草壁皇子の葬儀は盛大に行なわれた。天皇や皇族の死の際には、本葬までの間、仮に棺を安置して殯宮の儀が営まれるのだが、掲出歌を含む一連もその間の歌であろう。皇子の近くにあって護衛や雑務などに当たった下級官吏が舎人だが、六百人が従っていたという。その彼らの、奉仕のために島の宮から真弓、佐田の岡への往来があったことが歌からうかがわれる。

島の宮上《うへ》の池なる放ち鳥荒《あら》びな行きそ君まさずとも　（巻二・一七二）
よそに見し檀《まゆみ》の岡も君ませば常《とこ》つ御門《みかど》と侍宿《とのゐ》するかも　（巻二・一七四）
夢《いめ》にだに見ざりしものをおぼぼしく宮出もするか佐日《さひ》の隈廻《くまみ》を　（巻二・一七五）
真木《まき》柱《はしら》太き心はありしかどこのわが心鎮《しづ》めかねつも　（巻二・一九〇）

島の宮の池に放たれていた皇子遺愛の鳥に思いを寄せた一首目。二首目、三首目は、今までは外《よそ》に見ていた真弓の岡も、夢にさえ見なかった檜隈《ひのくま》の曲がった道も、君がいらっしゃるので宿直し、宮に出仕するのだと、いずれも思いがけないことになった悲しみを訴えている。四首目も、真木柱のような太いどっしりとした心を持っていたのに、皇子の薨去に会ってわが心の悲しみを鎮めることができないと、深い嘆きが歌われている。

この悲しみの二十三首は、今一つ迫力には欠けるように思うが、歌の背景となっている場所や景色の中に心情が素直に述べられ、心の中にすっと入ってくる。そして、全体で一つの流れ、波のように響いて感じられるのは、この歌の場である殯宮の儀が、もともと、死者の魂の蘇生を期するものであり、その儀式で朗々と誦せられたことも考えられるであろうか。

歌の作者は舎人らと記されているが、一人の作か、あるいは多勢の人の作か不明である。これらの歌の前に、同じように、柿本人麿の草壁皇子への挽歌で長歌一首と短歌三首があり、人麿の手が加わっているのではないかともいわれるが、これも確認しがたい。

佐田、真弓の丘（岡宮天皇陵）へは、学生時代の万葉の旅で二度ほど訪れたことがある。当時、小さなスケッチブックを持って歩いていたのだが、メモが残っている。二度目の万葉の旅の時で、この朝、橘寺を出発し、板蓋宮《いたぶきのみや》跡や飛鳥寺、天武・持統天皇陵、欽明天皇陵、菖蒲池、岩屋山、牽午子《けんごし》塚古墳などを経て着いたのだった。
「今日も又、何て明るい。柔かな冬の陽を受けて。このご陵の前で私達は長い間休んだ。誰も通らない。去年は迷いに迷ってここにたどり着いた。今年も少し。ご陵までの道は山ふところの穏やかな田畑の中。土手に今年もタンポポやスミレが咲く。持統三年四月、飛鳥島の宮で亡くなった草壁皇子の葬列は、島の宮から檜隈を過ぎこの岡へ続いたものという。ご陵の森は暗いが前は傾斜になっていて明るい。この岡までの曲がり道や登り道は陽を浴びているが、皇子の死を悲しむ舎人たちの涙がしみこんでいるのだろう。その舎人らのひそやかな足音もきこえてくるようだ。」

（S42・12・24）

翌日は、曇り空の寒い日だったが、二上山に登り、雄岳の頂上に大津皇子の墓を訪ねた。偶然の天候の違いもあろうが、安まらぬ魂が漂っているような荒涼とした雰囲気の大津皇子の墓と、南に向き開いた感じの草壁皇子の墓――ともに二十代で世を去った宿命の二人の皇子が思われた。近年、それぞれの真の墓は別の場所という説もあるが、歩き訪ねた二つの地の印象は、四十年近くたった今でも忘れることはない。

（二〇〇五・八）

わが里に大雪降れり大原の古《ふ》りにし里に落《ふ》らまくは後《のち》　（巻二・一〇三）

わが岡の龗《おかみ》に言ひて落《ふ》らしめし雪の摧《くだ》けし其処《そこ》に散りけむ　（巻二・一〇四）

飛鳥に雪が降った。大雪、いや、そうでなくても、飛鳥の里の雪景色は珍しいのだ。飛鳥浄御原宮の天武天皇は、大原の里の藤原夫人《ぶにん》（鎌足の娘で、天武天皇の後宮に仕えていた五百重娘《いおえのいらつめ》。大原は父の生誕地）に歌を贈った。

――私の住んでいる里には大雪が降って見事だぞ。あなたのいる大原の、古びた里に降るのはまだ先のことだろうよ。

これを受けて、五百重娘は、

――まあ、大雪だなんて、何をおっしゃいますの。私が住む岡の水の神様にお願いして降らせました雪のかけらが、あなた様の里に散ったのでございましょう。

と返した。

この二首の歌に見られるユーモアに満ちた親しさ。天武天皇の歌は大どかで明るい。それは、二句切れの力強さ、そして、「大雪」「大原」と「オオ」の音の重なり、更に「降れり」「古りにし」「落らまく」と「フル」の音を重ねて軽やかさをも感じさせる詠みぶりによるものであろう。雪を賞美しながらちょっと相手をからかい、楽しんでいる雰囲気が伝わってくる。この一首を贈られた五百重娘の返歌は、やや反発的な歌いぶりを見せながら、やはりユーモアを漂わせ、天武天皇への親愛の情が読みとれる。大らかで男性的な天皇の歌に対して、細やかで才気窺われる女性らしい歌といえよう。

ところで、これらの歌の舞台となっている場所であるが、天武天皇の浄御原宮と、五百重娘の居所であった大原は、同じ飛鳥でほんの一キロ程しか離れていない。飛鳥坐《あすかにいます》神社の南側から東の山間に入って行くと、小原《おばら》の集落に出る。古くは大原といわれた所で、辺り一帯が、鎌足が誕生し、その母大伴夫人の墓もある藤原氏ゆかりの地である。

掲出歌二首は、ごく近くの間の歌い合いであり、そうであればこそ、飛鳥の雪景色を目にしている二人の姿も、通い合う心と心も、鮮明に浮かんでくるのだ。

この何ともいえないのどけき万葉風景をかいま見せてくれた二人の作者。天武天皇はいうまでもなく、古代最大の内乱、壬申の乱に勝利して即位、飛鳥浄御原宮《あすかきよみはら》を営み、律令体制、天皇の絶対権の確立を推進した人物である。壬申の乱は一ヶ月余りではあったが、東

海、畿内地域にも及び、激しい戦であった。それを、わずかな期間に平定した天武天皇は、その後、

大君は神にし坐《ま》せば赤駒の匍匐《はらば》ふ田井《たゐ》を都となしつ　（巻十九・四二六〇）
大君は神にし坐せば水鳥の多集《すだ》く水沼《みぬま》を都となしつ　（巻十九・四二六一）

と、壬申の乱以前にはなかったという「大君は神にし坐せば」という表現を用いて、天皇は神であられるから、赤駒の歩いている田を、水鳥たちの騒ぐ沼地を、たちまちのうちに都となさったと、歌われている。

雪を無邪気に歌った天皇は、新しい時代の大君として讃えられ、偉大な力を持って、飛鳥浄御原宮で政治を執り、亡くなるまでの十四年間を送ったのである。一方、藤原夫人と呼ばれた五百重娘は、天武天皇との子、新田部皇子の母である。夫人というのは、古代の天皇に複数いた妻のうちで、皇后、妃に次ぐ地位の女性であった。歌を交わした頃、二人は何歳位だったのか。若き日のことではないような気がする。古代の貴族社会における特殊な婚姻関係の中とはいえ、すでに長い時間を共有し、互いに心の余裕も十分に生まれていた時期ではなかったろうか。時の天皇とその妻の、宮廷生活の一こまが歌われている二首。二人の間に流れる親愛感が心楽しく響いてくる贈答歌である。

この贈答歌は、「巻二・相聞」の部に収められている。相聞歌は恋の歌が中心だが、それは、歌垣での掛合い歌の伝統を受けつぎ、発達したものだからである。同じ巻二に贈答歌は幾例も見られ、次の二首は、大津皇子と石川郎女が交わした歌である。

あしひきの山のしづくに妹《いも》待つとわれ立ち濡《ぬ》れぬ山のしづくに　（巻二・一〇七）

吾《あ》を待つと君が濡れけむあしひきの山のしづくに成《な》らましものを　（巻二・一〇八）

「山のしづく」という美しい語が深い意味を持ち、また、同じ語のくり返しが心地良いリズムを感じさせる若々しい愛の表現が魅力的である。

学生時代の万葉の旅は、十二月二十日過ぎに始まるのが常で、時には雪に見舞われることもあった。談山神社から御破裂山、「小原」への道標をたよりに、多武峰を下って飛鳥に辿り着いたのもそんな日であった。静かに降り積む雪の中で仰いだ談山神社、十三重の塔の美しさと、雪の止んだ時にちょうど見えてきた光さす飛鳥の里の風景が、今、目の前に浮かんでくる。

（二〇〇五・十二）

紫は灰指《さ》すものそ海石榴市《つばいち》の八十《やそ》の衢《ちまた》に逢へる児《こ》や誰《たれ》（巻十二・三一〇一）

たらちねの母が呼ぶ名を申《まを》さめど路《みち》行く人を誰と知りてか（巻十二・三一〇二）

古代に、三輪山麓の海石榴市（桜井市金屋付近）から、奈良高円山の西麓あたりまで、山裾の集落をつないで一本の道が通っていた。山辺《やまのべ》の道である。

ここに掲げた二首は、金屋の集落に立った市、海石榴市の「歌垣《うたがき》」で歌われたという問答の歌である。

――紫染めには、椿の灰を加えるものですよ。その灰にする椿ではないけれど、つばきの名を持つ海石榴市で逢ったあなたは誰なのでしょうか。

――母さんが私を呼ぶ名を申しあげようと思いますが、道の行きあいに逢っただけの人を、どなたと知って申すべきでしょうか。

前の歌は、一、二句が海石榴（椿）市を引き出すための序詞。上代から最も喜ばれ尊ばれていた色彩、紫を染め出すには、紫草の根から採った汁に、椿の灰汁を媒染剤として使うのが最適とされたことに因っている。美しく巧みなこの表現は「八十の衢に逢へる児」の美しさをも連想させる。「八十の衢」は、四方八方に通じる辻。諸方への別れ道。交通の要所であったここに、古代物品交換の市ができ、古くから呪的植物と考えられ生命力あふれた椿が植えられていたのであろうその市は海石榴市と呼ばれ、多くの人で賑わった。神の山三輪山の麓でもあるこの地は、若い男女が集い、「歌垣」が行われた場でもあった。「逢へる児や誰」は、そこで出会った女性に名前を尋ねているのである。古代では、女性に名をきくのは求婚の意志を表すことであり、この歌は男性の問歌である。

　後の歌は、男性からの問いに対して、一応、拒んだ女性の答歌である。「誰と知りてか」は、省略の語法を用いた表現で「誰と知りてか――申さむ・申すべき」の意。道行く誰とも知らない人には名前を言えないと、相手の名のりを求めている気持ちも受けとれる。また、ここでは、女性が自分の名を「母が呼ぶ名」と表現しているが、古代において殊に女性の名は、常にそれを知って呼ぶのは女性の母であったという。

　掲出歌二首は「歌垣」の歌として伝えられたのであろうといわれているが、口ずさんでみると、いかにもうたいものらしい響きを感じる。民謡のように歌われたのであろうか。「歌垣」は「嬥歌《かがい》」ともいい、春秋の好季節に、諸国の村々の青年男女が、特定の山や浜や道の辻に集まり飲食、歌舞し、歌をかけ合って求婚したりする習俗であった。もともとは農村の季節行事で、作物のみのりを祈り感謝するために信仰の霊地とされる場所で行われていたのだが、後に、都市でも行うようになった。海石榴市の「歌垣」もそのようなものであったろう。花開く春、木々の葉色づく秋、道々で足ふみならして踊り歌い合った若き男女は、手を取り合って三輪山麓の岡へ登っていったのではないだろうか……。次の歌、

海石榴市の八十の衢に立ち平《なら》し結びし紐を解かまく惜しも　（巻十二・二九五一）

なども、海石榴市での出会いを追憶しているような一首で「歌垣」の伝統的な姿が歌われているといえよう。

さて、掲げた二首は、「巻十二・問答歌」二十六首一連の最初の歌である。二首並べられた「問答歌」は、

うつせみの人目を繁《しげ》み逢はずして年の経ぬれば生《い》けりとも無し　（巻十二・三一〇七）

うつせみの人目繁けばぬばたまの夜《よる》の夢《いめ》にを継ぎて見えこそ　（巻十二・三一〇八）

のように、問で使われた語を答で用いている歌も多く、それがやや類型的に感じられることもある。だが、掲出歌はそうでなく、生き生きとした表現で歌われているのが魅力的である。「問答歌」は、巻十一、十二にも見られるが、何れも作者や作歌事情は記されてお

らず、どういう人のどんな時の歌なのかわからない。また、「問答歌」に属している問と答との歌の組合わせは、本来のものでなく、編者によって取り合わせられた場合が相当あるらしいともいわれており、確かにそんな気もする。このことは『万葉集』の編纂や成立にも関わることで大変興味深い問題である。

山辺の道は日本最古の道といわれる。古墳や古社寺が点在し、万葉歌碑の立つ道を、海石榴市から石上《いそのかみ》まで幾度となく歩いたのは昭和四十年代であった。以来、久しぶりに、昨年(二〇〇五)の秋、桜井駅に降り立ち長岳寺付近まで歩いた。金屋の集落は、家並も海石榴市観音堂も新しくなっていたが、静けさは変わらない。時折小雨の降る午後、行きあう人も殆どない道を、万葉の旅を思い返しながら辿った。秀麗な三輪山を意識しつつ歩く道のりだが、あの頃と同じ小暗い細道や、森閑とした陵墓の傍を通ったりする時は少し足早になった。山辺の道は、古道の風情ある懐しい道といえるが、それよりも万葉人の思いや息づかいを惻惻と感じる道なのだ。

(二〇〇六・二)

## 三輪山をしかも隠すか雲だにも情《こころ》あらなも隠さふべしや　（巻一・一八）

大和には、さして高くはないが印象的な山がいくつもある。万葉を学ぶ者に、それは多くの歌とともに、いつでも心に近しく思い描ける山である。

大和平野の東南方、初瀬の峡谷に入る所に位置する三輪山は、なだらかな傾斜と深緑の色あいが殊に美しく、大和路を歩く私たちを引きつける。古代の人々にとっては、山全体が神体であった三輪山は、端麗な山容というだけでなく、大和の象徴、信仰の対象であった。この三輪山に、万葉人は格別の思いを寄せた。

ここに掲げた歌は、天智六年（六六七）、近江大津京への遷都にあたり、飛鳥を離れた大宮人たちに同行していた額田王が、平城山《ならやま》を越える時に詠んだとされる長歌に続く反歌である。大和への惜別の情を、三輪山に託して歌いあげた長歌の末尾「……情《こころ》なく　雲の隠さふべしや（巻一・一七）」を受けた形の反歌も、三輪山への思いを吐露した一首になっている。

――懐しい三輪山をそのようにも隠してしまうのか。せめて雲だけでも思いやりがあって欲しい。それなのに、あんなにも隠すことがあるだろうか。

大和、飛鳥古京を去り、近江へ向かうべく進んできた額田王ら一行は、大和と山城との国境、平城山に着いた。ここに立って、三輪山をよくよく見たいと思うのに、無情にも雲がかかって見ることができない。雲に願い、怨み、嘆くよりすべはないのだ。

この歌は、一、二句と三、四句そして五句と、三つの句を重ね、詠嘆し訴えずにはいられない思いを伝えている。一首の中、まず一、二句をみると、「三輪山を」のあとに呼吸があって呼びかけているように感じられる。二句は強い語気だが、むしろ、哀願の気持ちが濃いように思われる。句切れからは、深いため息もきこえてきそうだ。三句以下、「雲だにも」の切実さ、「情あらなも」という願望の直接表現、結句「隠さふべしや」の長歌の語のくり返しや反語表現等により、情感が一層高められ、強調されている。

さて、このように三輪山やそこにかかる雲という天然の現象を、あたかも生きている人間に対するように歌い心を寄せるのは、どのような背景からなのだろうか。

万葉人にとって、三輪山は特別な存在であった。古来、西麓にある大神《おおみわ》神社のご神体として祀られており、その為、大神神社に本殿はなく拝殿を通して三輪山を拝むのである。青やかで美しい三輪山は、神の山、神が天上から降臨する山であり、神座、神社の美称

「みもろ（三諸、御諸）、みむろ（三室、御室）」と呼ばれ、畏怖と憧憬の対象であった。

三輪山を詠み込んだ歌には、掲出歌とは大分雰囲気の異なる作者不詳の、

見渡しの三室《みむろ》の山の巌菅《いはほすげ》ねもころわれは片思《かたもひ》そする　（巻十一・二四七二）

味酒《うまさけ》の三諸《みもろ》の山に立つ月の見《ほ》が欲し君が馬の音そ為《す》る　（巻十一・二五一二）

のような歌もある。「味酒の」は三輪（ここでは三諸）に係る枕詞。何れも序詞に三輪山を入れ、奥深さや大きさはないものの、三輪山への親しみと優しい恋心が感じられる。

このように歌われた三輪山は、万葉人のそれぞれに多くの意味を持っていたろう。三輪山近くでその自然とともにあった人、宮廷の人々、遠くから仰いでいた人……思いは一様ではなかったろうが、根底には、三輪山は大和の神、地霊、大和そのものという意識があり、三輪山に、大和の地に生きる自分自身を感じていたのではないだろうか。それ故、三輪山に別れを告げるということは、どれほどの重大事であったことだろう。国境で大和をふり返り、雲に訴えて三輪山への思慕の情をより強く表現している掲出歌は、それを物語る。

天智天皇は、批判もあったという遷都を、内外の政治的情勢に迫られ断行した。だが、私的心情においては、大和は、天皇にとっても忘れがたい故郷であったにちがいない。そ

の思いも、つき従った大宮人たちの大和への止みがたい望郷の思いも、もちろん自身の思いも、全てをこめて額田王は歌ったのだろう。そして、更に、この歌は、近江遷都にあたり、三輪山に手厚い惜別の情を捧げて大和の地を鎮め、新都の平安を期するという天皇としての心も含めて詠んだ一首といえよう。題詞や左注に不明な点を残すが、切々と訴えながら、大きく深々と心に響いてくる歌である。

三輪山には、学生時代の万葉の旅で、冬に登ったことがある。ご神体のお山に登るには、社務所の許可が必要で、お祓を受けた後、白いたすきをかけた先生について登拝した。ゆるやかに美しく眺められる山の姿に反して、やや険しい山路であった。山中には磐座《いわくら》となっている無数の岩石の集団があり、供えものなども見られた。雪のちらつく中、不思議な世界にいるようで、古代のまつりの場、信仰の山であることを実感したのだった。

そういえば、三輪山一帯は、山百合の自生地で、神々に捧げる山百合を採取するのが六月の風物詩ということだったが、それは、今も行われているのだろうか……。そろそろ山百合の季節である。

（二〇〇六・五）

## 往《ゆ》く川の過ぎにし人の手折《たを》らねばうらぶれ立てり三輪の檜原《ひはら》は

（巻七・一一一九）

桜井の駅から、途中、大和川（初瀬川）を越え、仏教伝来之地碑などを見ながら、三十分ほど歩くと、金屋の集落に入る。ここは、古代、交通の要衝、物品交易の中心地として栄え、歌垣《うたがき》も行われていた「海石榴市《つばいち》」の跡で、山辺の道の基点である。現在は、「海石榴市観音」の小さなお堂に往古の名を残し、静かなたたずまいの地である。更に、二枚の板状の石に釈迦と弥勒を刻んだ「金屋の石仏」を訪ね、少し行くと、三輪山をご神体とする「大神神社《おおみわ》」である。大和一の宮のどっしりとした拝殿の前には、丹波大女娘子《たにはのおおめおとめ》の歌、

味酒《うまさけ》を三輪《みわ》の祝《はふり》がいはふ杉手触《てふ》れし罪か君に逢ひがたき

（巻四・七一二）

に詠まれているような神杉がそびえている。ここから北に、狭井《さい》の御神水で知られ、木々の中に鎮まる「狭井神社」、不動明王を祀り、謡曲『三輪』で有名な「玄賓庵《げんぴんあん》」の土塀沿いの石畳道を過ぎると、やがて、赤松の疎林を背に独特の三輪鳥居が立つ「檜原《ひばら》神社」に至る。この道のりは、山かげの小道であったり、畑の細道であったり、また、大和三山の何れかが眺められたりして、いかにも山辺の道らしい風情漂う道である。

今回掲げた一首であるが、舞台は、この「檜原神社」一帯であろう。『万葉集』には「三輪の檜原、巻向《まきむく》の檜原」とあるから、かつてこの辺りは、檜の繁茂する一面の檜林、檜原で、地名化もしていたのだろう。

——流れてゆく川のように逝ってしまったあの人が、挿頭《かざし》にするために檜の葉を手折ることはもうないので、この三輪の檜林も、しょんぼりと力なく立っていることよ。

作歌事情もわからない、何気ない一首のようだが、不思議にしみじみと心に響いてくる歌である。「往く川の」は「過ぎ」に係る枕詞だが、「檜原神社」からそう遠くない所を流れる山川「巻向川」が考えられていただろう。「過ぎにし人」は、この世を過ぎ去った人、死者。歌誌『人』万葉特集号（一九八五・一）で倉田千代子氏は掲出歌をとりあげ、「過ぎにし人」の「過」について「去る、でも、別れる、でもない。去るものの意志ではなく、自分の目の前をいやおうなしに通りすぎてゆく、そういう、いいようのない寂しさと諦観をもつ言葉」と、記しているが確かにと納得できる。そうした深みのある語ととらえてこそ、四句の「うらぶれ立てり」に作者の思いを重ねて感じとれるのだろう。「過ぎにし人」は、作者にとって大切な愛しい人であったにちがいない。逝ってしまった人に寄せる悲しみと回想の情がひそやかに伝わってくる。

ところで、この歌は、巻七の雑歌「葉を詠む」として二首並べられている後の歌で、前に、

いにしへにありけむ人もわが如《ごと》か三輪の檜原《ひはら》に挿頭《かざし》折りけむ　（巻七・一一一八）

がある。下句の「三輪の檜原に挿頭折りけむ」というのは、大神神社に詣でる人が檜の葉を折って挿頭にし頭にかざる風習があったのか、樹木の生命力を得るためのまじないであったのか、何れも、神への信仰を背景にしたことであったろう。「いにしへにありけむ人」は、掲出歌の「過ぎにし人」に通じるだろう。作者は、今、一人で檜の葉を手折っているが、遠い過去の日、檜の葉を共に手折り挿頭にして、三輪の神へ祈りを捧げたことがあったのではないだろうか。二首を併せて味わうと、作者の姿や思いが、一層ふくらんで想像できるようだ。

そして、この二首は「柿本朝臣人麿の歌集に出づ」とある。『柿本朝臣人麿歌集』は『万葉集』編纂の材料の一つとなった歌集で、短歌、長歌、旋頭歌が多数採られているが、人麿自身の歌だけでなく、他の人の歌も収められている。したがってこの二首についても人麿の歌なのかどうか確かなことはわからない。だが、「人麿歌集所出」として、三輪の檜原（檜原神社の辺）から巻向、穴師《あなし》（痛足）にかけて、

巻向《まきむく》の痛足《あなし》の川ゆ往《ゆ》く水の絶ゆること無くまたかへり見む　（巻七・一一〇〇）

児らが手を巻向山は常にあれど過ぎにし人に行き纏《ま》かめやも　（巻七・一二六八）

巻向の檜原もいまだ雲居《ゐ》ねば小松が末《うれ》ゆ沫雪《あわゆき》流る　（巻十・二三一四）

のような歌が十五首ほども見出されるのは、この地域と人麿との深い関わりを示すものではなかろうか。人麿は謎の多い人物であるが、この辺りの里に住んだとも、妻の一人がここにいたのだともいわれる。

そういえば、学生時代の万葉の旅で初めて山辺の道を歩いた時、先生が「明け方、人麿が恋人のもとから走ってこの道を帰ったんだ」と話されたのも「檜原神社」の付近であった。宮廷に関わる歌を詠んだとは別の、人麿の力強い足音が聞こえてくるようで胸が躍った。そんな若き日の思いも、歩きながら蘇ってくる。あの頃、道の所々にあった万葉歌の書かれた木片は立派な歌碑に変わったが、山辺の道は、今でも、万葉人の足跡や息づかいをより近くに感じられる道であることに変わりはない。「檜原神社」の境内の先、柿畑の向こうに、大和平野や二上山を望みながら、そのことをかみしめた。

（二〇〇六・八）

## 衾道《ふすまぢ》を引出《ひきで》の山に妹を置きて山路を行けば生けりともなし

（巻二・二一二）

遠く古代の香りが漂い、万葉人の足音も聞こえそうな檜原神社の辺りから、巻向川を越え、優しいたたずまいの車谷《くるまだに》、穴師《あなし》の集落を過ぎると、山辺の道は、やがて、濠をめぐらせ濃い緑におおわれた景行天皇陵、崇神天皇陵に至る。両陵は、ともに「山辺道上陵《やまのべのみちのえ》・山辺道勾岡上陵《まがりのおかのえ》」と名付けられており、古くからここを山辺の道が通じていたであろうことが思われる。この付近から一帯は、大和でも有数の古墳地帯で、山辺の道は、塁々たる古墳の間を縫うように続いていく。景行、崇神天皇陵をはじめとする柳本古墳群、継体天皇の皇后手白香《たしらか》皇女の陵墓とされる「衾田陵《ふすまた》」に代表される大和《おおやまと》古墳群が広がる地帯である。

「衾田陵」は、崇神天皇陵から少し進んだ所で、わが国最古の玉眼仏、本尊阿弥陀三尊像を祀る長岳寺の北方にあって、こんもりと深い茂みの大古墳である。この陵墓を中心に、早い時期の天皇家やそれと近い関係の氏族の根拠地として、古墳群ができあがったものといわれる。古代貴族の埋葬地だったのだろう。

ここに掲げた歌は、柿本人麿の私的な挽歌一連（巻二・二〇七〜二一六）の中の一首である。ただこの歌に詠まれている「衾道」「引出の山」の所在がはっきりしないのだが、その名前から「衾田陵」付近、「引出の山」は、背後にある「竜王山」が当てられている。——埋葬の地である引出の山に、いとしい妻を葬った後、さまようように山路を歩いていると、悲しみのために生きた心地もしないことだ。

結句の「生けりともなし」が強く響いてくる、まさに慟哭の一首である。「衾道を」には、枕詞説もあるが、地名説によれば、衾田の墓近辺の丘陵をゆく道、「を」は詠嘆の助詞などと考えられるであろうか。愛する亡妻をこの地に残し、独り山路をたどる人麿の姿が見える。人麿の生きた心地もしないという悲しさ、わびしさが思われる。

掲出歌は、人麿が「妻死《みまか》りし後、泣血哀慟して」作った長歌に寄せた短歌二首の内の一首である。長歌には「……吾妹子が　形見に置ける　みどり児《ご》の　乞ひ泣くごとに　取り与ふる　物し無ければ　男《をとこ》じもの　腋《わき》はさみ持ち……嘆けども　せむすべ知らに　恋ふれども　逢ふ因《よし》を無み……（巻二・二一〇）」という一節がある。妻はみどり子を残して亡くなったのだ。その幼子が何かを欲しがって泣くたびに、与える物もないので、男なのに子どもを脇に抱えて、妻を恋しく思い嘆いても、どうしてよいかわからず逢う手立てもない……と歌っている。亡妻へのかなしみの挽歌だが、母を亡くした幼子と父親である自分

の姿を歌っているのが興味深い。その具体的な描写が、残された者の一層のわびしさを表し、あわれを誘う。もう一首の短歌も、

去年《こぞ》見てし秋の月夜《つくよ》は照らせれど相見し妹はいや年さかる　（巻二・二一一）

という、悲しみに満ちた美しい歌である。

柳本、大和古墳群の多くの古墳を目にしながら、山辺の道すじから少し外れた所にある「衾田陵」を訪ねたのは九月の終りであった。陵墓までの細道、真っ赤に咲きそろった彼岸花がずっと続いている小道を進んでいると、師の、

死してのち　なほ人恋ふる魂の　ほむら燃えたつ。曼珠沙華のはな

（岡野弘彦『バグダッド燃ゆ』）

の歌が思い出された。まことこの辺りは、死してなお人恋うる者の魂と、亡き人へ限りない思いを寄せる生ける者の魂とが触れ合い、燃えたつ所なのだと思った。

そして、今、はるか古代に思いをはせる現代の私たちの心と、幾時代もの時を重ねてここに眠る人々の魂が、かすかに響き合っているのかもしれないとも感じられた。

さて、山辺の道はまた石上《いそのかみ》に向かって北上して行く。この道のりは、人家の路地、あるいは、よく整備された畑の前の明るい道、時には急な上り下り、山の小道だったり変化に

富んでいる。民家の間を抜け、わずかな濠が昔の面影をとどめる萱生《かよう》、竹之内環濠集落を通り、夜都伎《やとぎ》神社を過ぎ、明治の排仏毀釈で姿を消して本堂池を残すだけの内山永久寺跡まで来ると、間もなくうっそうとした杜に鎮まる「石上神宮」である。

「石上神宮」は、古くは布留《ふる》の社とよばれ、祭神は神武東征の際、平定を成し遂げたという神剣「布都御魂大神《ふつのみたま》」である。国宝七支刀《ななつさやのたち》もここに伝えられ、もともと大和朝廷の武器庫の性格を持っていたと見られる。

「石上布留《いそのかみふる》」を詠みこんだ歌は十首余り、その大半は、

石上布留の神杉《かむすぎ》神さびし恋をもわれは更にするかも　（巻十一・二四一七）

石上布留の山なる杉群《すぎむら》の思ひ過ぐべき君にあらなくに　（巻三・四二二）

のような恋の歌である。老杉に抱かれ神さびた風情の「石上神宮」を、人々は畏怖し尊敬したと同時に、親しく生活の中にとけこませていたのだろう。ここ石上から、山辺の道は更に『日本書紀』の語る悲劇、影媛《かげひめ》の歌物語に詠まれている地名を追うように奈良へと続くのである。若き日に幾度か歩き、長い時を経て再び辿った山辺の道は、懐かしく豊かな万葉の道である。

（二〇〇六・十一）

# 夕さればひぐらし来鳴《きな》く生駒山《いこまやま》越えてそ吾《あ》が来る妹《いも》が目を欲《ほ》り

（巻十五・三五八九）

　奈良と大阪の境になだらかに広がる生駒、信貴《しぎ》連山。平城京から夕映えにシルエットを見せてそびえる生駒山は、最高点六四二メートル。奈良時代、平城京の人たちが、最短で直接に難波へ出るには、越えねばならぬ山であった。

　ここに掲げた生駒山越えの一首は、天平八年（七三六）六月の遣新羅《しらぎ》使人の一人、秦間満《はだのはしまろ》の作で、難波津から出帆までの間に暇を得て、奈良の妻のもとへ帰りゆく時の歌とされる。

——夕暮れになると、蜩の鳴く声がしきりに聞こえてくる生駒山、その生駒山を私は越えてきたことだ。妻に会いたくて。

　生駒山の描写がよくその情景をとらえ、作者の思いが重ねられて感じ取れる歌である。「ひぐらし」は、広く蟬一般をいう場合もあるが、ここでは、陰暦六月の夕方になって鳴くことであり、現在の蜩を指しているであろう。一読してすっと意味が通り、作者の妻への思慕の情も山越えをする姿も浮かんでくる。結句の「妹が目を欲り」という具体的な表現が、何とも素朴に心に響いてくるのだ。秦間満については伝未詳だが、はるばる新羅国まで何が起こるかわからぬ海路を行こうとしている作者、わずかの合い間を見て難波から奈良の妻のもとへ急ぐその身に、生駒の山林に響く蜩の声は、一入心に染みたであろう。

この歌には「新羅《しらき》に遣はさえし使人ら別《わかれ》を悲しびて贈答し、また海路にして情《こころ》を慟《いた》み思を陳《の》ぶ。所に当りて誦する古歌を幷せたり」という題詞がある。

『続日本紀』によれば、天平八年二月、阿倍継麿《つぐまろ》を大使とし準備をすすめて、遣新羅使節団一行は、間もなく渡海の途につく予定であったが、事情のために延期され六月になって出発したらしい。当初、一行の人たちは、秋には帰国と考えていたが、風波の難にも遭い、途中、病む者、病没する者もいて、実際に帰ってきたのは翌年のことであった。この頃、都では大流行していた疫病で藤原四兄弟や高官らもあいついで亡くなり、また新羅国との関係も好ましいとはいえず、内外ともに揺れ動いていた。このような状況の中での遣新羅使節は、多難で意気の揚がらないものだったようである。だが、一行の人たちは、海上にあっても上陸しても、題詞のごとく歌を詠み古歌を朗唱した。

君が行く海辺の宿に霧立たば吾《あ》が立ち嘆く息と知りませ　（巻十五・三五八〇）

秋さらば相見むものを何しかも霧に立つべく嘆きしまさむ　（巻十五・三五八一）

天離《あまざか》る鄙《ひな》にも月は照れれども妹そ遠くは別れ来にける　（巻十五・三六九八）

われのみや夜船《よふね》は漕ぐと思へれば沖辺《おきへ》の方に楫《かぢ》の音《おと》すなり　（巻十五・三六二四）

初めの二首は贈答歌。船に乗って旅立ってゆく遣新羅使人を送る女性の、霧となって愛する人を追い慕うというひたむきな思いが美しく歌われている贈歌と、その答歌である。三首目は「鄙にも月は照れれども」に実感がこもり、都や妻への恋しさが伝わってくる。そして、四首目は、よるべない海上を行く船旅、夜船を漕いでいるのは自分だけと思っていたところが、沖の方で楫の音がする。それを聞きながら、一人ではなかったという安堵の思いを抱く作者の姿がしみじみと感じられる。知的で近代的な面を持つ歌といえよう。

遣新羅使人らのこうした歌は、百四十五首収められ巻十五の前半を成している。特殊な背景を持っており、一首と同時に全体として読み味わいたい歌群である。

さて、掲出歌に歌われている「生駒山越え」であるが、その時代「竜田山越え」とともに、平城京と難波を結ぶ重要な交通路であった。遠くはなるがゆるやかな山越えで一般的であった「竜田山越え」に対し「生駒山越え」は、険しい山路を行く近道で「直越《ただこ》え」とも称された。そして、生駒山は交通の要路であっただけでなく、海上からもどこからも望まれる高峰で、頂上から東西の眺めがよく、和銅五年（七一二）には、変事などを知らせる「烽火台《とぶひ》」も置かれた。万葉人にとっては心に留むべき山だったのだろう。

妹がりと馬に鞍置きて生駒山うち越え来れば黄葉散りつつ　（巻十・二二〇一）

君があたり見つつも居《を》らむ生駒山雲なたなびき雨は降るとも　（巻十二・三〇三二）

難波門《なにはと》を榜《こ》ぎ出て見れば神《かみ》さぶる生駒高嶺《いこまたかね》に雲そたなびく　（巻二十・四三八〇）

生駒山が詠み込まれている恋の歌二首。三首目は防人の歌。難波の港を出て遠い旅路に向かう人の目にも神々しい山、郷愁の山として焼きつけられたのだろう。

生駒の山越えの道は幾つかあったが、旧道の多くは荒廃し、当時の道筋は定かではない。現在は、生駒山の鞍部にあたる暗峠《くらがり》を越える「暗越え」の道が、中世以後の道との説もあるがやはり重要な道だったろうといわれている。昨秋の晴れた一日、生駒山頂から山道を迷いつつ暗峠へ出、石畳や道標が往時を語る暗峠から南生駒の地まで下った。のどかなこの下り道は、優しい野の花に飾られた石仏たちに出会った道であった。

（二〇〇七・二）

## 塵泥《ちりひぢ》の数にもあらぬわれ故《ゆゑ》に思ひわぶらむ妹《いも》が悲しさ（巻十五・三七二七）

『万葉集』巻十五は、全巻がただ二つの歌群から成るという他の巻には見られない特徴を持っている。その歌群の一つは、天平八年、新羅に派遣され翌年帰朝した使節、遣新羅使人たちの歌（六九・七〇頁に掲載）と彼らが朗唱した古歌併せて百四十五首と、もう一つは、天平十一年（七三九）頃、中臣宅守《なかとみのやかもり》が越前の国へ流罪となった時、狭野弟上《さののおとがみの》（茅上）娘子《おとめ》と贈答した歌六十三首である。二人の歌は、宅守四十首、娘子二十三首で、互いに四回交わされ、最後に宅守の独詠歌が付けられている。

ここに掲げた歌は、宅守の歌として第一首目である。

――塵や泥に似て物の数にも入らないような自分のために、悲観し思い沈んでいるであろう愛しい人が、かわいそうでならない。

自分自身を「塵泥の数にもあらぬ」と喩えた表現にはやや特異な感じを受けるが、そこに宅守の内省的で静かな人物像が浮かび、男ごころの切なさも伝わってくる。越前までの道中で詠んだ歌は、この後、

あをによし奈良の大路《おほぢ》は行きよけどこの山道《やまみち》は行きあしかりけり

（巻十五・三七二八）

と続く。さりげない一首だが、美しい奈良の大路と越前に向かう山道を対比させ、娘子のいる都から離れ難い気持ちを訴えている。宅守の歌に先立ち娘子が詠んだのは次のような歌で、二人の贈答歌の始まりである。

あしひきの山路越えむとする君を心に持ちて安けくもなし

（巻十五・三七二三）

君が行く道のながてを繰《く》り畳《たた》ね焼きほろぼさむ天《あめ》の火もがも

（巻十五・三七二四）

大和から近江へ、更に山を越えて北の越前まで行く愛する人の姿を胸に抱き、不安でいっぱいの娘子の心がしみじみと感じられる一首目。次はよく知られる歌。あなたの行く長い道をたぐりよせ、畳みこんで焼いてしまう天の火が欲しいと娘子は歌う。思いつめた気持ち、奇跡を求める心が激しい歌いぶりで表現され、情熱的で積極的な女性像がイメージされる。

ところで、この贈答歌の背景である宅守流罪というのはなぜなされたのか。その原因については、巻十五の目録により、二人の恋愛・結婚にあるとされるのだが今一つはっきりしない。二人の結びつきは本当に許されない性質のものだったのか。流罪という処罰や娘子へは何もなかったのか、等の疑問から、原因は別にあるのではないかといわれる。それは政治がらみとも案外つまらない事件が発端とも諸説あり、真相はやはり不明なのである。ともあれ、宅守は越前の味真野《あじまの》（昔、国府のあった福井県武生市）に、娘子は都に留まった。

遠き山関も越え来《き》ぬ今更に逢ふべきよしの無きがさぶしさ　（巻十五・三七三四）

他国《ひとくに》は住み悪《あ》しとそいふすむやけく早帰りませ恋ひ死なぬとに　（巻十五・三七四八）

今はもう会う手立てがないと嘆く宅守を「早帰りませ」と待ち励ます娘子は、蔵部《くらべ》の女嬬《にょじゅ》という下級女官だったらしいが、ここに登場するのみである。一方、神職関係の宮廷役人であった宅守は『続日本紀』に、天平十二年（七四〇）六月大赦が行われた際、許されなかった者の中にその名が見出される。

さす竹《だけ》の大宮人《おほみやひと》は今もかも人なぶりのみ好みたるらむ　（巻十五・三七五八）

世の中の常の道理《ことわり》かくさまになり来にけらしすゑし種子《たね》から　（巻十五・三七六一）

今日もかも都なりせば見まく欲《ほ》り西の御厩《みまや》の外《と》に立てらまし　（巻十五・三七七六）

あぢま野に宿れる君が帰り来《こ》む時の迎へを何時《いつ》とか待たむ　（巻十五・三七七〇）

帰りける人来《きた》れりといひしかばほとほと死にき君かと思ひて　（巻十五・三七七二）

わが背子が帰り来まさむ時の為命《ため》残さむ忘れたまふな　（巻十五・三七七四）

宅守の歌の一首目「さす竹の」は枕詞。この歌からは大宮人の「人なぶり」を非難する気持ち、二首目には今のような辛い状況にあるのは自分の「すゑし種子から」なのだという反省の気持ちが読み取れるが、ともに何やら意味あり気に感じられる歌である。三首目は、娘子に会いたくて、平城宮の西の御馬屋の外に立っていた日を回想し、恋しさを募らせている姿が偲ばれる。

後の三首は娘子の歌。許されて帰った人がいるというので死ぬほど喜んだのもつかの間、君ではなかった。だが、娘子は一途に宅守の「帰り来む」「帰り来まさむ」時を待つのである。最後の一首「命残さむ」が心に強く響いてくる。そして、どれほどの時がたったのだろう。宅守は後に許されて帰京するが、二人は再会を果たしたのかどうか、その愛の行方は知られない。

この六十三首に及ぶ贈答歌であるが、全体が一つの創作という見方がある。確かに整然とした構成からも歌物語を読むようである。宅守流罪という事件と原形になった歌に思いを寄せた人が、手を加え一連を成したのかもしれない。そして、その恋物語を哀れ深く受けとめ、育み伝えてきた人々の心も思わずにはいられない。遠い日の夏、友と北陸、能登を旅した折に訪ねた味真野（宅守の配所）の風景が蘇ってくる。

（二〇〇七・五）

## 春日野《かすがの》に時雨《しぐれ》ふる見ゆ明日《あす》よりは黄葉《もみち》挿頭《かざ》さむ高円《たかまと》の山（巻八・一五七一）

奈良の春日野。どこか懐かしく優しく響いてくる地名である。春日はもと、豪族、春日県主の根拠地だが、奈良朝の頃は、かなり広範な地域を春日野と称したらしい。興福寺から春日大社の一帯、さらに東大寺、新薬師寺を含む辺りだったようである。そして、春日大社の背後には、笠を伏せたような御蓋《みかさ》山、後方に重なるように緑の原始林におおわれた春日山、その山並の続きに、まどかな高円山が連なっている。

ここに掲げた歌は「巻八・秋の雑歌」に収められている藤原八束《やつか》の歌である。——春日野に時雨の降るのが見える。明日からは、頂上の木々が色づき、黄葉をかざしたようになるだろう、高円の山は。

とりたてて珍しい風景を詠んだのでもなく、個性的な表現をしているわけでもないが、ふと心に止まった一首である。雨と黄葉、山が色づくという取り合わせの歌はよくあるが、それを観念的でなく、平凡な言い方だが「時雨ふる見ゆ」と確実にしたところに、作者の姿も見えてくるようだ。しんみりと秋の情緒に浸る若き大宮人だろうか。また、初句と結句に「春日野」「高円の山」と地名を詠み込んでいるが、それらの音ののびやかな柔らかい響きが、山を擬人化した表現とともにいかにも作者にとっての親しさを感じさせる。

春日野（春日山）・高円山（高円の野）は、ともに平城京にそれほど遠くはなく、大宮人にとって格好の行楽地だったようで、四季の変化につけその景観を、あるいは人への思いの中に、それぞれ二十首以上も詠まれている。殊に高円の地は、山裾にはかつて志貴皇子の宮があり、聖武天皇の高円離宮もこの辺りだったといわれる。そして、ある時期、高円山に続く台地（春日の里）に住んだ大伴坂上郎女《おおとものさかのうえのいらつめ》や、聖武天皇と関わりの深い大伴家持は、高円を詠んだ歌を幾首も残している。

猟高《かりたか》の高円山を高みかも出で来《く》る月の遅く照るらむ　（巻六・九八一）
高円の野辺の秋萩この頃《ころ》の暁《あかとき》露に咲きにけむかも　（巻八・一六〇五）
高円の野《の》の上《うへ》の宮は荒れにけり立たしし君の御代《みよ》遠そけば　（巻二十・四五〇六）

月の出を待つ郎女の歌一首。高円の秋の風情と亡き聖武天皇の離宮の荒廃を思い、実感をこめて詠んだ家持の歌二首である。

掲出歌の作者「藤原八束」は、藤原房前《ふささき》の第三子であり、宮廷においては、大宰帥、中納言、大納言等を歴任し、天平神護二年（七六六）三月、五十二歳で没している。一時期、揺れ動く政治状況下で病と称して家居したこともあったが、再び出仕、聖武天皇の信任あつい、度量広く明敏な人であったという。聖武天皇を敬愛した大伴家持との交流もあったようである。『万葉集』には、八首（短歌七首と旋頭歌一首）が残されている。その中で、年代の確認できる歌がある。それは、題詞に、聖武天皇が行幸しての「十一月八日（天平勝宝四年・七五二）、左大臣橘朝臣（諸兄）の宅に在《いま》して、肆宴《とよのあかり》きこしめす歌四首」の中の一首、

松蔭の清き浜辺に玉敷かば君来まさむか清き浜辺に　（巻十九・四二七一）

と、続いて「二十五日、新嘗会《にひなへまつり》の肆宴に、詔に應ふる歌六首」にある中の、

島山に照れる橘髻華《うず》に挿《さ》し仕へまつるは卿大夫《まへつきみ》たち　（巻十九・四二七六）

の一首である。二首とも宴席での歌である。一首目の「清き浜辺に」のくり返しによる明快な調子や、二首目の具体的な叙述から、晴れやかな宴の雰囲気が伝わってくる。落ちついて余裕の感じられる宮廷人らしい歌いぶりの作者は、四十歳に近い年齢であろうか。

ところで、この宴には大伴家持も同席しているのだが二人の関わりは、これより九年ほど前、藤原八束の家で安積皇子《あさかのみこ》（聖武天皇の皇子）が宴した折、家持が詠んだ次のような歌でも知られる。

ひさかたの雨は降りしく思ふ子が宿《やど》に今夜《こよひ》は明《あか》して行かむ　（巻六・一〇四〇）

「思ふ子が宿」とは八束の家を指すであろう。雨の今宵、親しい友の家で明かそう、という歌である。八束は家持より四歳年上だが、長い年月を経ての結びつきが想像される。八束の歌は、他に、恋歌らしき梅の花の歌（巻三）、秋の風情を詠んだ歌（巻六・巻八）など見られるが、掲出歌も含めて、それらは七五二年より早い時期のものであろう。

八束や家持らの生きた天平の時代は、華やかな貴族文化の栄えた世であったが、政情は安定せず不穏な空気の漂っていた時代でもあった。そうした時代の流れの中で、さまざまな人間模様が繰り広げられたであろうことが、幾首かの歌に触れつつしきりに思われた。

十一月下旬、奈良は美しい紅葉に彩られる。万葉のもみじは「黄葉」で、赤系統はごくわずかしかない。万葉人が見たのは、標高の低い大和の山々の黄色い葉だったのだろうか。彼らが遊んだ春日野、高円の野一帯……奈良公園から春日大社、飛火野《とぶひの》、そして、新薬師寺から白毫寺辺りの佇いは、幾度訪れても飽きることはない。季節や時間を変えて歩きたい所である。

（二〇〇七・八）

## 高円《たかまと》の野辺《のべ》の秋萩《あきはぎ》いたづらに咲きか散るらむ見る人無しに

（巻二・二三一）

「春日宮天皇」の号を後に贈られた志貴親王《しきのみこ》（志貴皇子）は、都が奈良に還ってからは、高円山の山裾、白毫寺辺りに住んだといわれる。その志貴親王が亡くなったのは、霊亀元年（七一五）秋九月のことと『万葉集』に記され（ただし『続日本紀』には同二年八月とある）、笠金村《かさのかなむら》は、次のような挽歌を長歌に詠んでいる。

梓弓　手に取り持ちて　大夫《ますらを》の　得物矢《さつや》手ばさみ　立ち向ふ　高円山に　春野焼く
野火《のび》と見るまで　もゆる火を　いかにと問へば　玉桙《たまほこ》の　道来る人の　泣く涙　霈霂《こさめ》
に降《ふ》りて　白栲《しろたへ》の　衣《ころも》ひづちて　立ち留《とま》り　われに語らく　何しかも　もとな唁《とぶら》ふ
聞けば　哭《ね》のみし泣かゆ　語れば　心そ痛き　天皇《すめろき》の　神の御子《みこ》の　いでましの　手《た》
火《び》の光そ　ここだ照りたる

（巻二・二三〇）

この長歌は、貴族たちの狩の様子を描いた、「高円山」にかかる序詞で始まる。そして、「もゆる火」「手火の光（葬列の人々が持つ松明の光）」を中心に、その火は何かと問う人と、涙を流して志貴親王の死を語って答える人との問答形式で歌われている。直接的に死者を悼む表現ではないが、「玉桙の」「白栲の」という枕詞の古代的な響きや「聞けば……語れば……」といった対句によって厳かに強く悲しみが伝わってくる。また、高円山の裾をめぐって続く野辺送りの火を背景に、白い衣を着た人物と、もう一人が対話をしているさまは、まるで、舞台上の一編のドラマを見るようでもある。

掲げた一首は、この長歌に添えられた短歌二首の中、初めの歌である。

――高円の野辺の秋萩は、空しく咲いては散っているのであろうか。見る人はいないというのに……（高円の宮がある野に咲いていた萩の花、その花を愛でられた方は、もうこの世にはいらっしゃらないのだ）。

「見る人無しに」「いたづらに」咲きほこり散っていく萩の花。可憐な萩の花の風情に寄せて、志貴親王への追慕の情を詠んだこの歌は、二人の登場人物による問答形式で、ドラマチックに悲しみを歌いあげた長歌に対して、いかにも静かで、抑制された悲しみの表現になっている。だが、亡き人への思いはしみじみと心に響いてくる。次に、親王亡き後、野辺への道がひどく荒れたことへの嘆きが歌われ一連を終えている。

笠金村は、山部赤人、山上憶良、大伴旅人らと共に万葉第三期の主要歌人の一人である。しかし、その名は『万葉集』に伝えられるだけで、経歴や身分などはわかっていない。

『万葉集』には、金村自身の作品といわれる「金村歌集・金村歌中」の歌と併せて、長歌十一首を含む四十数首がある。内容的には、旅に関する歌、それも行幸に従った時の従駕歌が多い。年代のはっきりしている歌の最初は、霊亀元年（七一五）の挽歌、最後は、天平五年（七三三）の入唐使《にっとう》に贈った歌である。この間十八年、それ以前、以後については不明だが、金村は、元正女帝から聖武天皇前期の頃、官位は低かったものの、親王や天皇の傍らにあって雑務や警護に携わりながら、歌才を認められた宮廷歌人的存在だったようである。金村の従駕歌は、養老七年（七二三）から数年の間、毎年のように作られているが、中に「……栂《とが》の木の　いやつぎつぎに　万代《よろづよ》に　かくし知らさむ　み吉野の　蜻蛉《あきつ》の宮は　神柄《かむから》か　貴くあるらむ……（巻六・九〇七）」のように、吉野離宮を誉め讃える長歌もある。おそらく柿本人麿の歌に学んだと思われるこの吉野讃歌だが、人麿が「やすみしし　わご大君　神ながら　神さびせすと　吉野川　激《たぎ》つ河内《かふち》に……（巻一・三八）」と、渾身の力をこめて天皇を讃美したのとは違って、金村の歌は、宮を誉めることで天皇を讃美している。

　こうした従駕歌は、同時に、山部赤人や車持千年《くるまもちのちとせ》の作もあり、巻六にはそれらの歌が並べられているのも興味深い。なお、金村には他に、行幸先の宴席での歌や、作歌上の工夫とされる女性の口ぶりを借りた女性仮託の歌などもあり、天平の世の文芸意識が思われる。

さて、掲出歌には萩の花が詠まれているが、萩は万葉人が殊に好んだ花で、

見まく欲《ほ》りわが待ち恋ひし秋萩は枝もしみみに花咲きにけり　（巻十・二二二四）
秋風は涼しくなりぬ馬並《な》めていざ野に行かな萩の花見に　（巻十・二一〇三）
秋さらば妹に見せむと植ゑし萩露霜《つゆしも》負《お》ひて散りにけるかも　（巻十・二一二七）

等、集中、百四十首余りの歌が見出される。

その萩の花もすっかり散り秋が深まった十一月、鉢伏峠を越えて高円山の東南、田原の里に「春日宮田原西陵」を訪ねた。六首の清新な歌を遺した志貴皇子の奥津城《おくつき》は、細い参道の奥に、ふっくりとした茶畑に囲まれるように鎮まっている。白い茶の花が雨にぬれる日だったが、しばし、みずみずしい早春の歌や、過ぎにし都の風を詠んだ歌に、そして、複雑な境遇にあった皇子の生涯に思いをはせた。壬申の乱を経て飛鳥、藤原、奈良と移りゆく時代に、どのように身を処し何を考えながら生きたのだろう……。一人の人間の人生が、千三百年の時を越え不思議に近く心懐しく思われた。


（二〇〇七・十一）

## 春日野に煙《けぶり》立つ見ゆ少女《をとめ》らし春野のうはぎ採《つ》みて煮らしも

（巻十・一八七九）

平城京の東郊にあたり、かなり広範な地域にわたってなだらかに広がっていた春日野。その春日野の春といえば、今でも、馬酔木の花が咲き、朝露を踏んで鹿が草を食む奈良公園や春日大社、飛火野《とぶひの》辺りの情景が浮かんでくる。

ここに掲げた歌は、「巻十・春の雑歌」に「煙を詠む」として収められている作者不詳歌だが、いかにも春らしい情感の漂う一首である。

――春日野に煙の立つのが見える。少女たちが、みずみずしい力を得、若さを保つと信ぜられた春野ウハギ（嫁菜）を摘んで煮ているらしい。

「春日野」「煙」「少女ら」「春野のうはぎ」と詠みこまれている語が優しく響き、明るくのどやかな春の雰囲気が伝わってくる。「うはぎ」は嫁菜の古名。若葉は香り良く食用となり、春の摘み草の代表。花は秋に咲く野菊。淡い青紫の可憐な花に、少女らの姿が重ねられているようだ。うららかな春の景が思い描けるこの歌は、まず、春日野に立ちのぼる煙が見えることを表現して二句で切り、その煙から作者の確かな想像として少女らの動きある姿を歌っているのだが、どこか古風で素朴な味わいも感じられる。それは、やはり春野で草を摘む少女の姿からであろうか。万葉集の巻頭歌、「籠《こ》もよ　み籠持ち……この岳《をか》に　菜摘ます児……」なども思い出される。春の野に出て若菜を摘むという行為は、春の大事な行事（神事）の一種で、古くは歌垣と結びついていたようである。秋の豊かな実りを祈って春の野山に入り、花見や国見、青菜摘みを行い、共同で飲食、歌舞し、歌をかけ合い求婚したりする農村の行事があった。その折の歌や行動が、やがて、若菜を摘んでいる聖なる少女に求婚する雄略天皇を主人公とする歌物語の中に、あるいは「野遊」と称して奈良の大宮人たちの行事にとり入れられていったのだろう。掲出歌もこうした背景を負った一首と考えられるのではないだろうか。

春日野は、平城京に住む大宮人にとって春夏秋冬、親しく足を運ぶ遊宴の場所で眺望良好な地であった。この地で「煙立つ見ゆ」とあるのは、国見的発想のもとに、若菜摘みや共同飲食が詠みこまれているのかもしれない。だが、実際にはすでに宮廷儀礼化した歌垣の行事に、少女として参加していたのは大宮人の子女や仕えていた采女たちであったろう。若草山や御蓋山の西麓に続く台地で、北は佐保川、南は能登川に至る山野、台地、渓流に恵まれた春日野に、多くの大宮人がともに集い、遊んだ春の日が思われる。そして、掲出歌の後には「野遊」と題された次の四首が続いている。

春日野の浅茅《あさぢ》が上に思ふどち遊ぶこの日は忘らえめやも　（巻十・一八八〇）

春霞立つ春日野を行き帰りわれは相見むいや毎年《としのは》に　（巻十・一八八一）

春の野に心伸《の》べむと思ふどち来《こ》し今日の日は暮れずもあらぬか　（巻十・一八八二）

ももしきの大宮人は暇《いとま》あれや梅を挿頭《かざ》してここに集へる　（巻十・一八八三）

何れの歌にも、野遊びの楽しさ、のどかな大宮人の行動が歌われている。殊に三首目までは、親しい友との交流が「思ふどち」「相見む」などの語によって述べられ、ほのぼのとした気分を抱かせる。三首ともに、気持ちの通い合った仲間と、春日野に遊んだ日は「忘らえめやも」、春霞立つ春日野を「相見むいや毎年に」、心を伸ばそうとやって来た今日の日は「暮れずもあらぬか」と、それぞれ結句に思いを込めて歌っている。類型的な表現ともいえようが、心を許し合った友と、春日野で過ごした春の日をいとおしんでいるような作者の思いが、しみじみと心に残る。

四首目は、宮廷に仕える大宮人が、政務の余暇に集い楽しんでいる景を詠んだものであろう。この歌は、『新古今和歌集』に、

ももしきの大宮人はいとまあれや桜かざしてけふもくらしつ　（巻二・一〇四）

赤人作として載っている。更に「春日の春」は、風景や相聞の中に、

見渡せば春日の野辺に霞立ち咲きにほへるは桜花かも　（巻十・一八七二）

春日山霞棚《たな》びき情《こころ》ぐく照れる月夜《つくよ》に独りかも寝む　（巻四・七三五）

のようにも歌われる。一首目は、春日野の霞とともに詠まれる色鮮やかな桜の花。二首目は坂上大嬢《さかのうえのおおいらつめ》が家持に贈った歌。「情ぐく」は、心が晴れずうっとうしい状態。春の朧夜のやるせない気持ちが、風景と溶け合うように表現されている。このように、春日野、春日山……と「春日」を詠み込んだ歌は数十首に上り、いかに大宮人にとって近しい地であったかが知られる。しかも、それらの歌の殆どは平城遷都後の歌で、かつて自然が人々の生活と密着していた時代とは異なり、次第に風雅の対象、時には歌枕的な趣さえ見せるようになるのも時代の流れであろう。

ところで掲出歌の「うはぎ」であるが、集中、もう一首、人麿が亡妻を偲んだ次の歌に見出される。

妻もあらば採《つ》みてたげまし佐美《さみ》の山野の上《へ》のうはぎ過ぎにけらずや　（巻二・二二一）

（二〇〇八・二）

## 夏の野の繁みに咲ける姫百合《ひめゆり》の知らえぬ恋は苦しきものそ

（巻八・一五〇〇）

ユリの花はその品種が大変に多いが、「草深百合、小百合……」等、『万葉集』の十首程に見出されるユリは、白色六弁の優雅な「ヤマユリ」と、笹形の葉に、淡紅色の花開く「ササユリ」の二種と考えられている。

「巻八・夏の相聞」に収められている掲出歌の「姫百合」は、ヤマユリに比べて全体的に小さく、線形の葉で、茎の先端に赤い花をつけるユリである。

——夏野の草の繁りにおおわれるようにひっそりと咲いている姫百合、そのように、私の胸の中だけでいくら思っても、相手に知られることのない恋は苦しいものです。

ここには、知らえぬ恋、片恋の苦しさが歌われており、意味合いは下句にあるのだが、この歌が、鮮明で優しい印象を残すのは、ひとえに上句の比喩「知らえぬ恋」に係る序詞の表現、そして「の」の音のリズムによるものであろう。勢いよく生い茂る夏草の緑と小ぶりな赤い花……。姫百合の美しさ、可憐さが際立ち、また、「ひめゆり」という音の響きに、秘めし恋も重ねられているようだ。こうした片恋の表出に姫百合をとらえたのはただ一首、作者の新鮮な感覚が思われる。

素朴な恋の嘆きの歌とは異なる洗練された情趣を感じさせるこの歌の作者は、大伴坂上《おおとものさかのうえ》郎女《のいらつめ》である。

坂上郎女は、大伴安麿の娘で、旅人の異母妹、家持の叔母になる。郎女は、はじめ穂積皇子（天武天皇の皇子）に嫁ぎ、皇子薨去後、藤原麻呂（不比等の子）に愛され、やがて異母兄、大伴宿奈麿と結婚して大嬢（家持に嫁す）・坂上二嬢を生んだ。そして、任地で妻を亡くした旅人のもと大宰府にも赴き、家持らを養育する。帰京して旅人没後は、名門大伴家（文武・外交の伝統的な家）の家刀自《いえとじ》、中心的な存在として、若年の当主、家持を支え、実質的に一族の世話に当り盛り立てた。郎女の作歌の殆どもこの時期になされている。『万葉集』には、八十四首（短歌七十七首、長歌六首、旋頭歌一首）が採録され、女流歌人の中では最も歌数が多い。その内容は、郎女の社交的地位と多彩な生涯が示すごとく、恋愛、母性愛の歌、大伴家の氏神に奉る歌、一族を宴する歌、挽歌……等の広範囲に及んでいる。大伴家の種々の公的和歌を詠んでいるため、女性にしては雑歌の多いことは特色であるが、全体としては、やはり相聞歌がなお多数である。

数多い郎女の相聞歌であるが、彼女の本来の意味での恋愛贈答歌は、藤原麻呂の歌に和《こた》えた次の四首のみとされている。

佐保河の小石ふみ渡りぬばたまの黒馬《くろま》の来る夜《よ》は年にもあらぬか　（巻四・五二五）

千鳥鳴く佐保の河瀬のさざれ波止む時も無しわが恋ふらくは　（巻四・五二六）

来《こ》むといふも来《こ》ぬ時あるを来《こ》じといふを来《こ》むとは待たじ来《こ》じといふものを　（巻四・五二七）

千鳥鳴く佐保の河門《かはと》の瀬を広み打《うち》橋渡す汝が来《く》とおもへば　（巻四・五二八）

若い時の作である。一、二、四首目はともに、大伴氏根拠地の佐保、佐保川を背景に恋心が歌われている。一首目の情景描写や、「年にもあらぬか」に込められた思い、二首目の、細やかな比喩から力こもる下句への転換など印象深いが、何れも「巻十三」に類歌が見える。三首目は郎女のよく知られた歌で、訪れない人への複雑な思いが読み取れる。「来《こ》」の音を句の頭に置いてくり返し、音楽的でからみつくような不思議な雰囲気のある、郎女の才気が表れた一首といえよう。

これらの歌以外の相聞歌の多くは、娘の為の代作や恋を題材とした宴席での歌とされる。だが、掲出歌のように細やかな情感をたたえ、表現力に富む郎女の歌は『万葉集』の中でも魅力的な相聞歌となっている。

恋ひ恋ひて逢へる時だに愛《うつく》しき言尽《ことつく》してよ長くと思《も》はば　（巻四・六六一）
人言《ひとごと》を繁みか君が二鞘《ふたさや》の家を隔てて恋ひつつをらむ　（巻四・六八五）
わが背子が着る衣《け》薄《きぬうす》し佐保風はいたくな吹きそ家に至るまで　（巻六・九七九）
月立ちてただ三日月の眉根《まよね》搔《か》き日《け》長く恋ひし君に逢へるかも　（巻六・九九三）
情《こころ》ぐきものにそありける春霞たなびく時に恋の繁きは　（巻八・一四五〇）

初めの二首は娘らの思いに関わる歌。殊に一首目は郎女の最も有名な歌である。「逢へる時だに」という控え目な語がしっとりと響いてくる愛の歌である。後の三首は家持との深い関わりを感じさせる歌。佐保から帰る家持への母親のような愛情が歌われる三首目。四首目は、早い時期の家持の三日月の歌（巻六・九九四）に、春霞に恋のやるせなさを詠んだ五首目は、家持の春愁（巻十九・四二九〇）に通うものがあり、家持に与えた影響は大きい。こうした繊細で洗練された坂上郎女の相聞歌には、やがて、平安貴族社会の恋の歌に連なっていくきざしが見えるようである。

坂上郎女は、由緒ある文（歌）の家である大伴家に生まれ、その伝統を負いながら歌の世界でも、一族のさまざまな面でも重要な役割を果たした女性であった。

（二〇〇八・五）

## 今朝《けさ》の朝明《あさけ》雁《かり》が音《ね》聞きつ春日山黄葉《もみち》にけらしわが情《こころ》痛し

（巻八・一五一三）

春日大社の神域として保護されてきた春日山。千年以上も伐採が禁じられてきたため、今も太古の樹木が生い茂るこの山は、春日山原生林として世界遺産にも登録されている。奈良の市街地の東方に望める御蓋《みかさ》山、春日山、高円山の山並みは、現代の我々にもどこか懐しく親しく思われるが、万葉人も深く心を寄せ、「春日山・春日の山」を詠み込んだ歌は二十首近くに上っている。ここに掲げた穂積皇子の歌もそうした一首である。

――今朝の明け方に雁の鳴き声を聞いた。ああ、春日山はもう黄葉したにちがいない。私の心は身にしみてかなしく、胸痛むことだ。

この歌は、「巻八・秋の雑歌」に、ただ「穂積皇子の御歌二首」と題されている一首なのだが、一・二句、三・四句、結句と三つの短文を重ねたような歌いぶりが強く印象に残る。初めに事実を述べ、次に推量、最後に心情の告白という三段階を歌っている。「わが情痛し」の結句に至るにはかなりの飛躍がありながら、全体としてとらえられる秋の情感、感傷にひきこまれてしまう。それは、まず、一・二句の表現が、多く用いられているカ行の音とともに、秋の乾いた冷やかな空気、雁の鳴き声の聞こえる明け方の空の広がり、その中にそこはかとなく漂う悲哀の情までも感じさせるからであろう。殊に、初句の「今朝の朝明（ケサノアサケ）」の語は鋭く心に響いてくる。そして、作者は、春日山を眼前にしているのではない。遠く離れて、黄葉したであろう春日山を脳裏に浮かべ「わが情痛し」という、思わず心情を吐露したような語で一首を収めている。歌われている内容だけから見ると、結句のこの表現はあまりに強いとも考えられるが、二句、四句で切った独特の歌の調べから、作者の痛切な思いが伝わってくるようである。

この歌に続く一首は、次の、

秋萩は咲くべくあるらしわが屋戸《やど》の浅茅《あさぢ》が花の散りゆく見れば　（巻八・一五一四）

である。浅茅が花（ツバナの穂）が散ったのを見て、やがて秋ハギが咲き継ぐだろうと予想している。原野、山地に多く見られる茅、その「浅茅が花のわが屋戸」としているのは、本来の自分の居場所ではない、いかにも粗末な屋敷内を思わせる。二首ともに「雁が音」「黄葉」「秋萩」といった風物をとり入れて、秋の到来、風情を詠んでいるが、歌われているのはそれだけではないような感じを受ける。作歌事情が記されているわけではないのだが……。

それにしても、掲出歌の「わが情痛し」という穂積皇子の胸の思いは、一体どこから来ているのだろう。

穂積皇子といえば、同じく天武天皇を父とする異母妹、但馬皇女との関わりが思い出される。当時、高市皇子の宮に在った皇女が穂積皇子を慕って詠んだ烈しい恋歌（巻二・一一四〜一一六）と、皇女死後、穂積皇子が歌った哀切な挽歌（巻二・二〇三）は、二人の悲恋にまつわる歌として知られる。その皇女の歌の一首（巻二・一一五）に「穂積皇子に勅《みことのり》して近江の志賀の山寺に遣はす時、但馬皇女の作りましし御歌」という題詞がある。これによれば、穂積皇子はある時期、志賀の山寺に遣わされたことがあった。それは、いつどういう事情でというのは定かではなく、皇女との恋愛事件のためとも、造立や法会のための勅使としてともいわれる。そして、掲出歌は、この事柄と関連づけてとらえられてもいる。穂積皇子は、ひたむきな皇女の歌に応えることはなかった。しかし、応え得なかった我が心を抱き、また、高市皇子との関係も含めた宮廷での複雑な人間関係や、政務上の自身の立場など、さまざまを抱えながら懊悩の日々を送っていたのではないだろうか。そうした中での掲出歌であるとするならば、「わが情痛し」に至る思いや姿をより深く感じ取ることができる。

更に、穂積皇子の二首の後、但馬皇女の歌として、

ことしげき里に住まずは今朝鳴きし雁に副《たぐ》ひて往《い》なましものを　（巻八・一五一五）

という、あたかも掲出歌に和したような一首がある。ただし、この歌には「一書に云はく、子部王の作なり」と異伝があるのだが、ここに収められているのは、物語のような二人の悲恋に心を寄せた編纂者の意図であろうか。

穂積皇子には、もう一首、晩年の作らしい、

家にありし櫃《ひつ》に鏁《かぎ》刺し蔵《をさ》めてし恋の奴《やつこ》のつかみかかりて　（巻十六・三八一六）

がある。家にあった櫃（蓋のある箱）に鍵をかけてしまっておいた恋の奴が、いつのまにか抜け出して、私につかみかかってきた、と歌っている。

この歌を宴の日、酔いのままに好んで誦したという。洒脱な風流をも解した一面が窺える歌だが、これを口ずさむ穂積皇子の胸中には、但馬皇女の面影が、交わし得なかった愛の想いが、若き日の自分自身の姿が蘇っていたのではないだろうか……。

但馬皇女の眠る猪養《いかい》の岡、吉隠《よなばり》の地が思われる。静かな山あいの里に、遠く「降る雪はあはにな降りそ……」のあの絶唱が聞こえてくる気がする。但馬皇女が逝って七年後の七一五年、穂積皇子もこの世を去った。

（二〇〇八・八）

# わが背子《せこ》と二人見ませば幾許《いくばく》かこの降る雪の嬉しからまし

（巻八・一六五八）

遥かな時や場所を越えて今に伝わる、美しい「白瑠璃碗」や「平螺鈿《らでん》背八角鏡」等が鮮やかな印象を残した「正倉院展」が、六十回目を迎え今年（二〇〇八年）も開催された。

正倉院宝物の成立は、聖武天皇が亡くなって四十九日（七七忌）にあたる天平勝宝八年（七五六）六月二十一日に、妻の光明皇后が、天皇の遺愛の品六百点余りを東大寺大仏に献納したことに始まる。それには一巻の献物帳（目録）が添えられ、皇后は「天皇の座右の品々を見れば在りし日を追想して、悲しみのあまり崩れふしてしまう」と心境を記している。掲出歌は、光明皇后の「天皇に奉る御歌」として、「巻八・冬の相聞」に収められている一首である。

――わが君と二人で共に見ましたならば、どれくらいこの今降っている雪が嬉しく思われることでしょう。一人で見ているのが残念でございます。

何と素直に、思いのままに詠まれた歌であろう。「二人見ませば」「幾許か」「嬉しからまし」と、飾り気のない語を用い明るい調子で歌っており、平明だが、一首全体から天皇への思慕の情が伝わってくる。

この歌は、いつの頃詠まれたのだろう。自分の思いを温め語るような歌いぶりの皇后の歌は、伝えられてはいないが天皇からの歌への返歌であろうか……。

雪にまつわる贈答歌といえば、飛鳥の雪景色を目にしながら歌われた天武天皇と藤原夫人の「わが里に大雪降れり大原の古りにし里に落《ふ》らまくは後（巻二・一〇三）」「わが岡の龗《おかみ》に言ひて落《ふ》らしめし雪の摧《くだ》けし其処に散りけむ（巻二・一〇四）」の歌が思い出される。ユーモアと機智を投げ合っているような二首に比して、皇后の歌は、もう少しあどけなく、伸びやかな雰囲気を感じさせる。

さて、光明皇后という女性、仏教を信じ、悲田院、施薬院を設けて、飢えた者や病人を救い、千人の貧しい民の垢を清めたという伝説も残す彼女は、どういう女性だったのだろうか――。光明皇后は、藤原不比等の三女として大宝元年（七〇一）に生まれた。母は県犬養三千代。通称を安宿媛《あすかべひめ》といった彼女が、同い年の皇太子（聖武）と結婚したのは十六歳の時であった。十六歳で阿倍内親王（孝謙）、二十七歳で基《もとい》皇太子を生んだが、その子は満一歳になる直前に病死した。

そして、藤原氏の陰謀とされる「長屋王の変」から半年後、天平元年（七二九）皇族以外では初めての皇后となった。『続日本紀』は光明皇后について、「幼にして聡慧、早に声誉を播せり」「礼の訓に雅びに閑ひて、敦く仏道を崇む」、あるいは「仁慈にして、志、物を救うにあり」と記している。聡明で仏道を敬う慈悲深い女性ということであろう。

しかし皇后となってからの日々は、決して安穏ではなかった。政界は安定せず、凶作や疫病の大流行で社会不安も増し、皇后の兄、藤原四兄弟も病で相次ぎ亡くなった。天平十二年（七四〇）九州で「藤原広嗣《ひろつぐ》の乱」が起こり、すぐに鎮められたものの、その怯えからか、心の迷いのためか、聖武天皇は平城京を離れ、五年もの間、転々と都うつりをくり返したのであった。

そんな中で仏教に篤く帰依していた天皇は、仏教によって国家の安泰を願う鎮護国家の思想を深め、七四三年、大仏造立の詔を、七四一年、日本全国に国分寺、国分尼寺を建立する詔を発した。これは、光明皇后の強い勧めだったともいわれている。揺れ動く時代に、藤原氏の娘だった皇后の境遇は複雑な面もあったろうし、また、どこかひ弱な感じを受ける天皇の傍での苦労もあったと思われるが、光明皇后は強くしなやかに生きていたような気がする。掲出歌のあどけなさ、明るさ、伸びやかさがあらためて心に響いてくる。

光明皇后の歌は、もう二首、次の歌が見出される。

朝霧のたなびく田居《たゐ》に鳴く雁を留《とど》み得むかもわが屋戸《やど》の萩　（巻十九・四二二四）

大船《おほふね》に真楫繁貫《まかぢしじぬ》きこの吾子《あこ》を韓国《からくに》へ遣《や》る斎《いは》へ神たち　（巻十九・四二四〇）

一首目の歌は、景勝の地、吉野の宮に出かけた時の作という。「霧」「雁」「萩」といった風物を詠み込み、いかにも秋の風情が漂う歌である。ただ、我が家の萩が雁を引き留めることができるか、という歌いぶり、「留み得むかも」の語が少し意味深く感じられ、寓意ある歌とも読み取れる。単なる自然詠ではなく、天皇との関わりにおける光明皇后の思いであろうか。二首目は、奈良の春日で、遣唐使の平安を祈って神を祭った日、大使に任ぜられた甥の藤原清河へ与えた歌という。「この吾子」の語に、幼少の頃から慈しんできた清河への思いと無事を祈る心が伝わってくる。

光明皇后は、天皇と共に大仏開眼供養（天平勝宝四年・七五二）を盛大に行い、天皇が亡くなって四年後、天平宝字四年（七六〇）六十歳でこの世を去った。

今、二人の御陵は佐保道と佐保川とが交叉するすぐ北にある。参道を行くと正面が聖武天皇の御陵、右へ折れると光明皇后の御陵である。今は、雪も雨も一緒に眺めながら、静かに語り合っているにちがいない。訪れたのは昨年の初冬、陽ざし柔らかい午後であった。

（二〇〇八・十一）

## ひさかたの月夜《つくよ》を清み梅の花心開けてわが思《も》へる君（巻八・一六六一）

　春の到来を告げるように咲く花、百花にさきがけて咲く梅の花は、『万葉集』では冬と春、両方の季節に数多く詠まれており、百十余首に上る。大陸から渡来したこの梅の花は、外来の花として、当時の文人や貴族たちに愛され賞揚されたようである。

　掲げた一首は、「巻八・冬の相聞」に収められている紀少鹿女郎《きのおしかのいらつめ》の歌である。

――月の美しい今宵。清らかな月の光に梅が花開くように、心も晴々と開けて、私が想いお慕いしているあなたよ。

　月光の中に咲く梅の花。比喩的に表現されているが、歌の背景、作者が眺め佇んでいる実景ととらえたい。春近い時季、月の光が清らかにさし込んでいる庭で花開いた白い梅の花。それは、愛しい人への作者の心そのものなのだろう。想いを寄せ、心から慕っている君がようやく訪ねてくれたのか、それとも、訪れを待っているのだろうか……。清楚な梅の花の風情に重ねられたひそやかな恋の喜びが伝わってくる。そして、一首の中で印象深く響いてくるのは「心開けて」という語である。心が開ける、という表現が、何とも新しく近代的に感じられ、作者はどんな女性だったのか、興味ひかれるのだ。

紀少鹿女郎（紀女郎）は、紀鹿人大夫の娘、安貴王の妻と『万葉集』題詞の注によって知られるだけである。ただ大伴家持と関わりがあったらしく、贈答歌が残されている。女郎の歌は、巻四・巻八に十二首見出されるが、五首が家持への歌である。

神《かむ》さぶと不欲《いな》ぶにはあらねはたやはた斯《か》くして後に不楽《さぶ》しけむかも　（巻四・七六二）

百年《ももとせ》に老舌《おいじた》出でてよよむともわれはいとはじ恋は益すとも　（巻四・七六四）

一首目、女郎は年をとったからではないが……と家持の求愛を婉曲に断り、二首目で家持は、百年も年とって老いても私は厭わないと答えているが、これらは、どう見ても深刻な恋歌などではなく、「老いらくの恋」を模した戯れの歌であろう。

うづら鳴く故《ふ》りにし郷《さと》ゆ思へども何そも妹に逢ふ縁《よし》も無き　（巻四・七七五）

言出《ことで》しは誰《た》が言《こと》なるか小山田《をやまだ》の苗代水《なはしろみづ》の中淀《なかよど》にして　（巻四・七七六）

一首目の家持の嘆きに対して、女郎は、二人の間は今滞っているが、言い出したのは誰だったかと厳しく問うている。しかし、どこか余裕のある歌いぶりである。女郎は家持より年上の女性だったのか、贈答歌は皆、こうした遊びのような歌である。掲出歌の「わが思へる君」が家持なのかはわからないが、この歌とは大分趣の違う技巧的で機智に富んだ歌も残している女郎という女性は、多様な面を備えた才女だったのではないだろうか。

紀女郎についての詳しくは不明であるが、家はもともと、父は歌人、一族からは文章博士や学士、詩人といった人たちも出ており、政治的にも名門である。この中に歌人として登場した女郎は、歌の伝統が保持された家に生まれ育ち、多くを学び作り手となっていったのだろう。そして、初期万葉の伝統を負いつつ、さまざまな場で歌を磨き力を発揮した女郎のような後期万葉の女性たちの歌は、やがて、次の時代の和歌に継承されていくことになるのであろう。

紀女郎の梅の花の歌は、掲出歌を含めて三首、巻八に見られるが、あと二首も次のような優しい歌である。

闇夜《やみ》ならば宜《うべ》も来まさじ梅の花咲ける月夜に出でまさじとや　（巻八・一四五二）

十二月《しはす》には沫雪《あはゆき》降ると知らねかも梅の花咲く含《ふふ》めらずして　（巻八・一六四八）

さて、梅の花に寄せた歌は百十余首に上っているが、そのうちの三十二首は、天平二年（七三〇）、大宰帥大伴旅人邸で催された宴席での歌で、巻五（八一五〜八四六）に収められている。当時、大陸の文化にいち早く触れえた在九州の官人や文人たちが集うた、いわゆる梅花の宴である。

わが園に梅の花散るひさかたの天《あめ》より雪の流れ来《く》るかも　(巻五・八二二)

春されば木末隠《こぬれがく》れて鶯そ鳴きて去《い》ぬなる梅が下枝《しづえ》に　(巻五・八二七)

概念的で類型的な歌も多い一連だが、一首目は落花の風情を詠んだ風格のある旅人の歌、二首目、後世の決まり型「梅に鶯」がすでに詠まれている歌である。又、

酒杯《さかづき》に梅の花浮け思ふどち飲みての後は散りぬともよし　(巻八・一六五六)

とも歌われているように、これら梅花の歌は、中国の風習や漢詩文の影響を多分に受けていると思われる。なお、万葉の梅の花は白梅で、紅梅や梅の馥郁たる薫りが好んで詠まれるようになるのは後のことである。

「梅つ月・梅見月」といわれる二月。暖かいここ房総の地では、立春を待たずに咲き始めた。家々の庭に、畑に、里山にかなりの大木も見られる。いつかの二月、咲きそろった白い梅の花に雪が降りかかるのを、遠く大宰府の梅花の宴を思いつつ眺めたことがあった。

(二〇〇九・二)

# 吉野なる夏実《なつみ》の河の川淀《かはよど》に鴨ぞ鳴くなる山陰《やまかげ》にして

（巻三・三七五）

『万葉集』での吉野といえば、皇位継承をめぐって古代最大の内乱といわれる〈壬申の乱〉にまつわる地として、まず思われる。天智十年（六七一）冬十月、大海人皇子は、病床の兄、天智天皇から譲位の意向を告げられるが、その本心を察して固辞、身の危険を避けるため僧侶となって吉野へ下った。翌年、天智天皇の死後、吉野から兵を挙げ、近江朝大友皇子（天智の子）軍と戦い勝利する。六七二年〈壬申の乱〉である。

そして、天武天皇となってから後に、自らの作と伝えられる長歌に、

み吉野の　耳我《みみが》の嶺に　時なくそ　雪は降りける　間《ま》なくそ　雨は零《ふ》りける　その雪の　時なきが如《ごと》　その雨の　間なきが如　隈《くま》もおちず　思ひつつぞ来し　その山道を

（巻一・二五）

がある。作歌事情は記されてはいないが、この歌は、近江から飛鳥を経、山越えして吉野に赴いた当時の吉野行を回想しての一首であろう。耳我の嶺に絶え間なく雪降り雨降る実景の中、「思ひつつぞ来し」の語が重く深く響いてくる。こうした歴史を負い、離宮も造

営された吉野には、たびたびの行幸が行われ、天皇讃歌、宮ぼめの歌、自然讃歌……と多くの歌が詠まれている。

掲出歌は、「巻三・雑歌」の部に「湯原王《ゆはらのおほきみ》、芳野にて作る歌一首」として収められている歌である。

——吉野の夏実の河の、静かに水を湛えている淀の所に鴨が鳴いていることだ。その山陰の川淀で……。

「夏実の河」は、吉野離宮があったとされる宮滝の上流にある菜摘《なつみ》の地辺りを流れている時の吉野川である。水量豊富な吉野川は、かなり烈しい流れとなったり、また、静かに淀んでいる所もある。緑濃い岸辺の山の姿を映すゆったりとした夏実河の川淀、その辺りから聞こえてくる鴨の鳴き声……。静寂な中で耳を澄ましている作者の姿も目に浮かぶようだ。

それにしても、吉野川の山かげの淀に鴨が鳴いている、その情景が詠まれているだけなのに、何と豊かにすがすがしく心に響いてくる歌なのだろう。それは、歌の調べに因るのだろうか。この歌は「鴨そ鳴くなる」と四句で切れ休止しているが、そこに至るまで、まず二句の「の」を用いた直線的な語の流れや、ナ音カ音の同音の響きが印象深く、いかにも静かな川の淀みやほのかな鴨の声を感じさせる。添えられるように置かれた結句の「山陰にして」は、単なる場所の説明ではなく作者の感慨がこもり、上の全体に響いて余韻を漂わせる一語となっている。そして、「――にして」と言いさしのまま止める表現も、新しく近代的な感じが窺える。万葉盛期の力強い律動感は薄らぎ、この歌のような細みで静かな境地は、後期万葉の特徴であり美しさであろう。

吉野の地もまた、壬申の乱と深く関わった頃から時が流れた。万葉の大宮人にとって、ここが、古くから水の信仰ともからむ聖地であり、歴史的に重要な所であったことは変わらないものの、山と川、激しくも清らかで美しい吉野は憧れの地であったことだろう。殊に、海もなく、日ごろ大きな川を見ることもなかった都人は、悠久の吉野川の流れに魅了されたにちがいない。湯原王のこの歌もそうして詠まれた一首ではないだろうか。

さて、作者の湯原王については『万葉集』に十九首の歌を残しながら、志貴皇子の第二子、天智天皇の孫という以外、その経歴や生涯は殆ど知られるところがない。奈良時代中期、万葉第三期から四期へかけての歌人かといわれている。

秋萩の散りのまがひに呼び立てて鳴くなる鹿の声の遥《はる》けさ　（巻八・一五五〇）

夕月夜《ゆふづくよ》心もしのに白露の置くこの庭に蟋蟀《こほろぎ》鳴くも　（巻八・一五五二）

掲出歌と似たような趣のこの二首は、ともに秋の風情を詠んでいる。優しく細やかで調べの徹ったこうした歌は、どことなく志貴皇子の歌風を思い起こさせる。湯原王の十九首には、秋の歌や月を詠みこんだ歌が多いが、他に、娘子《おとめ》との贈答歌が七首ほど見られるのも特色である。

目には見て手には取らえぬ月の内の楓《かつら》のごとき妹をいかにせむ　（巻四・六三二）

月読《つくよみ》の光に来ませあしひきの山来隔《きへな》りて遠からなくに　（巻四・六七〇）

この二首は手にすることのできない月の内の楓のような妹への思いや、女性に代わっての思いを歌ったものだが、ともに恋の真情表現というより、優美で技巧的な歌である。相手の娘子も誰であるか不明で、湯原王の生涯をたどる手がかりにはなり得ない。

新緑の吉野を訪ねた。学生時代の初めての万葉の旅以来である。昭和四十一年暮れ、朝に橘寺を発ち、吉野へとひたすら歩いた。芋峠越えの時、ここでもう飛鳥は見えないのだという先生の言葉が胸にしみた。そして、宮滝付近の吉野川の流れと、象川のそばにひっそりと鎮まる桜木神社の佇いが心に残った忘れ得ぬ旅である。――五月の吉野の山と川は本当に美しかった。天武天皇の歌った「耳我《みみが》の嶺《みね》」とされる青根ケ峰を遥かに望めたことも、吉野との新しい出会いとなった。

（二〇〇九・五）

# 見れど飽かぬ吉野の河の常滑《とこなめ》の絶ゆることなくまた還《かへ》り見む

（巻一・三七）

吉野の地に「吉野宮（吉野離宮）」が造られたと最初に見えるのは『日本書紀』斉明天皇の条である。以後、吉野への行幸が、天武、持統、文武、元正、聖武天皇らによってくり返しなされた。中でも、持統天皇の行幸は、その在位の間、三十一回に及んでいる。それは、持統天皇にとって、吉野が、壬申の乱、六皇子盟約ゆかりの地であり、また、山川清く、古くからの水の信仰や大陸の神仙思想とも関わる聖地として、特別な重要な場所だったのだろうと考えられている。

掲げた一首は、この持統天皇の行幸につき従った、柿本人麿が詠んだ長歌、

やすみしし　わご大君の　聞《きこ》し食《め》す　天の下に　国はしも　多《さは》にあれども　山川の
清き河内《かふち》と　御心《みこころ》を　吉野の国の　花散らふ　秋津《あきづ》の野辺に　宮柱《みやはしら》　太敷《ふとし》きませば
百磯城《ももしき》の　大宮人《おほみやひと》は　船並《な》めて　朝川渡り　舟競《ふなきほ》ひ　夕河渡る　この川の　絶ゆるこ
となく　この山の　いや高知らす　水激《たぎ》つ　滝の都は　見れど飽かぬかも

（巻一・三六）

の反歌である。

――いくら見ても飽きない吉野の川の川床に、いつも水苔がついて滑らかなように、絶えることなく、この吉野の宮をくり返し訪れ、また眺めよう。

「常滑」は、水苔がついて滑らかな石。永久であるの意をかけて用いることが多い。持統天皇のすばらしい吉野の宮を、絶えることなくまた立ち帰り見たい、という人麿の吉野讃歌第一作である。長歌の語句を用いて簡潔な表現ながら、荘重で力強く歌いあげているような流れが感じられる。長歌は、吉野の山河、離宮を讃え、ひいては天皇を讃える歌になっているのだが類型的ともいわれる。しかし、長歌、反歌ともに、殊に声に出して読む時、波うってすすむ力ある言葉が心に強く響いてくる。人麿の歌の不思議な味わいである。

そして、人麿は続けて吉野讃歌を詠む。長歌、

「やすみしし　わご大君　神ながら　神さびせすと　吉野川　激つ河内に　高殿を　高知りまして　登り立ち　国見をせせば……山川も　依りて仕ふる　神の御代かも（巻一・三八）」と、掲出歌と同じく長歌の語句を用いた反歌「山川も依りて仕ふる神ながらたぎつ河内に船出せすかも（巻一・三九）」である。ここで特徴的なのは、天皇への「神ながら神さびせすと」という表現であろう。離宮に神として立つ天皇に、吉野の山の神も川の

神も奉仕すると歌っている。人麿の強烈な天皇讃歌である。

柿本人麿は、持統、文武朝の宮廷で活躍した歌人であるが、その名が現れるのは『万葉集』だけである。そこに見られる年代のわかる作歌の最初は、持統三年（六八九）草壁皇子への挽歌（巻二・一六七〜一六九）であり、最後は、文武四年（七〇〇）明日香皇女への挽歌（巻二・一九六〜一九八）である。人麿は私的な歌も数多く残しているが、この約十年間に作った吉野讃歌を含めた三十首ほどの宮廷関係の公の歌は、やはり、大きな位置を占める作品といえよう。

さて、人麿の吉野讃歌以後、久しく見られなかった宮廷讃歌が再び多く登場するのは、度重なる聖武天皇の行幸の折である。主な作者は、笠金村《かさのかなむら》、車持千年《くるまもちのちとせ》、山部赤人《やまべのあかひと》らで吉野讃歌を作っている。中でも、赤人は人麿をよく継承しているといわれるが、その長歌には人麿の歌のような力強さ、壮大さ、流麗さは感じられない。形式は類似していても、内容の上では違いがあるように思われる。吉野の美しい自然を背景に、天皇を強く讃美した人麿と異なり、赤人の視線や心は自然そのものに向かっている。

み吉野の象山《さきやま》の際《ま》の木末《こぬれ》にはここだもさわく鳥の声かも　（巻六・九二四）

ぬばたまの夜《よ》の更《ふ》けゆけば久木《ひさき》生《お》ふる清き川原に千鳥しば鳴く　（巻六・九二五）

赤人の傑作とされるこの二首は、聖武天皇、吉野行幸への讃歌（長歌）の反歌であるが、むしろ、独立した叙景歌のようである。ともに鳥の声を詠み込み、小さな生きものの命を包む大自然の静寂さが見事に歌われ、心ひかれる。行幸に従いながら、公の讃歌というより、ひとり自然の中にとけ入っている赤人の独自な歌の世界が見えてくる。こうした赤人の歌は、この頃、もはや宮廷内部の様相は複雑で、政治的にも社会的にも不安定であった時代の空気とも関わっているにちがいない。掲出歌のような宮廷讃歌は、壬申の乱を勝ちとり、古代王朝の隆盛を築いた天武天皇のあとを継いだ持統天皇の繁栄を、永久にと願った人麿や宮廷人らが、その時代の気運にのって歌ったのだろうと改めて思う。

ところで、『万葉集』の歌と同時代の漢詩を集めた『懐風藻』にも吉野の詩が見出される。内容は何れも吉野を神仙境に見立てて、仙境に遊ぶ神仙、あるいは、中国の故事によって吉野の自然を讃えたものである。『懐風藻』は、中国の詩集『文選』や唐代の詩人たちの影響を受けているとされるが、作者の殆どが皇族や廷臣など当時の知識階級であることは、この時代の万葉歌を考える上でも興味深い。次は漢詩の一部である。「山幽《かそ》けくして仁趣《じんしゅ》遠く、川浄けくして智懐《ちかい》深し、神仙の迹《あと》を訪はまく欲り、追従す吉野の潯《きし》」大伴王作。

（二〇〇九・八）

# 青旗《あをはた》の木幡《こはた》の上をかよふとは目には見れども直《ただ》に逢はぬかも

（巻二・一四八）

『万葉集』巻二には、天智天皇をめぐる挽歌が九首見られる。挽歌とは、本来、葬送に際して棺を乗せた車を挽く時の歌であるが、万葉の挽歌は、死者を悼み、哀悼する歌を広く収めている。このように、挽歌の多くは死者の魂を鎮めようとするものだが、古くは、死者の身体から遊離していく魂をとらえ、復活させようとする目的の歌もある。

掲出歌は、天智天皇崩御にともない、皇后、倭大后《やまとのおおきさき》が詠んだ三首の中の一首で「聖体《せいたい》不予《ふよ》御病急《には》かなる時」の歌と題詞に記される。

――御病気の平癒を願って立てた青旗、青々とした木々の葉をつけた旗がなびき、その旗の上を、今、君の御霊が行き来している気配はありありと目に見えるのに、もはや直に親しくお逢いすることはできぬことよ。

天皇の病気が危急の状態に陥った時、その身体から遊離した魂が流動していくのを見ながら、現実の身にはそれをとどめ、呼び戻すことのできない嘆きが歌われている。大后の嘆きは、結句「直に逢はぬかも」によって直接に表出され、その思いが強く迫ってくる。

また、上句からは、青々とした木々の茂りと、「青旗」「木幡」の「ハタ」という音のくり返しが、美しく不思議な雰囲気を漂わせ、大后の嘆きや悲しみと同時に、死者の魂が天翔ることを信じた古代の人々の心が静かに響いてくるようだ。そして、大后は掲出歌に先立てて「天皇聖躬不予の時」の歌として次のように詠んでいる。

天《あま》の原振り放《さ》け見れば大君の御寿《みいのち》は長く天足《あまた》らしたり　（巻二・一四七）

重い病の床にある天皇に向け、大君の御命は永久に長く大空に満ち満ちておりますと、生命力溢れるたくましい状態を歌って、呪的な効果を現実にもたらそうとしている。おおどかな歌いぶりの奥に、弱りゆく天皇の体が再び活力に満ち溢れるようにという祈りが感じられる。この歌は、「天の原」を天井、「天足らし」を千寿縄の垂れる意と解する説もある。天井に縄を結んで垂れ、また縄目を堅く結んで、天皇の御寿命も長く確かであることを歌ったものだろうともいわれる。呪歌の効用を窺わせる歌である。

人はよし思ひ止《や》むとも玉鬘《たまかづら》影に見えつつ忘らえぬかも　（巻二・一四九）

大后の歌、三首目。掲出歌に続く「天皇崩《かむあが》りましし後」の歌という。天皇が亡くなられ、他の人はたとい、悲しみが止んでも、私は面影に見えて忘れることができないと、あきらめきれない心情を訴えている。この歌は前の二首に比べて、より濃く大后自身の思いが表現されていると感じる。亡き人への慕情を素直に述べた相聞の歌のようである。

なお、掲出歌については、題詞の初めに「一書に曰はく」とあり、これは前の歌（一四七）の注ではないか、また「青旗の」を、天智天皇陵のある山科の木幡に係る枕詞とする説もある。しかし、そうではなく、古代の人々が信じた魂の行きかよう世界、その魂をつなぎ止めようとした祈りに思いをはせると、やはり、青い旗や木々の青い葉のゆらぎの中に一首を味わいたい気がする。この掲出歌を含めた三首からは、病篤き天皇の容態が刻々と変化していくさまや、側近くで天皇を見守る大后の姿や心の内も窺えるようで、いっそう心ひかれるものがある。

そして、これら大后の歌は、今や死なんとする天皇の魂をひき戻し、復活再生を願う招魂の呪歌から、しだいに、嘆きの深い悲しみの歌、死者の魂を鎮める歌としての挽歌に整えられていく過程を示すようである。

天智天皇の皇后であった倭大后は、舒明天皇の皇子古人大兄皇子《ふるひとのおおえ》の女《むすめ》である。父、古人大兄皇子は、天智天皇の異母弟に当る人物だが、皇極天皇退位後の皇位継承にからんで謀反の噂を立てられ、中大兄皇子、後の天智天皇に殺された。滅ぼされた一族の女が相手の妃になることは、古代史では珍しくはないが、互いに複雑な感情の湧くことはなかったのか、子もなさなかったらしい大后はどのように考え歩んできたのだろうか……。さまざま思われるが、大后の歌は、あくまで天皇への敬愛に満ち、哀しく美しい歌だと感ぜずにはいられない。大后は三首のあと、さらに、近江の湖に浮かぶ天皇遺愛の水鳥を見つつ、一首の長歌を詠んでいる。

鯨魚《いさな》取り　淡海《あふみ》の海を　沖放《さ》けて　漕ぎ来る船　辺《へ》附きて　漕ぎ来る船　沖つ櫂《かい》　いたくな撥《は》ねそ　辺《へ》つ櫂　いたくな撥ねそ　若草の　夫《つま》の　思ふ鳥立つ（巻二・一五三）

湖を漕ぎ来る船の情景を、対句《ついく》、くり返しによって端的に述べ、「若草の　夫の　思ふ鳥立つ」と結んだ表現は、格調高く、亡き夫へのつきせぬ思いが伝わってくる。そして、力ある言葉を紡いで歌うことのできた、古風で真情あふれる凛とした女性の姿が浮かんでくる。『万葉集』に残された倭大后の歌は、天智天皇への挽歌四首のみでその後は知られない。天智天皇崩御は、六七一年十二月という。京都山科の地に眠っている。

（二〇〇九・十二）

## かからむの懐《こころ》知りせば大御船《おほみふね》泊《は》てし泊《とま》りに標結《しめゆ》はましを（巻二・一五一）

『万葉集』に、大和三山の歌など四首の歌が見られる天智天皇が、近江大津宮で崩御したのは六七一年、四十六歳頃という。天智天皇への挽歌は九首あり、全てが女性たちの作である。このうちの四首、皇后、倭大后の歌については一一二〜一一五頁に記したが、額田王もまた、二首を詠んでおり、掲出歌はその一首である。

——こうなるだろうと思い知っていたならば、大君のお乗りになっていたお船が泊まった湊に、標なわを結っておきましたのに……。

この歌の作者の想いは、結句「標結はましを」に込められている。標を結うのは、縄などを張りめぐらして、悪霊や悪意ある者の侵入を防ぐと、古代の人は考えていたし、標は占有の印でもあった。もし、標を結っていたら、大君が病魔におかされ崩じられることはなかっただろう、また、大御船をとどめ、大君が天路へ旅立たれないようにすることもできたろう……。そうしなかったことを悔いる気持が伝わってくる。直接的ではない、抑えた歌いぶりで悲しみが表現されている。額田王の歌は、もう一首「山科《やましな》の御陵《みはか》より退《そ》き散《あら》くる時」の、次の長歌がある。

やすみしし　わご大君の　かしこきや　御陵仕《みはかつか》ふる　山科の　鏡の山に　夜はも　夜のことごと　昼はも　日のことごと　哭《ね》のみを　泣きつつ在りてや　百磯城《ももしき》の　大宮人は　去《ゆ》き別れなむ　（巻二・一五五）

山科の御陵（天智天皇陵）は、大津から西へ離れた京都山科の地、鏡山の麓にあり「天智天皇山科鏡山陵」とよばれる。この歌は、御陵に仕えながら、天皇を偲んで夜も昼も泣いてばかりいた大宮人たちが、奉仕を終えてちりぢりに別れねばならぬ時の悲しみを詠んだ歌である。この長歌で、額田王は、まず、尊いわが大君の御陵と讃美し、次に場と人々の悲しみの姿を述べ、「泣きつつ在りてや」を受け、結句の「去き別れなむ」にその思いを集約して歌っている。ここでも、心情を直接に表す語はなく、泣きに泣いた大宮人たちも、今はもう別れ去ってしまうのかと、何気ない表現にかえって寂しさや哀しみをにじませている。

額田王の歌は、倭大后の哀切で祈りに満ちた歌とはちがって、二首ともに、自身の思いは強く表出せず、全体として淡々とした趣の端正な歌である。しかし、あくまでも静かで整ったしらべを持ち、簡潔に表現されているこれらの歌をよく味わってみると、どこからか湧き上がってくるような嘆きや悲しみが感じ取れるのだ。作者自身の個の想いというよりそれを超えた広がりと、ある力を備えた深い嘆きの歌として響いてくる二首である。

では、他の女性たちの歌はどうであろう。掲出歌に並べられて、舎人吉年《とねりのきね》（舎人は氏）の作として次の歌がある。

やすみししわご大君の大御船待ちか恋ふらむ志賀の辛崎《からさき》　（巻二・一五二）

また、石川夫人の歌として次の歌が見出される。

ささ浪の大山守は誰がためか山に標結《しめゆ》ふ君もあらなくに　（巻二・一五四）

大君はもうおいでにならないのに、志賀の辛崎は大御船を慕い待っているだろうと、舎人吉年は詠み、石川夫人は、大山守は誰のために山に標を結うのかと歌っている。この二人の歌は、用語の上からも、直接の心情詠ではない点からも、額田王の歌とよく似ている。生前の天皇と強く結びついている土地や山、奉仕する人々、標結うという行為などを詠みながら、間接的に自身の悲しみを訴えている女性たちの歌は、殯宮《ひんきゅう》（死者の復活を願う魂呼ばいの儀礼）や葬送の折の儀礼の歌、公の歌だったのだろうといわれる。亡き天皇への多くの人々の思いを背負って詠まれた歌ということになるのだろうか。次にもう一首「婦人《たをやめ》が作る歌」の長歌（巻二・一五〇）がある。この歌は、亡き君への想いをかなり直接的に表現しているのだが、逆に今ひとつ作者自身の悲しみとして感じられないのだ。女性らしい歌いぶりの挽歌の典型、一種の儀礼歌と見ることができようか。こうした女性たちの挽歌は、儀礼のどんな場面で、どのように歌われたのかはわからないが、柿本人麿が幾人もの皇子や皇女への挽歌を詠む前のことである。天智天皇をめぐる九首の挽歌は、天皇が親しんだ琵琶湖から山科のご陵へと移って詠まれ、またそこに倭大后と額田王ら他の女性との歌の違いなども思われる変化に富んだ歌群といえよう。

さて、掲出歌を含めたここでの二首は、額田王の代表歌とは言えなくても、近江との関わり、宮廷での額田王の存在を考える時、やはり注目したい歌である。近江遷都を断行した天智天皇と共に大和を去る時、つき従った人々の万感の思いもこめて三輪山へ歌いかけた額田王。そして、大陸の新しい文化を取り入れた近江宮では、たびたび行われていた文雅の集いや宴席で大きな役割を果たして歌った。複雑な人間関係に揺れることもあったろう……。天智天皇の在位はわずか四年。額田王は、近江での歳月を蘇らせながら天皇の死を思い、あの二首を歌ったにちがいない。しかし、天皇の死の翌年、壬申の乱が起こり近江朝は滅亡した。

（二〇一〇・二）

## 藤波の花は盛りになりにけり平城《なら》の京《みやこ》を思ほすや君　（巻三・三三〇）

天武天皇の遺志を継いだ皇后、後の持統天皇によって完成された、日本初の本格的な都城である藤原京がわずか十六年で廃都となり、都は、大和三山に囲まれた地から奈良へと遷った。そして、再び唐の長安京を範とした壮大な都城が築かれ、和銅三年（七一〇）平城京、奈良時代が始まったのである。

平城京全体の規模は、四～五キロ四方の広さで、内裏や大極殿、園池などが設けられた平城宮が中央北端にあり、朱雀大路を中央に左右両京に分かれ、街は、碁盤の目のように道路が通って整然とした都市が形成されていたという。そこに、大きな寺院や朱塗りの柱に白壁、瓦屋根を葺いた貴族の邸宅が建ち並んだ。異国のさまざまな文物を取り入れた文化が花開き、元明、元正と二代の女帝を経て、七二四年即位した聖武天皇の御代に最も栄えたのが天平文化である。正倉院に今も残る多くの宝物は華やかな文化を物語っている。

その頃なのであろうか……。掲出歌は、都から遠く離れた九州大宰府で防人司佑《さきもりのつかさのすけ》（防人の名簿、武器、教練、食料などを管理する）の職に在った大伴四綱《おおとものよつな》が詠んだ二首の中の後の一首である。

──藤の花が盛りになりました。咲きそろった藤の花が美しく波のように揺れています。あなたは、あの平城の京をお思いになるでしょうね。

平城京には藤の花が多かったのであろう。京を思う縁として藤の花の盛りを述べ、今、この地の藤の花につけて京を思うだろうと尋ねている。さらりと認めたあいさつのような一首だが、結句の「思ほすや君」が何とも印象深い。君に問いかける表現でありながら、作者自身の京への思いもそこはかとなく感じられる。

この歌は、いつ詠まれたのか、「君」とは誰なのかなどという背景については明確ではない。ただ、この歌の前に作者のもう一首と、大宰少弐小野老《おののおゆ》の有名な歌がある。共に大宰府の役人であった二人の歌である。

やすみししわご大君の敷きませる国の中には京師《みやこ》し思ほゆ　(巻三・三二九)

あをによし寧楽《なら》の京師《みやこ》は咲く花の薫《にほ》ふがごとく今盛りなり　(巻三・三二八)

わが大君の治めている国々の中では特に都が慕わしいと、作者大伴四綱は歌い、小野老は、美しい都の繁栄を、「咲く花の薫ふがごとく」と讃えている。

また、「君」なる人物についてもはっきりとはしないが、掲出歌の後に、「帥大伴卿《まへつきみ》の歌五首」があるところから、大宰府長官であった大伴旅人に贈った歌ではないかとも言われている。七二八年頃、六十歳を過ぎていた大伴旅人は大宰帥として任地に赴いた。小野老や大伴四綱はその下に在ったのだろう。掲出歌を含めて小野老の歌から大伴旅人の歌まで並べられているのは、同時期の作であるのかもしれない。

わが盛《さかり》また変若《をち》めやもほとほとに寧楽《なら》の京《みやこ》を見ずかなりなむ　（巻三・三三一）

沫雪《あわゆき》のほどろほどろに降り敷けば平城の京し思ほゆるかも　（巻八・一六三九）

旅人の歌二首。都から遠い地方で、老いの身への嘆きや、沫雪がはらはらと散って一面に降り敷く光景から想起された京への切実な思いが歌われる。「ほとほとに」「ほどろほどろに」の語が、旅人の心として響いてくる。旅人は大宰帥の役職にはあったが、複雑な政治情勢の中で中央から遠ざけられ赴任したようである。

大伴四綱の掲出歌を始め取り上げた歌は、何れも大宰府から平城（寧楽）の京を思い、慕う気持ちの込められた望郷の歌である。遠く離れているからこそ、京の美しさ、華やかさが鮮明に蘇り思いが深まるのだろう。他にも、巻十五などには、遣新羅使人《けんしらぎしじん》等の誦詠した古歌として次のような歌が記されている。

あをによし奈良の都にたなびける天《あま》の白雲見れど飽かぬかも　（巻十五・三六〇二）

海原を八十島隠《やそしまがく》り来《き》ぬれども奈良の都は忘れかねつも
船に乗って長い旅路を行く人々は、都への思いを古歌にのせて唱ったのだろう。（巻十五・三六一三）

「奈良の都」を主題とした歌の多くは、現実の都を前に詠んだというより、時や場所を越えた追想や望郷の歌である。

このように都の素晴らしさ、懐かしさは幾首も詠まれているが、この時代は決して順風満帆とはいえなかった。そもそも遷都には藤原氏の政治的意図があったと言われており、平城京造営も、役民としての農民たちの犠牲なくしては成らないものであった。天平文化の花開いた聖武天皇の治世も「長屋王の変」や「藤原広嗣の乱」などが起こり、政情は安定せず、疫病も流行した。天皇が平城京を離れ彷徨をくり返したのもこの頃である。奈良の都の歌は、こうした時代の歌でもある。

平城遷都千三百年の今年。復元された大極殿からはるか朱雀門まで見通すと、天平の風の中に街のさざめきが聞こえ、美しく装った人々の姿が確かに見える。しかし、一瞬思いを転じると、田辺福麿の歌った芝草生い茂る古き都が浮かんでくる。初めて立った時の平城宮跡がそうであったように……。人は、時代はどう動いていくのか、今という時代を思わずにはいられない。

（二〇一〇・五）

## わが屋戸《やど》の夕影草《ゆふかげくさ》の白露の消《け》ぬがにもとな思ほゆるかも　（巻四・五九四）

「夕影草」とはどのような草花をいうのだろう……。美しい花の名の一つと考えたくなるが、そうではなく夕方の光の中にある草のことという。しかし、「夕影草」という語は、何と美しく響いてくる呼び名であろう。このたおやかな風情を感じさせる一語を詠み込んだ掲出歌は「笠女郎《かさのいらつめ》、大伴宿禰家持《すくねやかもち》に贈る歌廿四首」の中の一首である。

――夕暮れの仄かな光がさしている我が家の庭の草、夕影草に置く白露のように、身も心も消えてしまうほど、無性にあなたのことが思われます。

家持への切ない恋心が、夕影草の白露に託して歌われている。そして、この歌の上句にくり返される「の」の音の重なりには、切れ目のない柔かな韻律とともに、いかにも女性らしい豊かな叙情が感じとれる。下句は、草花の露に続けてよくある類型的な表現といえるが、それよりも、他にはみられない「夕影草」という新鮮で美しい語が生きて、魅力的な一首をなしているのではなかろうか。「わが屋戸の夕影草の」の歌い出しも、やるせない自身の思いを深くいとおしみながら佇む女郎の姿を思わせ心ひかれる。

笠女郎の歌は『万葉集』に二十九首残されているが、その全てが家持への恋歌であることはよく知られている。中でも、掲出歌を含む巻四の、一人で二十四首のまとまりは特別であろう。この一連は、ある年月をかけて詠まれ、贈られたものであろうが、家持への遂げられぬ恋の嘆きがさまざまに表現されており、印象的な歌群となっている。掲出歌のような静かな叙情性を持った歌は、他に、

闇《やみ》の夜に鳴くなる鶴《たづ》の外《よそ》のみに聞きつつかあらむ逢ふとはなしに　（巻四・五九二）

夕されば もの思《も》ひ益《まさ》る見し人の言問《ことど》ふ姿面影にして　（巻四・六〇二）

などが見出される。逢うことのかなわぬ人への思いが闇夜に遠く聞こえる鶴の鳴き声に託して歌われ、夕暮れの物思いもしみじみと詠まれる。こうした歌には、すでに平安朝の恋歌の雰囲気が漂い、万葉末期の時代の特色が思われる。しかし、女郎はまた、わが恋の嘆きを率直に激しく歌う。

君に恋ひ甚《いた》も術《すべ》なみ平山《ならやま》の小松が下《した》に立ち嘆くかも　（巻四・五九三）

わが命の全《また》けむかぎり忘れめやいや日に異《け》には思ひ益《ま》すとも　（巻四・五九五）

思ふにし死《しに》するものにあらませば千《ち》たびそわれは死に返らまし　（巻四・六〇三）

どうしようもない恋の苦しさを率直に表現した一首目。二首目は、命ある限り忘れるこ

とはないと募る思いを、三首目は、恋の思いで死ぬものであるなら千遍も死をくり返しただろうと、情熱的に心情を吐露している。そして、笠女郎の特に知られた歌といえば、次の二首であろうか。

皆人を寝よとの鐘は打つなれど君をし思《も》へば寝《い》ねかてぬかも　（巻四・六〇七）

相思《あひおも》はぬ人を思ふは大寺の餓鬼《がき》の後《しりへ》に額《ぬか》づくがごと　（巻四・六〇八）

これら二首は、歌われている素材や比喩などが独特で斬新な表現が目を引く。「寝よ」との鐘の音は聞こえているけれど、「君をし思へば」寝られない思いをややユーモラスに、次は、自分だけの一方的な思いはまるで大寺の餓鬼像の後で額づいているようなものだと自嘲的に歌っている。掲出歌のような情感には乏しいが、思い切った歌いぶりからは、自身の立場を冷静に見つめる強さ真剣さが伝わってくる。また、

あらたまの年の経《へ》ぬれば今しはと勤《ゆめ》よわが背子わが名告《の》らすな　（巻四・五九〇）

うつせみの人目を繁み石橋《いははし》の間近《まちか》き君に恋ひわたるかも　（巻四・五九七）

の歌には、家持との関わりが長かったことや、一時期家持の近くに在ったことが窺われる。「年の経ぬれば」「間近き君」の語がそれを物語っているが、女郎の思いはより一層断ち難いものがあったろう。だが、やがてその恋の終わりを見すえつつ、惜別の情を込めた美し

い一首が詠まれる。

われも思ふ人もな忘れおほなわに浦吹く風の止《や》む時なかれ　（巻四・六〇六）

こうして二十四首一連は、ある時は繊細、優美に、ある時は、独特で斬新な表現をもって歌われている。家持への恋を多様に歌いあげた笠女郎の出自は不明で、その生活や生没年さえもわからない。残された歌のみから思うに、情感豊かな中に一途さ、大胆さがあり、理知的な面も持った女性だったのではないだろうか。

笠女郎の歌はあと五首、巻三と巻八にあり、併せて二十九首を贈られた家持が応えたのは二首、ともに、

なかなかに黙《もだ》もあらましを何すとか相見そめけむ遂《と》げざらまくに　（巻四・六一二）

のような消極的な歌で、女郎とは「遂げざらまくに」と述べている。女郎がどういう気持ちで、この歌を受け取ったのだろうと考える時、掲出歌「夕影草」の歌や、奈良山に立ち嘆く姿が思い返されてならない。

平城京北方に連なる丘陵地奈良山は、万葉人に近しく、さまざまな思いをもたらした山だったのだろう。それは今も変わらず、過ぎ去った時代やそこに生きた人々のもとへ、はるかな時を越え誘ってくれるのだ。

（二〇一〇・八）

# 旅人の宿りせむ野に霜降らばわが子羽《は》ぐくめ天《あめ》の鶴群《たづむら》（巻九・一七九一）

二〇一〇年、遣唐使船が「平城遷都一三〇〇年祭」の平城京歴史館の外に、復元展示された。こうした船での遣唐使節団の渡唐は、舒明二年（六三〇）から寛平六年（八九四）に廃止されるまでの間に十数回に及んだともいわれる。遣唐使は、唐の先進的な文物の摂取と海外情勢の把握を目的に、日本から唐に派遣された公式の使節で当代の優秀な人材が任命された。

掲出歌は、遣唐使に選ばれた息子を思って詠んだ母の歌である。

――旅人が宿りをするだろう野に霜が降ったなら、その旅人の中にいる我が子を羽で包んで暖めてやっておくれ。大空を飛ぶ鶴たちよ。

愛しい我が子の赴く所は遠い異国の大陸、寒冷の荒野を行くこともあろう。そんな時、自分に代わって息子が無事であるよう守ってほしい、と鶴の群に呼びかけている母の思い、その息づかいまで窺われるようだ。「わが子羽ぐくめ」の「羽ぐくめ」は、原文で「羽裏」と表記され、羽の中に包み持て、の意。後に「育む」に転化したのであろう。母親の一途な情愛と、天空を群れ飛ぶ鶴の姿が美しく調和し、心に残る一首である。
そして、この歌は、次のような長歌に続く反歌である。

天平五年癸酉、遣唐使の船、難波を発《た》ちて海に入る時に、親母《はは》の、子に贈る歌一首

秋萩を　妻問《つまど》ふ鹿《か》こそ　独子《ひとりご》に　子持てりといへ　鹿児《かこ》じもの　わが独子の　草枕
旅にし行けば　竹珠《たかだま》を　しじに貫《ぬ》き垂《た》り　斎瓮《いはひべ》に　木綿《ゆふ》取り垂《し》でて　斎ひつつ　わが
思ふ吾子《あご》　真幸くありこそ

（巻九・一七九〇）

ここには、鹿は独り子を持つというが、その子のような我が独り子が旅に出るので、竹玉をいっぱいに貫きたらし、斎瓮に木綿をたらして、物忌みし無事を祈っていると歌われる。旅に出る男性のために、家なる女性が心を集中させて祈り神事を行うという姿が、具体的に述べられている。このような伝統的な旅への心やり、強い祈りの心が流れているからこそ、掲出歌は哀しみを秘めた美しい歌でありつつ、深々と真っすぐに心に響いてくる歌となり得たのであろう。更に、鹿や鶴に寄せての表現は、作者に近く豊かに息づいていた自然の命と、母子の絆の力を伝えているようだ。

ところで、題詞にある天平五年の遣唐使節団は、多治比広成《たじひのひろなり》を大使とし、夏四月に四隻の船で難波津を出発、翌六年十一月、種ヶ島に帰着したが、全部の船が帰ってこられたの

ではなかった。一人息子と別れた母の願いは叶えられたのだろうか……。当時は、造船や航海の技術が未熟で、船は安定性に欠け、強風や波浪に弱く、また、航期や航路を誤ることもあって遭難する船も少なくなかったのである。歴代の遣唐使船のうち、全てが無事往復できたのは、たった三回だったといわれている。遣唐使の生還率は低く、文字通り命がけの任務であった。遣唐使を送り出す家族や縁《ゆかり》の人は、気が気ではなかったことだろう。天平五年の遣唐使への歌は、掲出歌の他に、次のような歌も見出される。それぞれ前に長歌を置く反歌である。

大伴の御津《みつ》の松原かき掃きてわれ立ち待たむ早帰りませ　（巻五・八九五）
難波津に御船《みふね》泊てぬと聞え来《こ》ば紐解き放けて立走《たちばし》りせむ　（巻五・八九六）
波の上ゆ見ゆる小島《こしま》の雲隠《がく》りあな息づかし相別れなば　（巻八・一四五四）
たまきはる命に向ひ恋ひむゆは君がみ船の楫柄《かぢから》にもが　（巻八・一四五五）
沖つ波辺波《へなみ》な越しそ君が船漕ぎ帰り来て津に泊《は》つるまで　（巻十九・四二四六）

一、二首目は山上憶良「好去好来の歌」として、大使多治比広成への送別の歌、五首目は作者不明だが、ともに無事の帰還を待ち望み、祈る歌である。三、四首目は、笠金村が女性に仮託して、別れの苦しさ悲しさを詠んだ歌で相聞の部に収められている。全体的にやや平板な印象のこれらの歌だが、長歌と併せて読んでみると「早帰りませ」の思いが、細やかに感じ取れるのだ。では、遣唐使として旅立つ人は、どのような歌を残しているのだろうか。

春日野に斎《いつ》く三諸《みもろ》の梅の花栄えてあり待て還り来るまで　（巻十九・四二四一）

天雲の遠隔《そきへ》の極《きはみ》わが思《も》へる君に別れむ日近くなりぬ　（巻十九・四二四七）

一首目は、天平勝宝の遣唐大使、藤原清河《きよかわ》が旅の無事を祈った歌。次は、阿倍朝臣老人《おきな》が母との別れを悲しみ詠んだ歌で、題詞から「君」は母と知れる。素直な歌いぶりの二首、思いが静かに胸に落ちてくる。

遣唐使は、古代日本の新しい国家の建設や文化発展に大きな役割を果たした。展示された遣唐使船は「吉備大臣入唐絵巻」等を参考に原寸大に復元、全長三十メートル全幅九・六メートルの大きさ。ここに百五十人程が乗り組んだという。船体に施された朱色と白が春の日に映えていた。その鮮やかな色は、遣唐使たちの命、志や夢、不安や望郷の念、さまざまを語っているようだ。

（二〇一〇・十一）

# 茅花《つばな》抜く浅茅《あさぢ》が原のつぼすみれいま盛りなりわが恋ふらくは（巻八・一四四九）

『万葉集』の中で大伴家の歌人たちの存在は大きい。編纂者の一人とされる家持や旅人の公、私的な歌は言うまでもなく、縁の人や一族に連なる男性の歌、坂上郎女を始め大伴家の女人の歌、家持と関わった女性たちの歌など、数多くの歌が『万葉集』にはある。

掲出歌は「春の相聞」の部に収められている大伴田村大嬢《おおとものたむらのおおいらつめ》の歌である。

――茅花を抜き取る浅茅が原のつぼすみれは、今まっ盛りです。そのように盛りなのです。私があなたを恋い慕う気持ちは……。

春。今を盛りと咲くツボスミレに寄せて我が思いを詠んだ歌。伝えたいのは「いま盛りなりわが恋ふらくは」であり、結句の置き方は、相聞の歌によくある類型的な表現といえるが、思いを引き出す上句の比喩はいかにも美しい。銀白色に輝く浅茅が広がる野のあちこちに咲くスミレ。花の色は青紫か白か……。可憐なスミレの花に田村大嬢の一途な思いが重なり、その人柄までもゆかしく感じられる。特別な歌というのではないが、何となく心ひかれる一首である。なお、スミレとツボスミレは別種という説もあるが定かではない。

ところで、この歌は題詞に「大伴の田村家の大嬢の妹坂上大嬢に与ふる歌一首」とあり、田村大嬢が妹坂上大嬢に贈った歌なのである。田村大嬢が『万葉集』に残した歌は九首（巻八に五首、巻四に四首）全てが妹への思いを詠んだ歌である。

巻八には掲出歌の他に次の四首が見える。

故郷《ふるさと》の奈良思《ならし》の岳《をか》の霍公鳥《ほととぎす》言《こと》告げ遣《や》りしいかに告げきや　（巻八・一五〇六）

わが屋戸《やど》の秋の萩咲く夕影に今も見てしか妹が光儀《すがた》を　（巻八・一六二二）

わが屋戸に黄変《もみ》つ鶏冠木《かへるで》見るごとに妹を懸けつつ恋ひぬ日は無し　（巻八・一六二三）

沫雪《あわゆき》の消《け》ぬべきものを今までにながらへぬるは妹《いも》に逢はむとそ　（巻八・一六六二）

掲出歌の春の「つぼすみれ」に次いで、夏の霍公鳥、秋の萩、鶏冠木、冬の沫雪と、四季それぞれの風物に寄せて歌っている。一首目、ホトトギスに伝言を伝えさせたが返事はなかったのだろう。控え目な歌いぶりが寂しい。そして、秋萩の咲く夕方の光に、あでやかに色づいたカエデにもあなたに逢いたい、恋しいという気持ちが歌われる。四首目、沫雪のように消えるべき命を永らえてきたのはあなたに逢いたいから、という表現は誇張に過ぎるようだが、思いが強いのだろう。

だが、田村大嬢がこれほどの心寄せをする坂上大嬢との間柄はどうだったのか。姉妹の境遇を伝える田村大嬢の歌（巻四・七五九）左注によれば、二人はともに大伴宿奈磨《すくなまろ》の娘で、姉は父の田村の里に（母は不明）妹は母の坂上の里に住み、それぞれの名でよばれたという。つまり、二人は異母姉妹で別々に暮らしていたのである。巻四の一連には、田村大嬢の更なる思いが細やかにつぶやくように歌われている。

外《よそ》にゐて恋ふるは苦し吾妹子を継ぎて相見む事計《ことはかり》せよ　（巻四・七五六）

遠くあらばわびてもあらむを里近く在りと聞きつつ見ぬが術《すべ》なさ　（巻四・七五七）

白雲のたなびく山の高高《たかだか》にわが思ふ妹を見むよしもがも　（巻四・七五八）

いかならむ時にか妹を葎生《むぐらふ》のきたなき屋戸に入りいませなむ　（巻四・七五九）

離れ住む懐しく恋しいあなた。続けてお逢いしたいのに叶わぬ苦しさ、逢う手だてが欲しいと「見」の語に真情があふれる。最後の歌は、荒れた家にと謙遜しつつ来訪を求めている。寂しげだが優しい歌である。田村の家はさびれ、田村大嬢は引込みがちな日々を過ごしていたのかもしれない。巻八の歌に「妹が光儀《すがた》」と表記された坂上大嬢は美しい乙女だったのだろう。大伴家の刀自《とじ》として才ある坂上郎女に導かれた坂上大嬢は、やがて家持の妻となった。その妹を田村大嬢は、愛しい男性への恋心を歌うように心を込めて歌った。年齢的な差も大きかったのか、そこには、妹とはずい分異なる我が身の上への嘆きや、妬ましさなど少しも感じられない。坂上大嬢へのくきやかな愛情が響いてくるばかりだ。

田村大嬢が、この後どのような人生を送ったのかははっきりとしない。ただ、わずかに「大伴宿禰稲公《いなきみ》、田村大嬢に贈る歌一首」として次の歌が見出される。

相見ずは恋ひざらましを妹を見てもとなかくのみ恋ひばいかにせむ（巻四・五八六）

逢っての後に恋が募ると歌っているが、これは作者の姉坂上郎女の代作で、稲公と結婚したのかもわからない。大伴家の邸宅から離れた田村の里に在って、妹への九首の歌にのみ自身を語り、表現した田村大嬢……。熱い心を秘めた温かい人柄の女性の姿が浮かんでくる。

「相聞」の歌の多くは男女の恋歌だが、それだけでなく、男女間、男同志、女同志で、親愛、悲別、思慕の情などを詠んだ歌が幾首もある。何れも、個人の感情、私の思いを表出している。田村大嬢の一連の歌も妹への強く深い思いが生んだ恋歌なのであろう。

（二〇一一・二）

# 佐保過ぎて寧楽《なら》の手向《たむけ》に置く幣《ぬさ》は妹《いも》を目離《か》れず相見しめとそ

（巻三・三〇〇）

平城京の北方に連なる低い緑の丘陵地帯、平城山《ならやま》。丘陵の西半分を佐紀山、東半分を佐保山と呼んでいる。ここを越えると山城（山背《やましろ》）の国で、旅人は平城山で道の神に道中の安全を祈るのである。大和から山城への平城山越えは、東大寺転害門の前を北へ向かう奈良坂越えと、平城宮跡の裏から北に向かう歌姫越えがあるが、万葉の時代は主として歌姫越えであったようだ。

掲出歌は、題詞に「長屋王《ながやのおほきみ》、馬を寧楽山《ならやま》に駐《た》てて作る歌二首」の初めの歌である。――平城の都から佐保を過ぎ平城山にかかった。平城山の神を祭るここ手向けの場に幣を捧げるのは、愛しい妻にいつも逢わせてほしいと願う心からです。

佐保に邸宅のあった長屋王が、そこから遠ざかった歌姫越えで、家に残してきた妻を思って詠んだのだろう。初句の何気ない「佐保過ぎて」の語が、何ともいえない道行の趣を感じさせる。「手向に置く幣」は、旅人が災禍を免れるために幣（麻、木綿、布、紙などを切ったもの）を供え神を祭ったことで、山越えでは、道の高い所でも山腹でも行った。

下句は幣を置く理由を説明している。素朴な表現だが、心情が率直に歌われている一首である。この歌は、いつ、どのような旅で詠まれたのか背景はわからないが、「佐保過ぎて寧楽の手向に……」が、どこか懐しく心に響いてくる。復元なった大極殿から北に歌姫街道（街道の名は、宮中で、雅楽に携わる楽人や歌舞をする女官が街道沿いに住んでいたことに由来するという）をしばらく行くと、大和と山背の国境に「添御県坐神社《そうのみあがたにます》」がある。歌姫越えのさして広くない道は、今は、車の通りも多いが、こんもりとした緑の神社の辺りは古道の雰囲気が漂い、かつて手向けも行われていたであろうことを思わせる。

この歌に続くもう一首は、

磐《いは》が根のこごしき山を越えかねて哭《ね》には泣くとも色に出でめやも　（巻三・三〇一）

である。岩の根のごつごつした山を越えかねて泣くようなことがあっても、妻を思っている事を顔色には出すまいと歌う。ゆるやかな平城山越えに「こごしき山」は合わないが、恋の比喩のように用いて離れている妻への恋しさ、再会を期する気持ちを表現したのだろう。

他には、次のような三首、衣服に寄せて妻への恋しさを詠んだ歌、故郷の歌、秋の三輪山の美しさを嘆賞した歌が見出される。

宇治間山《うぢまやま》朝風寒し旅にして衣《ころも》貸すべき妹もあらなくに
（巻一・七五）

わが背子が古家《ふるへ》の里の明日香には千鳥鳴くなり島待ちかねて
（巻三・二六八）

味酒《うまさけ》三輪の祝《はふり》の山照らす秋の黄葉《もみち》の散らまく惜しも
（巻八・一五一七）

さて、平城山越えに妻を思う素朴な歌を残した長屋王（六八四〜七二九）は、世にいう「長屋王の変」で知られる。天武天皇の孫であり、高市皇子の子の長屋王は、政権の中央にいた藤原不比等没後、聖武天皇即位時には左大臣までのぼり皇親として事実上の首班となった。一九八八年、平城宮跡南東隅近くに発見された長屋王邸跡から出土した木簡は、長屋王家の豪奢な生活ぶりを物語っている。佐保に作宝楼《さほろう》と呼ばれる別荘も持ち、多くの皇族や貴族、文人が集っていたという。この長屋王の繁栄は、父の死後、天皇家と結んで権力を得ようとしていた藤原四兄弟にとっては不快で、両者は対立した。それは、光明子の立后にからんで更に深まり、七二九年二月十日、遂に事件が起こる。長屋王は、左道を学び叛意があると密告され、謀反の疑いにより、二月十二日、四人の子と共に自害に追いこまれた。妃の吉備内親王も後を追って果てた。翌十三日には、早くも長屋王と吉備内親王の葬送が行われた。この事件は、長屋王を排除しようとした藤原氏の陰謀で、長屋王は冤罪であったとする説が強い。

『万葉集』には、一家もろとも滅ぼされた長屋王家の死を悼んだ挽歌が残されている。

大君の命《みこと》恐《かしこ》み大殯《おほあらき》の時にはあらねど雲がくります　（巻三・四四一）

世間《よのなか》は空しきものとあらむとそこの照る月は満ち闕《か》けしける　（巻三・四四二）

一首目は、天皇の御言葉を尊んで、お亡くなりになるはずの時ではないのに、長屋王はお隠れになってしまわれたという倉橋部女王《くらはしべのおおきみ》（伝未詳）の嘆きの歌である。二首目には、長屋王の息子「膳部王《かしはでべのおほきみ》を悲傷《かな》しぶる歌」という題詞がついている。作者は不詳だが、世の中は無常であることを示そうと、この輝く月は満ち欠けするのだと歌う。悲しさ、空しさの思いのにじむ哀悼の歌である。

『続日本紀』に、長屋王と吉備内親王は生駒山に葬られたと記される。二人の陵墓は、近鉄生駒線平群《へぐり》駅のやや北、徒歩十分ほどの所にあるこぢんまりとした二つの森、小さな円墳がそれである。平城の都から、当時はずい分遠かったことだろう。非業の死を遂げた人は、やはり遠隔の地に葬られたのか……。今は開発の進んだ明るい住宅地の中、大震災も放射能汚染も知らぬげに、光あふれる五月の風に吹かれ鎮まっていた。

（二〇一一・五）

長谷《はつせ》の斎槻《ゆつき》が下《した》にわが隠せる妻あかねさし照れる月夜《つくよ》に人見てむかも
（巻十一・二三五三）

四千五百余首の万葉歌は、主として短歌（約四千二百首）と長歌が占めるが、六十二首の旋頭歌も含まれている。旋頭歌は「五七七五七七」の六句から成る。内容的に「五七七」の三句で切れ、三句ずつ掛け合って歌う形式から発展したと考えられており、民謡的香の強い歌も多い。六十二首の旋頭歌は巻七に二十六首、巻十一に十七首と集中してある他は、いろいろな巻に分散している。そして、わずかに名の知れた作者の歌も見られるが、半数以上は「柿本人麿歌集」所出であり、掲出歌もその一首である。

——泊瀬の山にある神木の槻の木の下に、自分が行くまで待たせて、隠れさせてある妻。その愛しい妻をあかあかと照る月の光で、人が見つけているのではなかろうか……。

「斎槻」は神聖な槻（欅の古名）の木。槻の木のほとりの隠妻《こもりづま》を思う男の素朴な恋心が歌われるが、いかにも古風でのびやかな雰囲気が漂い、うたわれた歌という感じがする。

後には次のような歌が続いている。

大夫《ますらを》の思ひ乱れて隠せるその妻天地《あめつち》に徹《とほ》り照るとも顕《あらは》れめやも　（巻十一・二三五四）

ここでは、立派な男子が思い乱れて隠した妻よ、たとえ天地にその美しさが透き通って輝いても見つかるものかと歌っている。掲出歌と併せて二首は、自問自答式の掛け合い、組歌《くみうた》のようである。こうした恋の趣を詠んだ歌は数多く見出される。巻十一より三首。

うつくしとわが思ふ妹は早も死なぬか生けりともわれに寄るべしと人の言はなくに　（二三五五）

朝戸出《あさとで》の君が足結《あゆひ》を濡らす露原つとに起き出でつつわれも裳裾《もすそ》濡らさな　（二三五七）

玉垂の小簾《をす》の隙《すけき》に入り通ひ来《こ》ねたらちねの母が問はさば風と申さむ　（二三六四）

愛するあまりの思いつめた気持ちが「早も死なぬか」という強い語で表現される一首目。次は、朝露を分けて帰りゆく君との別れを惜しむ心を細やかに美しく歌っている。ともに「人麿歌集」所出。三首目は、恋する女性のひそやかな願い、「古歌集」の中の歌という。

夏影《なつかげ》の房《つまや》の下に衣《きぬ》裁つ吾妹《わぎも》裏設《ま》けてわがため裁たばやや大《おほ》に裁て　（一二七八）

君がため手力《たぢから》疲れ織りたる衣《きぬ》ぞ春さらばいかなる色に摺《す》りてば好《よ》けむ　（一二八一）

春日すら田に立ち疲る君はかなしも若草の孋《つま》無き君し田に立ち疲る　（一二八五）

住吉《すみのえ》の波豆麻《はづま》の君が馬乗衣《うまのりごろも》さひづらふ漢女《あやめ》をすゑて縫へる衣《ころも》ぞ　（一二七三）

梯立《はしたて》の倉椅川《くらはしがは》の石《いは》の橋はも壮子時《をざかり》にわが渡りてし石の橋はも　（一二八三）

巻七「人麿歌集」よりの五首。始めの三首は、衣を裁つ、織る、田に働くという行為に人への想いをのせて歌う。夏の木陰の家や春待つ心、田に立ち疲れる人の姿が、豊かな農村風景の中に浮かんでくる。四首目は、君の立派な乗馬服は、帰化人の女性たちに縫わせたものだと歌い、住吉辺りの豪族の暮らしぶりを窺わせる。五首目、若い盛りへの感慨を、思い人の元へ通うために渡った川の踏石に寄せている。この歌や三首目のような同語のくり返しは旋頭歌によくあり、これらの歌は、農作業の場などで民謡風に皆でうたい合っていたのだろう。しかし、集団で民謡的にうたったとは考えられない次のような歌も残されている。

白珠《しらたま》は人に知らえず知らずともよし知らずともわれし知れらば知らずともよし

（巻六・一〇一八）

この歌は、題詞や左注によると、奈良の都にあった元興寺の僧侶の歌で、博識で修業も積んでいるのに世間に認められないことを嘆いて詠んだという。自分の真価は自分が知っていればいいのだと、自身を慰めているが、「知らない、知る」の語のくり返しに、どこか諦めきれない複雑な心情が読みとれる。いつの世でも人間社会にはありそうな思いを述べたこの一首は、韻律に富みうたっているようだが、内容的にはもはや個人の意識が色濃く表現された歌である。他に、藤原八束の歌「さ男鹿の萩に貫き置ける露の白珠あふさわに誰の人かも手に纏《ま》かむちふ（巻八・一五四七）」や大伴家持の歌「鳥総《とぶさ》立て船木《ふなぎ》伐るといふ能登の島山今日見れば木立繁しも幾代神《かむ》びそ（巻十七・四〇二六）」もあるが、以後衰退し、古典和歌の中にも殆ど姿をとどめてはいない。『万葉集』に収められた六十二首の旋頭歌は貴重といえよう。

近代では、窪田空穂や芥川龍之介の旋頭歌が見られる。次の美しい歌は、「越びと」二十数首より芥川の歌。

あぶら火のひかりに見つつこころ悲しも、
み雪ふる越路のひとの年ほぎのふみ。

そして、現代の旋頭歌で記憶に新しいのは、二〇〇六年刊、岡野弘彦歌集『バグダッド燃ゆ』所収の「若葉の霊」若くして逝った少年航空兵への歌である。

果てゆきし　齢はあはれ　十余《とをま》りななつ
かの子らが　沈める海の　あまりま蒼き

敗戦後六十六年、大震災・原発事故の今年、ある会で語られた師の「戦中・戦後」は、力ある言葉が強く響いてくる歌とともに深く心に染みた。

（二〇一一・八）

# 何処《いづく》にかわれは宿らむ高島の勝野《かちの》の原にこの日暮れなば

（巻三・二七五）

万葉歌に詠まれた地ゆかりの場所は全国的、広範囲に及び、中でも大和が格段に多い。大和は万葉全期にわたって飛鳥、藤原、平城と主として都が置かれた所であり、それは当然のことだが、この中央大和に近い近江の地もまた、数多く歌われている。琵琶湖（淡海の海、近江の海）を囲んで一国をなしている近江国は、東海、北陸への陸上、湖上の交通の要衝で、渡来人も住んでいた。天智天皇は、近江大津に大津宮を営み、後の壬申の大乱は、ここ近江を舞台に展開した。

掲出歌も、琵琶湖西岸の地、高島郡勝野（現、滋賀県高島市）が詠み込まれた「高市連《たけちのむらじ》黒人《くろひと》の羇旅《たび》の歌八首」の中の一首である。

――一体、この私はどこに宿ろうか。どこを見ても家も何もない高島の勝野の原に、今日の日がとっぷりと暮れてしまったならば……。

琵琶湖西岸に位置する「勝野の原」は、高島郡を流れる安曇川の下流地帯、高島から安曇川までの湖岸に広がる原野のことを言ったようである。ここは、北陸、越前へ向かう重要な交通路でもあったが、作者高市黒人もその地へ赴く途上だったろうか。

一日中歩き続けてきた夕暮れ。しーんとした湖面をわずかに照らしていた残光も消え、今、まさに暮れようとしている勝野の原。夕闇迫る広い原野には人影はおろか、家も何も見えない。季節は秋か冬であろう。宿る所とてなく行き暮れた旅人の心細さ、不安、恐ろしさはいかばかりであったろう……。その思いを黒人は上二句に「何処にかわれは宿らむ」と訴える。これは、極めて率直な表現であるが、それだけに強く胸に響いてくる。そして、三句以下で具体的な地名や実景が述べられる。作者の思いは、歌われている土地や時間といった具体的な景の中に深くとけ込み、全体として鮮明にまっすぐに届いてくる。人間の魂が動揺して、地物の精霊も浮動すると信じられていた夕暮れ時、湖畔の荒涼とした原野に佇む一人の旅人の姿が見え、黒人の寂寥感、孤独感が、心にしみ通るように伝わってきて忘れることのできない一首である。

この歌は、題詞に、ただ「羇旅《たび》の歌八首」と記され、いくつかの地名を詠み込んだ歌が並んでいる中の歌だが、一連には、他に、近江を歌った次のような二首が見られる。

磯の崎漕ぎ廻《た》み行けば近江《あふみ》の海八十《やそ》の湊《みなと》に鵠《たづ》多《さは》に鳴く　（巻三・二七三）
わが船は比良《ひら》の湊に漕ぎ泊てむ沖へな離《さか》りさ夜更けにけり　（巻三・二七四）

一首目は、磯の崎を漕ぎ巡って行くと、次々に見えてくる琵琶湖の湊に、鶴が群れ盛んに鳴き交わしているよと、情景の見えるさわやかな調べの歌である。二首目は、わが船は比良の湊に漕ぎ入って泊まろう。沖の方へ遠のいてくれるな。夜もふけたことだと、短文を重ねたような形で述べられており、船で旅行く人の心情と夜の静寂とが強く印象づけられる。これらの歌は連作として示されてはいないのだが、どの歌も底に琵琶湖のさざ波のような漂泊の思い、いいしれぬ空虚感をたたえ、同じ時の旅の歌という気がする。三首には近江の地名が置かれ、その風景は地名によって具体的な広がりをもって感じ取れる。そこに、明確な言葉で表現された作者の動きや思いが浮かび上がり、深く心に響いてくるのである。

八首の中には、よく知られている次の二首も含まれる。初めの歌は一連の冒頭歌である。

旅にして物恋《こほ》しきに山下の赤《あけ》のそほ船《ぶね》沖へ漕ぐ見ゆ　（巻三・二七〇）

桜田へ鶴《たづ》鳴き渡る年魚市潟《あゆちがた》潮干《しほひ》にけらし鶴鳴き渡る　（巻三・二七一）

ここにも、旅にある作者のそこはかとない寂しさや憧れの情感が漂っている。「赤のそほ船」地名の「桜田」「年魚市潟」の語も美しく、眼前の自然風光を描写しつつゆらぐような旅愁を滲ませている黒人特有の歌の世界といえよう。

高市黒人は伝未詳だが、行幸従駕の歌もあり、持統、文武朝に仕えた下級官人だったといわれる。作品は、異伝歌なども含めて短歌十八首、旅の歌が多く、琵琶湖畔の風土と結びついた近江の歌は七首を数える。

初めての近江万葉の旅は一九六八年、昭和四十三年の暮れだった。騒然とした時代、大学も揺れ動く中、自分の生や万葉に向かう姿勢を自身に問うような日々の旅であった。十二月二十日から一週間、大津より、唐崎、比叡山、和邇、高島、安曇川、賤ヶ岳、蒲生野等を辿った。湖に沿い、時には山中も、健脚の師に導かれ朝から日の暮れるまで歩いた。少しは乗り物も利用したが、ほぼ歩いて琵琶湖を一周したことであった。晴れた美しい湖も見たはずなのに、思い返されるのはなぜか、夕暮れの湖と波の音、風の冷たさ、そして、雨や小雪舞う長い道なのである。黒人の歌が、若く未熟な自分にも身にしみて思われた旅であった。

二〇一一年九月、より深刻になった時代の重さを忘れるほど、明るく優しい光に満ちた近江をバスで巡った。近江の万葉歌を再びしみじみと味わう旅となった。

（二〇一一・十二）

# 塩津山うち越え行けば我が乗れる馬そ爪《つま》づく家恋ふらしも

（巻三・三六五）

万葉の時代、近江から北陸を目指した旅人は、海津から愛発《あらち》山越えをして疋田《ひきだ》（敦賀市）へ出る西近江路を辿るか、湖最北の塩津から沓掛を経て疋田に至る深坂越えの道を行くかであったようだ。

掲出歌は、題詞に「笠朝臣金村《かさのあそみかなむら》、塩津山《しほつやま》にして作る歌二首」とある中の一首である。――塩津山を越えて行くと、自分の乗っている馬がつまずいた。家に残っている妻が私のことを恋い慕っているらしい。

塩津は、琵琶湖最北端に位置し、越前敦賀への北陸道深坂越えの起点、また、大津と結ぶ湖上交通の要衝で、日本海の塩を大和へ運ぶ中継点でもあった。「塩津山」は、この塩津の背後の国境の山々一帯をいうようである。ここを越えれば越前の国。冬季には雪の深い所であり、楽ではない山越え、峠越えだったろう。大和から近江へ、更に越の国へという道のりを、金村らはどれほどの思いで進んだことだろうか。

旅行く自分の乗っている馬が躓き、立ち止まって行き悩んでいる。これは、妻が、家の者たちが自分を案じ恋しがっているからにちがいない、と思う。万葉人は、人を夢に見るのは、相手が思うから夢に現れると考えたように。険しい山中で望郷の思いに駆られる作者の姿が浮かんでくる。家郷を離れてはるばると来たこれまでの日々……。旅の憂愁が情感豊かに伝わってくるのは、何でもない描写、表現だが「我が乗れる馬そ爪づく」の語が、一首の中で大きく働いているからであろう。そして、この歌の前にある次の一首、

大夫《ますらを》の弓上《ゆずゑ》振り起《おこ》せ射つる矢を後見む人は語り継ぐがね　（巻三・三六四）

では、山越えの時に道中の安全を祈願し、山中の杉などの木に矢を射て通る矢立の習俗が歌われている。行楽の旅などではない、古代の旅の厳しさが窺われる。

これら二首に続いて、越の海の好風景を懐しい大和の家人と共に見たいという思いを述べた「角鹿津《つのがのつ》にして船の乗る時」の歌として長歌と反歌一首が見られる。「角鹿津」は敦賀港。そこから乗船して北陸のいずれかの国に赴いたのであろう。長歌の内容を要約した次の歌が反歌である。

越《こし》の海の手結《たゆひ》が浦を旅にして見ればともしみ大和思《しの》ひつ　（巻三・三六七）

更に、巻八に「笠朝臣金村の伊香山《いかごやま》にして作る歌二首」がある。

草枕旅行く人も行き触らばにほひぬべくも咲ける萩かも　（巻八・一五三二）

伊香山野辺に咲きたる萩見れば君が家なる尾花し思ほゆ

（巻八・一五三三）

「伊香山」は、旧伊香具村大音《いかぐおおと》にある式内伊香具神社の背後の山、賤ヶ岳の南嶺といわれる。賤ヶ岳から琵琶湖に向かって南に走る低山であるという。湖東から来て塩津越えに向かう旅の途中での歌であろう。咲き満ちる萩の中、旅行く人も触れたならば衣に色がつきそうなほどだと、萩の美しさを詠み、伊香山の野辺に咲いていているその萩を見ると、奈良のあなたの家の尾花がしのばれると、思いを深めて歌っている。平明な歌いぶりだが、秋の味わいと旅情のにじみでた都人の作らしい二首である。

掲出歌を含めたこの笠金村の旅の歌六首は、題詞に「塩津山」「角鹿津」「伊香山」と地名は記されているものの、いつどのような旅であったかはわかっていない。作者、笠金村自身についても『万葉集』に四十数首の歌と名をとどめるのみで、経歴など不明である。歌の多くは行幸に従った時の従駕歌で、金村は、元正女帝から聖武天皇前期の頃、微官ではあったが宮廷に仕え、また、歌才を認められた宮廷歌人的存在だったようである。

掲出歌はまた、名門貴族で詩歌をよくたしなみ、越前国守に任ぜられた石上乙麿《いそのかみのおとまろ》との関わりで考えられてもいる（金村の角鹿津での歌の後、三七一、三七二の歌と左注により）。金村は、越前国守となった石上乙麿に同行して越前に赴き、六首の歌もその折の越路行旅歌群であろうというのである。確かな旅の記録もなくはっきりとしたわけではないが、大和への思いを抱きつつ詠んだ、近江から山越えをして越前までのそれぞれの歌は、やはり、一連の歌群として読めるのではなかろうか。そして、歌われているこの道筋を思う時、浮かんでくるのは、越中国守として赴任した大伴家持や、越前へ流罪となった中臣宅守らの姿である。奈良の都に別れを告げ、大和とは全く異なる風景の琵琶湖を望み、険しい山を越えて北の越の国へ、官人としてあるいは流され人として、はるばると行く彼らの旅路を思わずにはいられない。

万葉から時が流れた平安の長徳二年、紫式部も父、藤原為時とともに「深坂越え」をして越前に下向した。

今、塩津の「常夜灯公園」内に、万葉歌と紫式部の歌を刻んだ碑が建っている。きれいに整備された北陸への大道沿いである。北に向かうこの道に立っていると、山道ではないのに、金村たちのはるかな旅の思いが響いてくるような気がする。まこと湖北の景観は、どこか懐しく心に深く沁みてくるのだ。

（二〇一二・二）

あかねさす紫野《むらさきの》行き標野《しめの》行き野守《のもり》は見ずや君が袖振る　（巻一・二〇）

紫草《むらさき》のにほへる妹《いも》を憎くあらば人妻ゆゑにわれ恋ひめやも　（巻一・二一）

あまりにも有名なこの二首は「天皇、蒲生野《かまふの》に遊猟《みかり》したまふ時、額田王の作る歌」と「皇太子《ひつぎのみこ》の答へましし御歌」である。天皇は天智天皇で兄、皇太子は弟の大海人皇子（後の天武天皇）。左注には『日本書紀』により、天智七年（六六八）五月五日、近江、蒲生野において、皇族、群臣ことごとく従い遊猟が催されたことが記される。遊猟とは薬猟《くすりがり》、山野に出て、男たちは薬効のある鹿の袋角を獲り、女たちは薬草を採るという大陸伝来の習俗だが、宮廷あげての遊楽的な行事でもあり、また、軍事的訓練の目的もあったのではないかともいわれる。

時は天智天皇が近江新都で即位した年の五月、初夏の陽光ふりそそぐ野に、大勢の華やかな宮廷人の姿がある。そんな中で、大海人皇子は額田王にしきりに袖を振って思う心を示している。額田王は今、天智天皇の後宮にあるが、若い日のある時期、大海人皇子の妻で十市皇女を生んでいた。大海人皇子に額田王が歌いかけた。

――紫草の白い花が一面に咲いている野、御料地の野をあなたは行ったり来たりして……。野の番人が見咎めたりしないでしょうか。私にそんなに袖をお振りになって……。

――紫のにおいたつように美しい妹、そなたを憎いと思うならば、すでにそなたは人妻なのに、どうして私が恋などしようか。憎からず思うからこそ恋せずにはいられないのだ。

皇子の返しである。

額田王の歌は、困惑と不安の情を交えた少し強い語気の「野守は見ずや」で、皇子の大胆なふるまいをたしなめているようでありながら、全体としては、皇子に心ひかれ喜びを感じているような雰囲気が漂う。それは、枕詞「あかねさす」の美しい色彩感や「紫野行き標野行き」のはずむようなくり返し、自分への愛の行動「君が袖振る」を倒置による結句で印象づけ、鮮やかに一首を歌いあげているからであろう。

大海人皇子の歌は、額田王の「紫野」を受けて「紫草のにほへる妹」と歌い起こしているが、この二句は恋しい人の姿を描くだけでなく、一首全体から感じ取れる美しさ、強さに大きく作用しているように思う。その人への思いは、逆説的、反語的に表現され、さらに「人妻ゆゑに」という重い意味を持つ語によって、強い意志力も伝える率直で男性的な答歌である。

　この贈答歌二首は、内容から明らかに相聞の歌であり、作者らの複雑な人間関係を考えれば、人目を忍ぶ秘めごとめいた恋ということになろうが、美しくあでやかで朗々とした詠みぶりは、どうみてもそうした歌ではないようである。この二首がどこで詠まれたのか議論はいろいろだが、「巻一・雑歌」に収められていることからも、白日下の贈答儀礼として歌われたもの、もはや若くはない二人が宴席で披露した歌と解するのがほぼ定説となっている。

　そして、同じ年の事件として、天智天皇が催した大津の浜の高楼の酒席で、大海人皇子が突然激情し、そばにあった長槍で敷板を貫いたという話も伝えられる。大和へ心を残しながら従ってきた人々もようやく新都に馴染み、近江朝廷も安定したかにみえたがどうだったのだろうか。また、天智天皇と大海人皇子との間には、早くも皇位継承に絡む不穏な感情が流れはじめていたのではないか……等、思いを巡らせば、二首の贈答歌がたとえ宴席の座興的なものであったにせよ、三人三様の思いが、胸の奥で揺れていたのではないかという気がする。にぎやかな宴が果てた後の夜気はひんやりと冷たく、闇は一段と深かったことだろう。

それにしても『万葉集』の中でも、この二首ほど多くの人を魅了し、また、さまざまを思わせる歌はないのではなかろうか。歴史的な事柄との関わりからの興味もあろうが、何よりも力ある言葉、一語一語が調べ豊かに響き歌の世界に誘ってくれるからであろう。

国文科の学生になって間もない頃、近くの実践女子大で池田弥三郎先生の講演があり、この贈答歌についての背景などを聴いた。高校の授業とは違う内容で少し驚いたが、新しい世界が開かれたようで『万葉集』を学ぶことはこういうことなのだと思ったりした。

歌の舞台の蒲生野は、大津京から約四十キロの湖東側、近江鉄道平田駅から市辺駅辺り一帯の地域という。初めて訪れたのは、一九六八年暮れの近江万葉の旅。冬枯れの刈り田が広がっていたが、ここの小高い船岡山に『元暦校本万葉集』より原文そのままを刻んだ二人の歌碑が建てられたその年であった。そして、今は船岡山の麓も整備され、万葉植物園や遊猟の情景を描いた大きなレリーフなどが見られる。四十年以上経て再び訪ねたのは晩春と初秋の季節、重厚な変らぬ趣の歌碑に会い、蒲生野の緑の風に吹かれたことであった。

（二〇一二・五）

## 淡海《あふみ》の海夕波千鳥汝《な》が鳴けば情《こころ》もしのに古《いにしへ》思ほゆ

（巻三・二六六）

近江国の面積の六分の一を占め、重く深い歴史をも秘める琵琶湖（淡海の海、近江の海）。この近江の大湖は、海のない大和人や近江を旅する人々にとって驚きであり、多くの感懐をもたらすものだったのだろう。「あふみのうみ」を詠んだ歌は十五首程見られるが、やはり、まず心に浮かび口ずさみたくなるのは掲出歌、柿本人麿のこの一首ではなかろうか。

――暮れてゆく近江の湖水。その夕さざなみに飛ぶ千鳥よ。お前たちが鳴くと、私の心もうちしおれて昔のことが思われてならないよ。

眼前に広がる茫漠とした淡海の海。静かに暮れようとしている湖の、ほの白い波に群れ飛ぶ千鳥……。この景を人麿は「夕波千鳥」と簡潔に美しく表現した。人麿の造語といわれる「夕波千鳥」は魅力的で、一首の歌の世界に強く誘われる忘れ難い語である。そして、人麿は、かすかな鳴き声を響かせる千鳥に呼びかける。お前たちが鳴くと私の心までもが耐えられなくなる「情もしのに古思ほゆ」と訴えずにはいられない。人麿のあふれんばかりの古への思いは、かつて湖畔に栄えた天智天皇の都、大津京時代へと向かっている。今は荒廃してしまった都の跡に在って、大津宮の興亡に思いを寄せ偲んでいるのだ。湖の夕景と千鳥の鳴く声にわが心をのせて懐古の情にかられる人麿……。

こうした人麿の思いが深々と伝わってくるのは「夕波千鳥」という印象的な語はもとより、「淡海の海」と大きく歌い起こし、千鳥に視点を移して一、二句を名詞で止め、転じて三句で「汝が鳴けば」と呼びかけ下句で切実な感情を吐露するというような歌いぶりにあろう。上句での助詞を省いて体言を積み重ねた表現は、くっきりと確かでありつつ、豊かな奥行きも感じさせる。下句では、心情を直接的に述べた「情もしのに」に、八音の「古思ほゆ」が続く。字余りでゆったりと収めてあるのは、初句と呼応して重厚感を添え悲哀の情も漂わす。全体として曲折に富み、湖の波音のような調べもかもし出されている。荘重で格調高い一首にはるかな時を超えひきこまれる。人麿の代表作の一つといえよう。

掲出歌は、「巻三・雑歌」の部に柿本人麿の歌とだけあり背景などはわからない。しかし、巻一、持統天皇の代に「近江の荒れたる都を過ぐる時、柿本朝臣人麿の作る歌」として長歌と反歌二首があり、掲出歌も同時期の作ではないかといわれている。「近江荒都」はいうまでもなく、天智天皇の死後、壬申の乱により灰燼に帰してしまった大津宮のことで、詠まれたのは持統天皇の近江行幸の時とも、琵琶湖西岸、和邇《わに》の地にあった柿本氏の「式内社小野神社」に赴いた折ともいわれるが明らかではない。

長歌は「……天《そら》にみつ　大和を置きて……いかさまに　思ほしめせか……大津の宮に
天《あめ》の下　知らしめしけむ　天皇《すめろき》の……大宮は　此処《ここ》と聞けども　大殿は　此処と言へども
春草の　繁く生ひたる……見れば悲しも（巻一・二九）」と、歴代の天皇が都と定めた大和から近江に都を遷した天智天皇を「いかさまに　思ほしめせか」と述べ、そこから大津宮の廃墟に立っての感慨が歌われる。「いかさまに　思ほしめせか」は挽歌に用いられる語で、普通では考えられない、真意がはかり難いの意で近江朝の滅亡を暗示する。大津宮の栄えていた時代、華やかな宮殿の姿を求めるが何も見えず、霞立つ中に春草が生い茂るばかりである。「見れば悲しも」という人麿の深い悲哀が胸に迫る。次の反歌が続く。

ささなみの志賀の辛崎《からさき》幸《さき》くあれど大宮人《おほみやひと》の船待ちかねつ　（巻一・三〇）

ささなみの志賀の大わだ淀むとも昔の人にまたも逢はめやも　（巻一・三一）

長歌の宮址から湖岸、湖上へと展開した反歌では、辛崎（唐崎）や大わだは不変なのに、船遊びをした大宮人や昔の人は亡く、もはや会うことは叶わないと「人」に焦点をあて嘆き、悲傷の思いを歌う。

同じ頃であろう、高市黒人も、旧都、荒都への悲しみ、傷みを詠んでいる。

古《いにしへ》の人にわれあれやささなみの故《ふる》き京《みやこ》を見れば悲しき（巻一・三二）

ささなみの国つ御神《みかみ》の心《うら》さびて荒れたる京見れば悲しも（巻一・三三）

黒人は、人麿が外界の事物に託して呼びかける形で歌うのに対し、「古の人にわれあれや」と自分の内にひきこんで思い鎮めるように歌う。歌いぶりは違うがともに深い悲しみと哀惜の情が伝わってくるのは、わずか五年で滅んだ大津宮とそこでの死者への追悼の思いがこめられているからであろう。人麿や黒人の歌は単なる荒都への悲しみの歌ではなく、近江遷都を敢て断行した天智天皇や非業の死をとげた人々の無念、安まらぬ魂に心を寄せた祈り、鎮魂の歌なのである。

近江の歌の思いは、平忠度《ただのり》や芭蕉の作品から窺われるように後の時代へと受けつがれる。そして、現代においても、近江万葉の旅に導いてくれた師の語る、敗戦後の若き日、鎮まらなかった心が、近江まで歩いてきてようやく和んだという話も忘れることができない。

（二〇一一・八）

## 昔こそ難波田舎《なにはゐなか》と言はれけめ今は京引《みやこひ》き都びにけり　（巻三・三一二）

『万葉集』の中で難波地域に関わる歌は数多い。近江や山城などと同じように大和に近い周辺で、中央の密接な影響下にあった地ということなのだろう。難波には、仁徳、応神天皇による百舌鳥《もず》、古市《ふるいち》古墳群があり、古くから帝京、離宮が置かれてたびたびの行幸もなされた。また、大和の外港として設けられた難波津、住吉津《すみのえのつ》は遣唐使、遣新羅使の発着地となり、地方派遣の官人や防人の出入りもある重要な地であった。

こうした難波の地に、大化改新の大化元年（六四五）孝徳天皇は都を遷し難波長柄豊碕宮を造営した。しかし、白雉四年（六五三）実権を握っていた中大兄皇子や皇后らは天皇を残して大和へ引き上げ、翌年天皇が崩御したため廃都となった。後、天武天皇は副都として難波宮を修営したが焼失、次に難波が都となったのは、天平十六年（七四四）から翌年にかけての聖武天皇の難波宮、いわゆる天皇彷徨五年の間のことである。のどかな海浜風景の広がり、難波津の賑わいも見られた所だが、難波宮は十分な施設が整わないまま、機能のみが存続するという時期もあったらしい。

神亀三年（七二六）そんな状況の中、聖武天皇により知造難波宮事に任命された藤原宇合《うまかい》は、難波宮の修復に携り天平四年（七三二）完成させた。掲出歌はその折の歌で「式部卿藤原宇合卿、難波の堵《みやこ》を改め造らしめらるる時作る歌一首」と題詞にある。――これまでは難波の田舎と言われもした。だが、今ではそれも昔のことになって、何の不足もなく整い、都らしくなったことだ。

上句の「昔」は遠い昔にも自身の過去にもいうが、作者の経過している昔の意であろう。都人にとって、難波は辺鄙な田舎だったのか、少し低く見ていた様子が窺える。「難波田舎」という語が、どこか軽い現代語のようでおもしろい。下句「京引き」は、ここでは遷都でなく、孝徳天皇の都が廃され離宮の地になっていた所を改造、規模も新たに都ふうにしたということである。四句目は八音で字余りになっているが「京《みやこ》」「都」のくり返しがリズムを作っている。「昔」「難波田舎」と「今」「都びにけり」とを対比させて軽い調子で歌い、都の改造の指揮官として完成の喜びを表現している。作者の得意気な顔まで浮かんでくる、わかりやすい一首といえよう。

藤原宇合は、藤原不比等《ふひと》の三男。父の死後、対立していた長屋王を退け、一族の光明子を皇后とし、武智麿《むちまろ》、房前《ふささき》、麻呂《まろ》らと政権を手にした。宇合は遣唐副使、常陸守、西海道節度使などを歴任したが、天平九年（七三七）藤原四兄弟はともに流行病で亡くなった。宇合、四十四歳（五十四とする説もある）。『懐風藻』に詩六篇、歌は掲出歌の他に五首を残し、『常陸国風土記』は、宇合の国守時代の成立と推定されている。

他に難波宮に関連した歌は、文武天皇、聖武天皇の行幸に従った折の歌群が見られる。

葦辺《あしべ》行く鴨の羽がひに霜降りて寒き夕べは大和し思ほゆ　（巻一・六四）

あられ打つあられ松原住吉《すみのえ》の弟日娘《おとひをとめ》と見れば飽かぬかも　（巻一・六五）

この二首は「慶雲三年丙午、難波の宮に幸《いでま》しし時」と題詞があり、七〇六年文武天皇行幸の際の歌である。一首目、志貴皇子の歌。「葦辺行く鴨」の細やかな描写は実景ではないかもしれないが、この上句があって「寒き夕べ」が繊細にくっきりと感じ取れ、大和家郷への思慕が響いてくる。次の長皇子の歌は、住吉海岸、安良礼《あられ》松原を、弟日娘という美しい娘と共に見た喜びが歌われる。上句の「ら」音が軽やかでいかにも若々しい情感が伝わってくる。ここに、二人の皇子の全く違った雰囲気の歌が並んでいるのも興味深い。

荒野《あらの》らに里はあれども大君の敷き坐《ま》す時は都となりぬ　（巻六・九二九）

あり通ふ難波の宮は海近み漁童女《あまをとめ》らが乗れる船見ゆ　（巻六・一〇六三）

この二首は、ともに聖武天皇行幸に関わる長歌に続く反歌である。一首目は、笠金村の神亀二年（七二五）冬十月難波宮行幸の折の従駕歌で、難波の里は古びた荒れ野であるが、大君がおいでになると立派な都となったと天皇を讃美している。翌年、藤原宇合が知造難波宮事に任じられるのである。次は、田辺福麿《たなべのさきまろ》歌集の中の歌で、海浜にある難波宮の良さを具体的に叙した長歌を受けての一首。いつの季節だろうか、光に満ちた青い海に白い衣の漁童女の乗った船を配し、難波宮を讃えている。すっきりとした美しい歌である。

難波宮の跡は、難波宮跡公園として整備され、公園の北にある大阪市立歴史博物館十階には、難波宮大極殿の柱間が実物大で再現されている。万葉時代の宮殿を実感しつつ、そこから宮跡の中枢部を現地保存した公園が一望できる。宮殿の遺跡は発掘により二時期のものが重なって存在することがわかった。古い方（孝徳天皇造営）を前期難波宮、新しい方（聖武天皇造営）を後期難波宮と呼ぶ。この宮殿の遺跡を、復元した大極殿の中から見るという体験をし、難波の万葉歌を改めて近く感じた五月の旅を今、思い返している。

（二〇一二・十一）

# 明日香川黄葉《もみちば》流る葛城《かづらき》の山の木《こ》の葉は今し散るらむ　（巻十・二二一〇）

飛鳥といえば、万葉歌やその背景としての歴史、今に残る風景から親しく思い浮かぶのは大和の飛鳥であるが、河内にも飛鳥がある。大阪府羽曳野市、太子町辺りの二上山西麓一帯で「近つ飛鳥、河内飛鳥」と呼ばれる地である。ここは、古く大和の飛鳥、藤原京方面と難波をつなぐ官道（『日本書紀』推古二十一年に「難波より京に至る大道を置く」とある日本最古の官道）が通っていた。このルートが、後に堺市から羽曳野市、太子町を経て二上山の南側の竹内峠《たけのうち》を越え、葛城市長尾に至る竹内街道となった。

明日香川（飛鳥川）も、二上山の南西麓から出てほぼこの街道に沿って流れ、途中の羽曳野市古市の北方で石川に注ぐ小川である。掲出歌は、この明日香川の秋の風情を詠んだものであろう。「巻十・秋の雑歌」「黄葉を詠む」四十一首の中の歌である。

――明日香川に美しく色づいた葉が流れている。葛城山の山の木の葉は、今、散っていることだろう。

明日香川に流れ下る黄葉を見て、上流の二上山を含む葛城の山々に散る落葉を思い描いている。穏やかな川の流れと黄葉した木の葉、山の落葉に思いを馳せた作者の心が柔かく伝わってくるのは「葛城の山の木の葉」という「の」の音によるのだろう。作者も作歌事情も伝えないこの歌では、明日香川は大和の飛鳥川と解する説もある。また、結句「今し散るらむ」は、原文では「今之落疑」と表記され「今し散るらし」と読む方が多い。確かに、明日香川に流れる黄葉を根拠としての推量という点では「らし」がふさわしいと思うが、一首全体の響きからは「らむ」の読みを取りたい気がする。

この明日香川が注ぐ石川周辺が舞台となっている歌に物語を巧みに詠んだ高橋虫麿の長歌「河内の大橋を独り去《ゆ》く娘子《をとめ》を見る歌一首」と反歌がある。長歌は「級照《しな》る　片足羽川《かたしはがは》の　さ丹塗《にぬり》の　大橋の上ゆ　紅《くれなゐ》の　赤裳裾引き　山藍《あゐ》もち　摺れる衣《きぬ》着て　ただ独り　い渡らす児は……問はまくの　欲《ほ》しき我妹《わぎも》が　家の知らなく（巻九・一七四二）」と、丹塗りの大橋を赤い裳裾を引き、藍染めの衣を着て渡っていく乙女を訪ねてみたいがその乙女の家がわからないと歌う。片足羽川も大橋もはっきりと定めることはできないが、石川のことともいわれ、この辺りは渡来人が多く住む先進地帯であった。新しい技術の立派な大橋と華やかな装いの乙女。一幅の絵のようだが、虫麿は更に、

大橋の頭《つめ》に家あらばうらがなしく独り行く児に宿貸さましを　（巻九・一七四三）

と詠み、一人行く乙女に宿を貸すのにと、思いを広げている。しかし、本当は橋の上に誰もいなかったのかもしれない。虫麿らしい浪漫美の世界を歌いあげたものとも考えられよう。

さて、掲出歌を含む四十一首の中には次のような歌もある。

大坂をわが越え来れば二上《ふたかみ》に黄葉《もみちば》流る時雨ふりつつ

(巻十・二一八五)

大坂を越えてきた作者。空が一面に曇って二上山にさーっと降りそそぐ時雨の中を、赤や黄に色づいた木の葉が流れるように散っている。大坂は、大和・河内間の通路。越えたのはどの道だったのだろう。竹内街道だったのだろうか……。

日本最古の官道、交通の要地であった竹内街道。この道を通って仏教が伝来し、大陸文化が入り、飛鳥文化が花開いた。中国、朝鮮からの使節や渡来人が往来し、遣隋使、遣唐使らの外交団もこの街道を通って難波津から中国へ渡った。こうしたにぎわいを見せ、先進帰化人を中心に高い文化が栄えたこの付近には、また、聖徳太子墓、用明、推古、孝徳陵、小野妹子墓など有力者の陵墓が集中し「王陵の谷」とよばれる所がある。『万葉集』では、聖徳太子が竜田山の死人を見て作られた歌として次の一首を伝えている。

家にあらば妹が手まかむ草枕旅に臥《こや》せるこの旅人《たびと》あはれ

(巻三・四一五)

家にいたならば、妻の手を枕にしているだろうに、旅先で伏し倒れている旅人の何と気の毒なことかと、旅の途中で亡くなった人を悼んでいる。『日本書紀』にこの歌のもとになった記述があり、伝説的な色を帯びているが、「草枕」「あはれ」の語が深い思いを感じさせる歌である。

竹内街道は、都が奈良平城京に遷ってからは、主要な役目を終えた。以後、太子信仰、堺と大和間の経済、巡礼や宗教の道となり、鉄道の開通やバイパスの設置などに伴い様相も変えたが、大和棟の民家の残る竹内集落の中を通る旧道には昔の風情が漂う。大阪の万葉歌は難波を中心に数多いが、川の水域や地形の変化が激しく、今日、明らかな故地は少ない。それでも足を運ぶと、何気ない一首も近しく感じられたりする。飛鳥からの日没の山、二上山が、河内から見ると異なった印象になることも、やはり訪ねてみての実感であった。

なお、掲出歌は時代を経て『新古今和歌集』巻第五秋歌下に柿本人麿作として次のように見出される。

あすか川紅葉葉ながるかづらきの山の秋風吹きぞしぐるゝ　（五四一）

（二〇一三・一）

# 小竹《ささ》の葉はみ山もさやにさやげどもわれは妹思ふ別れ来ぬれば

（巻二・一三三）

柿本人麿は『万葉集』の中で大きな位置を占めるがその生涯は謎に包まれている。他に記録はなく『万葉集』にだけ登場し、知られるのは残された歌により、持統朝から文武朝にかけて宮廷で活躍した歌人であったらしいことである。皇室に関わる歌、行幸従駕の歌、皇子や皇女への挽歌が多いが、個人的な恋の歌、旅の歌なども詠んでいる。

その中に、人麿は晩年の頃にか、石見《いわみ》の国へ赴任し現地に妻がいたようで、妻への慕情を詠んだ「石見相聞歌」と呼ばれる歌群がある。題詞に「柿本朝臣人麿、石見国《いはみのくに》より妻に別れて上り来る時の歌二首　并に短歌」とある長歌三首と短歌七首の歌群で、異伝歌というべきものも含まれ、最後の一首は妻の歌である。掲出歌は一首目の長歌、

石見の海　角《つの》の浦廻《うらみ》を　浦なしと　人こそ見らめ　潟《かた》なしと　人こそ見らめ　よしゑやし　浦は無くとも　よしゑやし……浪の共《むた》　か寄りかく寄る　玉藻なす　寄り寝し妹を　露霜の　置きてし来れば……夏草の　思ひ萎《しな》えて　偲ふらむ　妹が門《かど》見む　靡《なび》けこの山

（巻二・一三一）

の反歌二首の中の後の歌である。長歌は、石見の海の描写から始まり、その海岸の海藻が寄り合うように親しんだ妻を残して旅に発ち、山を越えようとしている自分のことに歌い及んでいる。そして、妻への募る思いが最後の五句、短歌の形で凝縮している。反歌の一首目は、

石見のや高角山《たかつのやま》の木の際《ま》よりわが振る袖を妹見つらむか　（巻二・一三二）

で、途中の高角山の木の間から自分が振った袖を妻は見ただろうかと、今は遠く隔たってしまった妻へ心を届かせている。そして、次が掲出歌である。

——自分が進んで行く山中一面に生えている笹の葉は、全山がとよむほどざわざわと音を立て騒いでいる。だが、その音に紛れることなく、私はただひたすらに愛しい妻のことを思っている。別れてきたのだから……。

石見の国での任期を終えた人麿が京へ上る折、旅行く山中で、別れてきた妻を一筋に思いつめていく心情が歌われる。辛い別れをしてきた妻を思いつつ歩む山道では、風が吹きすさび木々のさやぎ、笹の葉ずれの音が全山あげて不気味に響いている。上句でくり返される「サ音」や「さや」が印象的で笹の葉ずれの音を効果的に伝えているが、それは、現代の「さやさや」といった擬音語とは異なり、上代では不穏なざわめきの声であった。こ

の上句の情景を「ども」で受けて、「われは妹思ふ」と言い切り強い思いを表現している。旅行く時の不安や寂寥を掻き立てるように聞こえてくるざわめきを鎮めるためにも心を集めて一心に妻を思っている。そうせずにはいられないのだ。妻もまた、旅先の夫のために祈り、思いを集中させているにちがいない。こうした旅する夫と家なる妻との心の交流、魂の響き合いが根底に流れる一首といえよう。結句は全体を受け、余韻をもって重厚に結ばれる。

なお、この歌の第三句「さやげども」は原文で「乱友」と表記され「乱るとも」の読み方も多い。それは「サ音、ミ音」両方で調子を取り、また、笹の葉の状態を視覚的にも表現し、全山笹の葉の乱れざわめく情景を浮かばせる読みになろうか。

この歌群の最後に置かれた歌は「柿本朝臣人麿の妻依羅娘子《よさみのをとめ》、人麿と相別るる歌一首」である。

な思ひと君は言へども逢はむ時何時と知りてかわが恋ひざらむ　（巻二・一四〇）

娘子は君の言葉に対して、今別れて次に逢う時がはかり難いことを嘆き恋しさを訴えている。初、二句の表現から若い妻であったようにも思われる。

二〇一三年五月半ば、石見に人麿の歌ゆかりの地を訪ねた。一日一便発着の萩、石見空港（滑走路でマラソン大会が行われるという）にほど近い益田市は、人麿生誕、終焉の地と伝えられ、戸田、高津柿本神社を建て、人麿像や遺髪塚などを守っている。広大な万葉公園の「人麿展望広場」には、人麿や地域に関わる歌三十五首の歌碑があり圧倒される。ここからは日本海や歌われている山々を望むこともできた。江津市に入ると、人麿の妻出生伝承の地や「石見相聞歌」に詠み込まれている地が何ヶ所もあり、それぞれに歌碑が建てられ眺望もすばらしい。大崎鼻から見た美しい角の浦、高角山公園展望台からの景観、人麿と妻が住んだとされるひそやかな場所……。歌の世界が彷彿としてくるようであった。石見の人々は、人麿を親しみと敬愛をこめて、「人麿さん」と呼んでいた。人麿の実像は定かではないが、伝承の中に、民間信仰の中に時を超えて生きているのだと、出会った人々の熱い思いから感じたことである。そして、今回最も心に残ったのは、高角山公園に遠足に来ていた小学生（一年生から四年生）たちが「石見相聞歌」を声をそろえて唱ってくれたことだった。意味はまだ理解できなくても万葉歌の言葉と韻律はしっかりと身体の中に染み込んでいるのだろう。五月の石見の澄んだ空と青い海、緑の風の中で一生懸命だった小学生たちの姿と声が思い出される。

（二〇一三・五）

# 鴨山《かもやま》の岩根し枕《ま》けるわれをかも知らにと妹《いも》が待ちつつあらむ

（巻二・二二三）

『万葉集』に「人麿作」として八十余首の多種多彩な歌（他に『柿本人麿歌集』収録歌約三百七十首）が見られる柿本人麿は「歌聖」と称えられるだけでなく、石見や大和をはじめ各地の「柿本神社、人麿神社」に祀られ、信仰や伝承の中に生き続けている。しかし、知られるように『万葉集』以外、史書に見当らない人麿の実像は不明で謎に包まれている。その大きな謎の一つに人麿の死をめぐる問題がある。

掲出歌は、題詞に「柿本朝臣人麿、石見国《いはみのくに》に在りて臨死《みまか》らむとする時、自ら傷《いた》みて作る歌一首」と記されている歌である。

――鴨山の岩根を枕にして倒れ伏している私なのに、そうとは知らないで、妻はひたすら私の帰りを待っていることだろうか。

笹の葉の歌を詠んでから、どれほどの時間が流れたのだろう……。人麿は今、岩を枕にして横たわっている。山中に行き倒れて臨終の時を迎えている。そうした場面での歌、いわば辞世の歌ともいうべき一首であろうか。死に臨んでのこの歌は、いかにも人麿らしい歌というより、もっと素朴でしっとりとした悲哀感の漂う一首となっている。なお、題詞の「死」という漢字であるが、この時代、人の死を記録する場合、三位以上は「薨」、四・五位は「卒」、六位以下は「死」と使い分けて書いていたため、人麿は六位以下の下級官吏とされている。掲出歌は、下級の役人だった人麿が、地方官として石見国に赴任、後に上京して再び石見に下った折、妻に会うこともできずに山中で死に瀕している悲しみを述べた歌、「石見相聞歌」と併せ読む時見えてくる一首の世界である。従って、人麿の死に関わる「鴨山」はどこなのか心にかかるが、諸説あって定まっていない。石見の地だけでも、益田市高津の沖合いの鴨島（大津波で海中に水没）、斎藤茂吉が情熱を燃やして定めた邑智《おおち》郡美郷町湯抱《ゆがかい》温泉近くの鴨山、浜田市、江津市などいくつも存在する。

ところで、掲出歌の後には、人麿の死を詠んだ人の次のような歌が続く。

今日今日《けふけふ》とわが待つ君は石川の貝に交りてありといはずやも　（巻二・二二四）

直《ただ》の逢ひは逢ひかつましじ石川の雲立ち渡れ見つつ偲はむ　（巻二・二二五）

荒波に寄りくる玉を枕に置きわれここにありと誰か告げなむ　（巻二・二二六）

天離る夷《ひな》の荒野に君を置きて思ひつつあれば生けるともなし　（巻二・二二七）

初めの二首は妻依羅娘子《よさみのおとめ》の歌。今日は今日はと私が待つ君は、石川の貝に交じっているというのか、もはや直に会うことは叶わないので、石川に立ち渡る雲を見て君をお偲びしようと、旅先の夫の死を知り、夫の姿に思いをはせている。ここに「石川」が出てくるがこの石川の所在についても、鴨山の所在と関連して諸説あり、石見よりむしろ河内国、大和川の一支流である石川とする説もある。三首目は、題詞によれば、丹比真人《たじひのまひと》が人麿に代わって依羅娘子に応えた一首で、うち寄せた玉を枕辺に置き海浜に伏している自分を妻に「誰か告げなむ」と歌い、四首目は「或る本の歌」として、夷の荒野に君を置いた妻の心情を「生けるともなし」と歌っている。それぞれに思いを伝えるが、人麿の死の場所に関する限り、山中（掲出歌）、川岸、海岸、荒野とみな違っている。依羅娘子についても、人麿が石見から上京する時に別れて来た妻であるとも、別人であるともいわれる。こうして見ると、鴨山や石川の地への考え方から、掲出歌もさまざまに解釈されるように思う。中には、遠い山陰道の果てで死を迎えた人麿に同情した人が、人麿に代わってその心情を詠んだ代作歌であろう、後の四首も、別の歌を人麿の死を傷む歌に仮託したのではないか、という説もあり興味深い。

人麿は多くの挽歌を残しているが、掲出歌の前に、讃岐・狭岑島《さみねのしま》の石中に行き倒れた死者を見、誰ともわからぬその人へ、長歌に「……波の音《と》の　繁き浜べを　敷栲《しきたへ》の　枕にな

して　荒床《あらどこ》に　自伏《ころふ》す君が　家知らば　行きても告げむ　妻知らば　来も問はましを　玉桙《たまほこ》の　道だに知らず　おぼぼしく　待ちか恋ふらむ　愛《は》しき妻らは」（巻二・二二〇）と詠んでいる。荒磯の浜辺を枕にして一人永遠の眠りについている人を悼み、夫を待ち焦がれているであろう妻に思いを寄せている。これは掲出歌を含む一連に通じる歌でもある。

人麿が活動した時代は、中央からの地方官派遣が常態化し、現地女性との生活や別れが生じたり、税の貢納や賦役従事で地方から上京する人も増え、長旅の途中で行き倒れになるという悲劇も起こったようである。人麿は、そうした社会の現実と人々の姿や心情をとり入れ、自身の体験とともに歌ったのではなかろうか。それが多くの人の心に触れ、受け入れられ伝えられてきたのであろう。謎に包まれた人麿の人生と歌を直接に結びつけることはない。知りうる限りの背景を心にとめつつ一首を味わいたいと思う。先日訪ねた石見の地で、人麿と人麿の歌が豊かに息づいていることに心打たれ、万葉歌を読む喜びを改めて感じたことである。

（二〇一三・八）

一つ松幾代か経《へ》ぬる吹く風の声《おと》の清きは年深みかも　（巻六・一〇四二）

『万葉集』には数多くの、百六十種以上にのぼる植物が登場する。中でも「萩」の歌は百四十余首もあり、万葉の花といえば、まず萩の花が浮かぶ。萩は現代においても親しい花だが、万葉の植物も山野や海辺、路傍、庭園など万葉人の身近に在って、深く生活と結びついたものだったのだろう。『万葉集』の植物の歌は、花や木、自然を愛で心寄せた歌ばかりでなく、衣食住、信仰や習俗に関わる歌も多く残され、当時の人々のさまざまを伝えている。

掲出歌に詠まれているのは「松」である。日本全土に見られ、美しい風景を形成している松の歌は集中八十首近くを数える。この歌は、題詞に「同じ月（天平十六年正月）十一日に、活道《いくぢ》の岡に登り、一株《ひともと》の松の下に集ひて飲《うたげ》する歌二首」とある中の一首で、市原王《いちはらのおおきみ》の作である。

——丘の上に立つこの一もとの松は、どれほどの時を経ているのだろうか。梢を吹きぬける風の音がいかにも清らかで澄み切っているのは、久しく歳月を重ねてきたからであろうか。

新春、正月十一日、活道の岡（久邇京付近といわれる）で松の大樹の下に集い宴しながら、年を経てなお悠々と清々しく立っている松を賀の心をこめて讃えた歌である。作者は、松のめでたさ清らかさを松風の音に重ね感じ取っている。耳を澄ませば「吹く風の音の清き」が響き、丘の上に超然と立つ松の姿がくっきりと見えるようだ。新鮮で心ひかれる一首である。この歌が作られたのは天平十六年（七四四）藤原広嗣の乱等により聖武天皇が遷都をくり返していた頃のこと、そうした不安定な時代にあって、作者市原王は一つ松に何を見、願ったのか、心の中が思われてならない。

掲出歌には、大伴家持の次の歌が続いている。

たまきはる命は知らず松が枝《え》を結ぶ情《こころ》は長くとそ思ふ　（巻六・一〇四三）

限りある命はわからないものだが、松の枝を結ぶのは命長かれと思う気持ちなのだと歌っている。松の枝を結んで生命の長久を祈る呪術的行為、いわゆる「結び松」の歌は、有馬皇子の「磐代の浜松が枝《え》を引き結び真幸《まさき》くあらばまた還り見む（巻二・一四一）」をはじめ幾首も見出される。だが、掲出歌のように一つ松、松風の音をとらえた歌は珍しく注目されよう。

この印象的な歌の作者、市原王は生没年不詳だが、志貴皇子の曾孫、春日王の孫、安貴王の子といわれる。三人はそれぞれ『万葉集』に歌を残しており、代々万葉歌人の家系である。掲出歌などは、志貴皇子の清新な歌風を思わせる。市原王は、写経司長官、治部大輔、造東大寺長官等を歴任、正倉院には自筆の書状があり、歌林七巻を書写させたことも伝えられる。また、大伴家持と宴席を共にした歌二首（掲出歌と巻二十・四五〇〇）があり親交が窺える。次のような歌も含めて、『万葉集』には八首が収録されている。

　梅の花香をかぐはしみ遠けども心もしのに君をしぞ思ふ　（巻二十・四五〇〇）

　時待ちてふりし時雨《しぐれ》の雨止みぬ明けむ朝《あした》か山のもみたむ　（巻八・一五五一）

　春草は後はうつろふ巌《いはほ》なす常磐《ときは》に坐《いま》せ貴きわが君　（巻六・九八八）

　言問《こと》はぬ木すら妹《いも》と兄《せ》ありとふをただ独子《ひとりご》にあるが苦しさ　（巻六・一〇〇七）

一首目、宴席で梅の花の香に寄せて主への思いを述べ、次は、しぐれの雨に山の黄葉を想像して秋の風情を歌っている。何気ない二首だがすっきりとした情感が漂う。三首目は父、安貴王を祝ぐ歌。結句の力強い呼びかけに思いがこもる。四首目は「独子を悲しぶる歌」と題詞にあり、物言わぬ木と対比して独子の苦しさ頼りなさを表現している。兄弟関係が複雑であっただろう万葉の時代に、一人っ子の気持ちを詠んだ歌があるのは意外な気もするが、父への歌とともに作者の人柄がしのばれるようだ。市原王は、揺れ動く不安な現実社会を宮廷官人として生きた。しかし、胸の奥に深い孤独を抱えつつ、時を超えて立つ老松のようなゆるぎないものを遥かに求めていたのだろうか……。

こうして市原王、万葉人にとっての松は『古事記』倭建命の一つ松、「謡曲」高砂の松、「待つ」にかけて詠まれた歌、また、日本的風景を代表する三保の松原や唐崎の歌など考えるに、やはり松は特別な存在といえよう。樹齢が高く常緑の松に、日本人は永遠なるものを見、めでたい木として親しんできたのだ。現代でも松といえば、東日本大震災の大津波被害に耐え、人々に希望を与え続けた「奇跡の一本松」が思われる。海水の影響で枯死した一本松だが、復元保存され、今復興のシンボルである。松に寄せる格別な思いが脈々と受けつがれているのだと改めて感ずる。

そして、もう一つの忘れられない松は、かつて平城宮大極殿址にあった大きな一本の松である。四十数年前、初めての万葉の旅で訪れた冬の平城宮跡、大極殿址の石柱と一本の松の他はぼうぼうたる芝草の原……。整えられ美しく復元なった大極殿に足を踏み入れる今でも、心に浮かんでくる景である。

（二〇一三・十一）

# 安《あ》積《さ》香《か》山《やま》影さへ見ゆる山の井の浅き心をわが思はなくに

（巻十六・三八〇七）

千三百年の時を超えて伝えられ、読まれている『万葉集』の収録歌はおおよそ四千五百首。広範囲にわたる地域の中で、有名、無名の歌びとたちが詠んだこれらの歌は、実に多様な変化に富み、歌の内容、表現形式、歌体などさまざまである。

掲出歌は巻十六よりの一首、作者不詳である。巻十六は、はじめに「由縁《ゆえん》ある雑歌」と記され、題詞や左注に物語的背景、作歌事情を述べている歌を収めているのが特色である。また、ある条件を課して詠んだ歌や滑稽歌、機智歌、宴での愛誦歌など多彩な内容の歌が見られる。歌数は、仏足石歌（五七五七七七）一首を含む百四首で、巻一に次いで少ない。

――安積山、その影までもはっきり見えるほど澄んだ湧水の山の井（堀井に対して浅い）ではないが、浅い心であなたをお思いしてはおりません。

この歌には、次のような左注が漢文で記されている。

右の歌は、伝へて云はく、葛城王《かづらきのおほきみ》陸奥国《みちのく》に遣さえし時に、国司の祗承《ししよう》の緩怠《くわんたい》なること異《こと》に甚し。時に王の意《こころ》に悦《よろこ》びず、怒の色面に顕《あらは》る。飲饌《いんぜん》を設《ま》くと雖も、肯《あ》えて宴楽せず。ここに前《さき》の采女《うねめ》あり、風流《みやび》の娘子なり。左の手に觴《さかづき》を捧げ、右の手に水を持ち、王の膝を撃ちて、この歌を詠みき。すなはち王の意解け悦びて、楽飲すること終日《ひねもす》なりきといへり。

安積山は福島県郡山市の山。葛城王（橘諸兄《たちばなのもろえ》といわれる）が陸奥へ派遣された時に、迎えた国司のもてなしがなおざりで、王が怒りを発した。そこで、かつて采女として宮廷に仕えたことのある娘子が、王の前に出て機転と即興の歌をもって王の怒りを鎮めたという。この伝えと歌は、地方に出張した宮廷官人と地方官、土地の娘子とを配した一編の物語のような趣があって興味をひいたことであろう。

さて、掲出歌が大きく注目された出来事があった。二〇〇八年五月、滋賀県甲賀市にある聖武天皇の紫香楽宮跡（宮町遺跡）からこの歌を書いた木簡が見つかったのである。中間と下部を欠いた木簡の小さな断片に『万葉集』の表記「安積山（あさかやま）影副所見（かげさへみゆる）山井之（やまのゐの）浅心乎（あさきこころを）吾念莫国（わがおもはなくに）」とは異なる一字一音の万葉仮名で「阿佐可夜《あさかや》……流夜真《るやま》……」と書かれ、判読された七文字を基に一首が明らかになったのであった。この発見は多くを物語るという。紫香楽宮跡の木簡は天平十六年から十七年初め頃のものであり、巻十六の成立が天平十七年以降と推定されていることから、木簡の歌は『万葉集』を見て書き写したのではないということになろう。では、木簡の筆者はどうしてこの歌を知ったのか。それは、当時「あさかやまの歌」が民間に流布していたためであろう。『万葉集』編纂者も、それを取り入れ収めたのであろうと考えられている。そして、木簡のもう片面には『万葉集』には無い歌、「難波津に咲くやこの花冬ごもりいまは春べと咲くやこの花」の一部が書かれている（一九九七年判明）。つまり、木簡の両面にそれぞれ歌が記されていたのである。さらに、この二首は『古今和歌集』の序文に、「歌の父母のやうにてぞ、手習ふ人のはじめにもしける」とあって、字を習う時に書き始める歌だったという。『万葉集』の時代から『古今和歌集』の時代へ、二首一組として重んじられ、受け継がれたのだろう。

巻十六の前半は、掲出歌と同じような形の歌が続く。

かくのみにありけるものを猪名川《ゐながは》の沖を深めてわが思《も》へりける　（巻十六・三八〇四）

ぬばたまの黒髪濡れて沫雪《あわゆき》の降るにや来《き》ます幾許《ここだ》恋ふれば　（巻十六・三八〇五）

この二首の歌は、背景が題詞に次のように語られている。結婚して間もない男が、公務で使者として遠い地方に遣わされ妻と会えなくなった。残された妻は嘆きのあまり病に伏した。年を経て都に帰った男が妻のもとへ来てみると、妻は病み衰えむせび泣いた。二首の歌は、男が哀しんで詠んだ歌と、臥したまま応えた妻の歌という。あわれ深い物語と歌である。

ところで、この題詞は「昔者壮士《むかしをとこ》ありき」で始まっている。巻十六では、物語的な題詞や左注をもつ歌の場合、書き出しの多くが同じように「昔者娘子《をとめ》ありき」「昔老翁《おきな》ありき」等である。ここですぐに思い浮かぶのは「昔、男ありけり」で始まる『伊勢物語』、書き出しと状況説明的な物語と歌……共通点ではなかろうか。『万葉集』巻十六の歌の世界から、平安時代の歌物語への流れがまことに興味深く思われる。

掲出歌「あさかやま」の歌木簡が発見された紫香楽宮は、聖武天皇の五年に及ぶ都移りの中、大仏造営の強い願いをもって開かれた甲賀寺とともに営まれた。都の機能が整い規模も大きかったといわれるが、あいつぐ山火事や地震に襲われついに廃された。

この地を訪ねたのは、三年ほど前の初秋、米原から湖北、湖西の万葉故地を巡った旅の終わりであった。飛鳥や平城の風がのびやかに吹き渡っているような藤原、平城宮跡とは違う雰囲気の山あいの里で、紫香楽宮の終焉とここでの万葉歌の見当らないことを思った。

（二〇一四・二）

# 鐺子《さしなへ》に湯沸《わ》かせ子ども櫟津《いちひつ》の檜橋《ひはし》より来む狐《きつ》に浴《あ》むさむ

（巻十六・三八二四）

『万葉集』の中でも、初めに「由縁《ゆえん》ある雑歌」と記される巻十六は特異な巻である。前頁では作歌事情を伝説的に題詞や左注で説明し歌と併せて、後の歌物語に発展していったであろう作品について述べた。更に後の物名歌《ぶつめいか》、俳諧歌や狂歌等に連なる詠数種歌、嗤笑歌、機智歌などと呼ばれる、単に幾つかの物の名を詠み込んだり笑いや頓知の歌なども多く見られる。

掲出歌もそうした歌で「長忌寸意吉麿《ながのいみきおきまろ》の歌八首」として並ぶ冒頭の一首である。

――さし鍋に湯を沸かせ、そこの若い衆よ。櫟津の檜橋を渡ってやって来る狐に浴びせてやろう。

これだけでは何とも不可解な歌だが、次のような背景が記されている。ある時、男たちが集まって宴会をしていたが、夜も更けた頃狐の鳴き声が聞こえてきた。そこで皆は、意吉麿にすすめて「饌具（膳立てに用いる用具）、雑器（食事の用具）、狐の声、川、橋等を使って歌を作ってみよ」と言った。すると、それに応えてすぐにこの歌を作ったという。

一首を見てみると、鐺子《さしなへ》（柄と口のついた鍋、酒器などに用いられた＝饌具）、檜橋（橋・箸＝雑器）、櫟津（櫟は地名、津＝川）、来む（コン＝狐の声）と数個の題材を巧みに取り入れてある。意吉麿は喝采を受けたことだろう。恐らくその場で声に出して詠まれたであろうから「檜橋より来む」などは、狐の鳴き声を「コンコン」と真似て座は大いに盛り上がったのではなかろうか。宴の席の食器やごちそう、人々の集った館、辺りの夜の情景までも想像され、万葉人の陽気な宴が伝わってくるようだ。八首の中には次のような歌もある。

一二《ひとふた》の目のみにあらず五六三四《いつつむつみつよつ》さへありけり双六の采《さえ》　（巻十六・三八二七）

醤酢《ひしほす》に蒜《ひる》搗《つ》き合《か》てて鯛願ふわれにな見せそ水葱《なぎ》の羹《あつもの》　（巻十六・三八二九）

一首目は「双六《すごろく》の頭《さえ》を詠む歌」とある。頭（采）はさいころを指し、双六は黒白各十二の石を、二つの采を振り出しその数によって敵方に進める中国伝来の遊びだが、その人気ぶりは大変なもので、天平勝宝六年（七五四）に「双六禁断の法」が出されるほど万葉人は熱中したらしい。その采を一つ二つの目だけでなく五六、三四の目まであると詠んでいる。望むような数字が出ない多様なさいころに翻弄され一層夢中になったのであろう。数字を並べただけで采を表現した一風変わった歌である。二首目は、「酢・醤《ひしほ》、蒜《ひる》、水葱《なぎ》を詠む歌」である。醤は醤油のもろみのようなもの。水葱は水アオイ。醤に酢を加え、野蒜を搗きまぜて作ったたれで鯛を食べたいと願う私に、水葱の熱汁など見せないでくれと歌っている。醤、酢、鯛ともに高級食材、美食への憧れがユーモラスに表現される。下句のつつましい食べ物との対比が面白く、万葉人の食生活の一端が窺えて興味深い。これら八首一連の歌は、何れも宴席で複数の題材を詠み込むことを求められ応えた即興歌である。意吉麿はこうした歌の名手だったのだろう。

さて、意吉麿の歌は『万葉集』にあと六首ほど見出されるが、巻十六の歌とは全く違う傾向の歌である。

磐代《いはしろ》の岸の松が枝結びけむ人は帰りてまた見けむかも　(巻二・一四三)
大宮の内まで聞ゆ網引《あびき》すと網子《あご》調《ととの》ふる海人《あま》の呼び声　(巻三・二三八)
苦しくも降り来る雨か神《みわ》の崎狭野《さの》の渡りに家もあらなくに　(巻三・二六五)

一首目、有間皇子の結び松を見て哀しみ偲んだ歌、次は応詔歌、海浜の離宮の光景がアの頭韻によって明るく爽やかに描かれる。三首目は、旅中、雨にあって難渋しながら口ずさんだような歌。当時の旅の大変さが思われる。なおこの歌は、藤原定家の「駒とめて袖うちはらふ陰もなし佐野の渡りの雪の夕暮(新古今和歌集　巻第六　冬歌)」の本歌として知られている。

作者の長忌寸意吉麿（長奥麿）については伝未詳だが、年代のわかっている大宝元年、二年の歌（巻九・一六七三と巻一・五七）より、持統天皇の頃、人麿時代からやや後までの人かと言われる。歌の内容は見てきたように挽歌、応詔歌、旅の歌等、しっとりと美しい歌も味わい深いが、やはり、巻十六の一連が大きな特色であろう。

巻十六にはまた、大伴家持も「痩せたる人を嗤咲《わら》ふ歌二首」を残している。


石麿《いはまろ》にわれ物申す夏痩《やせ》に良しといふ物そ鰻《むなぎ》取り食《め》せ　（巻十六・三八五三）

痩《や》す痩すも生《い》けらばあらむをはたやはた鰻を取ると川に流るな　（巻十六・三八五四）

現代でも夏ばて防止に鰻といわれるが、それは万葉の時代からだったとは何だかおかしい。家持の二首は、ひどく痩せている石麿に鰻を食べろと言い、痩せながらも生きて元気なのだから無理に鰻を取ろうとして川に流されるなよと、たたみかけるようにからかっている。滑稽だがどこか微笑ましくもある。「川に流るな」の語が相手への優しさを感じさせるからであろうか。

意吉麿も家持も宮廷の官人として歌を詠み『万葉集』に登場しているのだが、名歌とは異なる巻十六の歌は、二人の少し別な顔を生き生きと伝えているようだ。　（二〇一四・五）

## 今造る久邇《くに》の都は山川の清《さや》けき見ればうべ知らすらし　（巻六・一〇三七）

奈良、天平の世は貴族文化が栄えた一方で、徐々に政治の不安定と社会不安が増してきた時代であった。天災や飢饉が続き、疫病が大流行し、天平十二年（七四〇）には「藤原広嗣の乱」が起こった。その衝撃からか、聖武天皇は平城京を離れ伊勢、近江などを行幸、乱平定の後も京には帰らず、十二月に突如、山城国恭仁《くに》（久邇）への遷都を決意、恭仁京造営を開始する。聖武天皇の不可解な都移りはくり返されるのだが、恭仁京遷都は、政情不安、動揺の事態を一新するため、またこの地が、疫病により死去した藤原四兄弟に代わり主導権を握った橘諸兄《たちばなのもろえ》の勢力地盤で、諸兄の力が働いたのだろうといわれている。

掲出歌は、題詞に「十五年癸未秋八月十六日に、内舎人《うとねり》大伴宿禰家持の、久邇の京を讃めて作る歌一首」と記される。

――今、新しく造営されている久邇京は、山川の景色が爽やかで清清しい。それを見ると、なるほどここに都を作られるのも、もっともなことだと思われる。

新都と定めた久邇京は、北に急峻な山をいただき、南に平野がひらけて、その間を木津川（泉川）がゆったりと流れる山紫水明の美しい所であった。だが、遷都といっても、平城京の大極殿や廻廊を解体して運んだり、人や物その他さまざまが移動するのですぐには不可能である。計画的な遷都ではなく急なことであり実際にはなかなか進まなかったであろう。題詞にある天平十五年当時、宮殿の造営も未完成で、まさに「今造る」という語に家持の実感が込められている。この歌は一首全体、さしたる特色もない平凡な宮廷讃歌に感じるが、調べが明るく、清らかな川の流れと清清しい山の姿を見、「うべ知らすらし」と新都を讃えた若き家持の心躍りが思われる。内舎人として天皇に仕え行幸に従い、諸兄とも関わりを持った家持は、新都にそして自身の将来に期待し希望をかけたのだろう。越中赴任の前、家持二十五、六歳であろうか……。容赦ない時代の変化に、また一族の長としての苦悩が始まるのはしばらく後のことである。

家持の久邇京での歌は、掲出歌の他に、旧都に残してきた妻の坂上大嬢に贈った歌や弟書持《ふみもち》と交わした歌などが見られる。平城山の丘陵を越えて恭仁の地は平城京からさほど遠くない距離であった。

一隔山《ひとへやまへな》隔れるものを月夜よみ門《かど》に出で立ち妹《いも》か待つらむ　（巻四・七六五）

今しらす久邇の京《みやこ》に妹に逢はず久しくなりぬ行きてはや見な　（巻四・七六八）

橘は常花《とこはな》にもが霍公鳥《ほととぎす》住むと来鳴かば聞かぬ日無けむ　（巻十七・三九〇九）

あしひきの山辺に居れば霍公鳥木の間立ちくき鳴かぬ日はなし　（巻十七・三九一一）

初めの二首はともに妻坂上大嬢を思う歌。「一隔山隔れるものを」「行きてはや見な」に会いたいという気持のこもる優しい歌である。三、四首目は奈良に居た弟書持《ふみもち》と家持の贈答歌よりの二首。ホトトギスへの親しみが素直に歌われている。家持の「山辺に居れば」から恭仁の山なみの緑と木の間から聞こえるホトトギスの鳴き声が届くようだ。

久邇京新都に対しては、後に橘諸兄の使者として越中の家持を訪ねる田辺福麿も歌っている。巻六に見出される歌は長歌三首反歌九首に及ぶ。

山高く川の瀬清し百世《ももよ》まで神《かむ》しみ行かむ大宮所　（巻六・一〇五二）

泉川ゆく瀬の水の絶えばこそ大宮所移ろひ往《ゆ》かめ　（巻六・一〇五四）

三香《みか》の原久邇《くに》の京《みやこ》は荒れにけり大宮人《おほみやひと》の移ろひぬれば　（巻六・一〇六〇）

咲く花の色はかはらずももしきの大宮人ぞ立ち易《かは》りける　（巻六・一〇六一）

一、二首目は長歌「久邇の新《あらた》しき京を讃《ほ》むる歌二首」の反歌からで、山川の素晴らしさを讃え、泉川の流れのように絶えることのない宮の永遠を寿いでいる。後の二首は長歌「春の日に、三香の原の荒れたる墟《あと》を悲しび傷みて作る歌一首」の反歌である。家持や福磨の期待や願いも空しく、天平十六年（七四四）都は難波に遷った。久邇京は壮大な規模の都は実現せず、わずか三年余の短命な都であった。福麿は平城京と同じように、自然は変わらないが大宮人は去り、廃都となった久邇京を嘆く歌をまた詠まねばならなかった。

やがて都は、天平十七年（七四五）に平城京に戻り、久邇京跡は山城国の国分寺に生まれ変わった。現在、京都府最南端の木津川市加茂町の瓶原地区に「恭仁宮跡・山城国分寺跡」として石碑が建ち、大きな礎石を残す広場が地域の人々によって守り伝えられている。

今年（二〇一四）の五月、四十数年ぶりに訪ねた。緑美しい季節、山川の清けき景に抱かれ万葉歌を読みながら、遥かな時に思いをはせた。大学三年の初夏、前年暮れの万葉の旅後の一人旅で初めて恭仁京跡に立った。その日は山道を登って海住山寺《かいじゅうせんじ》（聖武天皇の勅願、良弁《ろうべん》僧正創建の古刹。三香の原の久邇京跡が一望できる。当時、ユースホステルとして宿泊できた）に泊めてもらったのだが、他に宿泊者は無く、たった一人の広い部屋で早く朝になってほしいと思いつつ一夜を過ごしたのも懐しい思い出である。

（二〇一四・八）

## わが行きは七日《なぬか》は過ぎじ竜田彦ゆめ此の花を風にな散らし

（巻九・一七四八）

万葉の時代、平城京から難波に向かう主要な交通路に竜田山越えがあった。近道ではあるが急坂の生駒山越えを避けて、公道として一般に多用されていたようである。奈良から万葉ゆかりの生駒、平群《へぐり》を経て近鉄生駒線の終点王子駅、また奈良からJR大和路線で法隆寺を経て三郷《さんごう》駅近くにある龍田大社辺りが竜田の里である。そして竜田といえば百人一首の「ちはやぶる神代もきかず竜田川からくれなゐに水くくるとは（在原業平）」「あらし吹く三室の山のもみぢ葉は竜田の川の錦なりけり（能因法師）」に親しく、まず竜田川の紅葉が連想される。しかし、『万葉集』では十数首見出される竜田山の歌には桜が多く詠まれている。

掲出歌は、題詞に「春三月、諸卿大夫等《まへつきみたち》の難波に下りし時の歌二首　短歌を并せたり」とある初めの長歌に続く反歌で高橋虫麿の歌集よりの歌である。

――私の旅は七日とはかかるまい。竜田の風の神である竜田彦よ、決してこの花を風に散らさないでください。

竜田彦は竜田比古命《ひこのみこと》。竜田比売命《ひめのみこと》とともに龍田大社の祭神として知られる。竜田は大和に風が吹き込む地、台風の大和への通路と考えられていて、ここに風神がまつられ五穀の豊穣も祈られたものであろう。その神に呼びかけて、桜の花を「ゆめ……風にな散らし」と強く願う気持ちが歌われる。竜田彦という神名を詠み込んであるのが特色で、どこか優しく響く。長歌は、

白雲の　龍田の山の　滝《たぎ》の上《へ》の　小桉《をぐら》の嶺《みね》に　咲きををる　桜の花は　山高み　風し止《や》まねば　春雨の　継ぎてし降れば　秀《ほ》つ枝《え》は　散り過ぎにけり　下枝《しづえ》に　残れる花は　須臾《しましく》は　散りな乱れそ　草枕　旅行く君が　還《かへ》り来るまで　（巻九・一七四七）

と竜田山の桜を細やかに見て上つ枝と下枝に分けて表現し、旅行く君が帰るまで散らないでほしいと歌っている。ただし、題詞の「春三月」が何年かは不明。虫麿と近い関係にあった藤原宇合《うまかい》が知造難波宮事を勤め天平四年三月行賞を受けた時、二首目の長歌に「君が行幸」とあることから天平六年三月の行幸の下検分に諸臣が遣わされた時等の説があるがはっきりしない。諸卿大夫《まへつきみたち》等が幾人か難波に下ったのに微官ではあった虫麿も同行したのであろう。この二首、長歌では「旅行く君が」と歌い、反歌では自分を含めて一行の意で「わが行きは」と表現したのだろう。桜の花を歌いつつ旅の安全への祈りも込められてい

るように思う。なお、詠まれている竜田の山・竜田山という地名は現代には存在せず特定することはできないが、生駒山地の最南端、信貴山の南に連なる大和川（竜田川）北岸の山々、龍田大社西方の山地を総称して呼んでいたようだ。龍田大社の辺りから大阪府柏原に抜けたものと推測されている竜田山越えの道筋も定かではない。

竜田山見つつ越え来し桜花散りか過ぎなむわが帰るとに　（巻二十・四三九五）

人もねのうらぶれ居るに竜田山御馬《みま》近づかば忘らしなむか　（巻五・八七七）

大伴の御津《みつ》の泊《とまり》に船泊てて竜田の山を何時《いつ》か越え行かむ　（巻十五・三七二二）

君によりわが名はすでに立田山絶えたる恋のしげき頃かも　（巻十七・三九三一）

一首目、大伴家持の歌。平凡ではあるが、越えてきた竜田山の桜の季節が過ぎるのを惜しむ気持ちを詠んでいる。次は大伴旅人への送別の歌。大和への入り口の竜田山に御馬が近づいたら我々のことはお忘れになるでしょうと、送り出した人々の寂しく少し複雑な思いが歌われる。三首目は遣新羅使人の歌。いつ竜田山を越えて懐しい大和へ行くことだろうか、帰郷の思いがはやる船旅である。ここでの竜田山はともに、西国を旅する人が帰郷をめどにした山として歌われている。四首目は家持に贈った平群女郎《へぐりのいらつめ》の恋歌。あなた故にわたしの評判が立ってしまったのに、恋仲が絶えて苦しいと嘆いているが、この立田山はただ立つという縁だけで引き出されている。竜田山の歌われ方もさまざまであり、後の時代の歌と比べてみても興味深い。

さて、虫麿や家持らに愛で惜しまれ歌われた竜田山の桜に対して、直接に紅葉そのものは詠まれていないが、秋の歌は幾首か見られる。

雁がねの来鳴きしなへに韓衣《からころも》竜田の山はもみち始《そ》めたり（巻十・二一九四）

夕されば雁の越えゆく竜田山時雨《しぐれ》に競《きほ》ひ色づきにけり（巻十・二二一四）

二首ともに作者や背景の知れない歌だが、雁の鳴き声とともに、また、夕暮れの山を越えていく雁の姿と時雨に寄せて竜田山が色づき始めたと、季節の移ろいを何気ない表現で歌う。後世有名になる竜田川と鮮やかな紅葉とは違うが、しっとりに胸に落ちる秋の風情である。

大和へは何度も足を運んでいるが、今年の五月の旅で初めて竜田の里を訪ねた。古代、舟運によって多くの物資や人々が行き交ったであろう竜田川を目にして往時をしのび、龍田大社のひそやかな、清々しい佇いに心うたれた。そして、この地らしい風の神の名、竜田比古命、竜田比売命を思いつつ快い風を感じたことである。

（二〇一四・十一）

## ありつつも君をば待たむ打ち靡《なび》くわが黒髪に霜の置くまでに

（巻二・八七）

四千五百余首の歌、二十巻に及ぶ『万葉集』の編集は一貫して行われたのではなく、編集の方針や意図は巻によってそれぞれである。だが、巻一と巻二については、天皇の代ごとに標目を掲げて歌を配列、巻一は「雑歌」、巻二は前半に「相聞」後半に「挽歌」を収めている。両巻の部立構成が『万葉集』の基本の形で、合わせて一まとまりの歌集の体をなしているといわれる。また、年代的にも古い歌を伝えている。

掲出歌は「巻二・相聞」の巻頭「難波高津宮に天の下知らしめしし天皇の代」（仁徳天皇）、題詞に「磐姫《いはのひめ》皇后、天皇を思《しの》ひたてまつる御作歌《みうた》四首」とある中の三首目の歌である。

――このままじっとあなた様をお待ちしておりましょう。波うつように揺れ動く私の黒髪に、夜が更けて明け方の霜が白く置くまでも……。

君を待つひたすらな心が歌われている。「黒髪に霜の置くまで」には黒髪が白くなる、白髪になるという意もあるが、ここではやはり、霜の冷たく降りる夜更けの戸外に出て、愛しい君の帰りを待ちわびる美しい黒髪の女人の姿を思い浮かべたい。

君が行き日長《け》くなりぬ山たづね迎へか行かむ待ちにか待たむ　（巻二・八五）

かくばかり恋ひつつあらずは高山の磐根《いはね》し枕《ま》きて死なましものを　（巻二・八六）

秋の田の穂の上《へ》に霧《き》らふ朝霞《あさかすみ》何処辺《いづへ》の方《かた》にわが恋ひ止まむ　（巻二・八八）

一首目、お出かけの長くなった君を迎えに行こうか待っていようか迷う気持ちを、次は、こんなに恋い慕っているより、高い山の岩を枕に死んでしまったらよかったのにと恋の苦しさを歌っている。三首目は一連最後の歌、秋の田の稲穂の上一面にかかっている朝霞がやがて消えていくように、どちらの方に私の恋は消えていくのか、晴れることがないと切ない恋心がしらべ美しく歌われる。まさに君への深い思慕を詠んだ四首の連作である。この一連を磐姫皇后作としているがこれほど様式の整ったものが、古い仁徳天皇の時に作られたとは考えにくい。もともとは民謡風の歌が、伝誦の間に内容、形式ともに磨かれ、それが磐姫皇后に仮託されて『万葉集』巻二の巻頭歌として特別に取り込まれたのであろうといわれている。

そして、この四首には「古歌集の中に出づ」として、

居明《ゐあ》かして君をば待たむぬばたまのわが黒髪に霜は降れども　（巻二・八九）

「古事記に曰はく」として、

君が行き日長くなりぬ山たづの迎へを往かむ待ちには待たじ　（巻二・九〇）

の二首が付記されているのも興味深い。

さて、四首の歌とともに登場した磐姫は、大和盆地の西側に連なる葛城山系の麓一帯に大きな勢力を持っていた葛城氏、葛城襲津彦の娘で仁徳天皇の皇后となった。夫である仁徳天皇は難波に都を建て政治を行ったが、民の生活の貧しさを嘆いて三年間徴税を停止したという逸話をもって聖帝として名高い。また多くの物語が伝えるように天皇は多感で恋多き男性でもあった。その皇后である磐姫も、実力者葛城氏出身の誇り高く愛情深い女性で、だからこそ一方で嫉妬心の強い人でもあった。『古事記』には天皇とこの皇后、二人の関わりを伝える記述があり、磐姫皇后はまず「其の大后石之日売命《いはのひめのみこと》、甚多《いとまね》く嫉妬《ねた》みたまひき」と記されている。そして、印象深い最後の部分は、ある時皇后は祝宴に必要な「御《み》綱柏《つながしわ》」の葉を採りに紀伊の国に出かけたが、その留守の間に天皇は八田《やた》の若郎女《わかいらつめ》という女性を宮廷に入れて寵愛した。それを知って怒った皇后は「御綱柏」を海に捨て、難波の宮には帰らず、淀川を遡って山代《やましろ》の豪族の家にこもってしまった。皇后の怒りを鎮めるために天皇は使いを送り、自らも出かけて皇后に歌を歌った。ここの部分で歌われている歌、例えば皇后が難波の宮ではない故郷を思う歌、「つぎねふや　山代河を　宮上り　我が上れば　あをによし　奈良を過ぎ　小楯　倭を過ぎ　我が見が欲し国は　葛城高宮　吾家のあたり」や、天皇が皇后に向けて鳥山という人を遣わして送った歌「山代に　い及《し》け鳥山い及けい及け　吾が愛妻に　い及き遇はむかも」などは、古風で素朴な味わいがあり心ひかれる。

そして、二人の和解が暗示される『古事記』の物語から、より歴史書的な『日本書紀』によれば、皇后の帰還と愛の回復を求めて、天皇はしばしば使者を送ったりしたが、皇后は決して許すことはなかった。一切を拒み二度と天皇のもとには戻らず、五年後に山代の地で亡くなったという。悲しみを奥深く秘めた厳しい怒りが、磐姫にとっては激しく強い愛の証しであったにちがいない。こうした磐姫皇后であったからこそ、ひたむきな四首の夫恋いの歌が託され、相聞の部の巻頭に置かれたのであろう。

『万葉集』や『古事記』が伝える激しく一途に生きた磐姫の御陵は平城京跡の東北、水上池やウワナベ、コナベ古墳の近く前方後円の大きな陵で、今、訪ねるとかつての鬱蒼とした雰囲気はなく明るい静けさが広がっている。

（二〇一五・二）

## 今よりは秋風寒く吹きなむをいかにか独り長き夜を宿《ね》む（巻三・四六二）

『万葉集』は、万葉後期を代表し、編者の一人で最終的な編纂を行ったとされる大伴家持の歌四百七十余首を収録する。家持の作歌時期は、その生涯から大きく三期に区分して考えられている。第一期は、年次のわかる初出の歌、天平五年（七三三）より内舎人として出仕し、越中守に任じられるまでの期間。家持の十代から二十代、青春時代で女性たちと歌の贈答をし相聞歌が多い。この期は、父旅人が大宰帥の折、同行した筑紫でも旅人の死後も、身近に在った叔母大伴坂上郎女の影響を大きく受けているといわれる。第二期は、天平十八年（七四六）から五年間にわたる越中国守時代。家持は作歌意欲旺盛で、心惹かれた越中の風土を数多く詠んだ。第三期は、帰京した天平勝宝三年（七五一）から因幡国庁での最後の歌、天平宝字三年（七五九）までの期間。藤原氏の勢いに圧倒され次第に衰退する大伴氏の長として苦悩しながら、繊細で憂愁をおびた独自の歌風を完成させた。

　掲出歌は第一期の歌だが、「巻三・挽歌」の部に収められており、題詞に「十一年己卯夏六月、大伴宿禰家持、亡《みまか》りし妾《をみなめ》を悲傷《かなし》びて作る歌一首」とある。

――これからは秋風がきっと寒く吹いてくるであろうのに、どのようにして私はただ独り、長い夜を寝ようか。

最愛の人を亡くした深い悲しみと、今や自分はただ一人取り残されてしまったという孤絶感。陰暦の六月はまだ夏のうちなのに、すでに冷たい秋風の中に身を置いているように嘆いているのだ。特別な歌いぶりではないが、「吹きなむを」に思いが込められ、何ともいえない寂寥感がしみじみと響いてくる。なおこの歌には弟書持《ふみもち》の和した次の一首が続いている。

長き夜《よ》を独りや寝むと君が言へば過ぎにし人の思ほゆらくに　（巻三・四六三）

兄の気持ちを推し量り、また亡くなった人を静かに思い慕う心の感じられる優しい歌である。

ところで、家持はこの時何歳位だったのだろうか。家持の生年については、確かな記録がなく諸説あるが、養老二年（七一八）説が多いようである。ここから考えると題詞の天平十一年（七三九）は、家持二十一、二歳頃、大伴坂上大嬢と結婚する以前のことであろうといわれている。青春時代の家持と関わりを持った女性は、巻四・巻八の相聞歌から見ても幾人もいるが、掲出歌の「亡《みまか》りし妾《をみなめ》」は特別な女性であったらしい。この人への挽歌を、家持は掲出歌をはじめ長歌を含む十二首の連作に詠んでいる。

秋さらば見つつ偲へと妹が植ゑし屋前《には》の石竹花《なでしこ》咲きにけるかも　（巻三・四六四）

うつせみの世は常なしと知るものを秋風寒み偲《しの》ひつるかも　（巻三・四六五）

わが屋前に　花そ咲きたる　そを見れど　情《こころ》も行かず　愛《は》しきやし　妹がありせば

水鴨《みかも》なす　二人並びゐ　手折りても　見せましものを……せむすべも無し

（巻三・四六六）

時はしも何時もあらむを情《こころ》いたく去《い》にし吾妹《わぎも》が若子《みどりご》置きて　（巻三・四六七）

出でて行く道知らませばあらかじめ妹を留めむ関も置かましを　（巻三・四六八）

妹が見し屋前に花咲き時は経ぬわが泣く涙いまだ干《ひ》なくに　（巻三・四六九）

昔こそ外《よそ》にも見しか吾妹子《わぎもこ》が奥《おく》つ城《き》と思へば愛《は》しき佐保山　（巻三・四七四）

亡き妹が心を込めて植えた石竹花にその人を偲び、肌寒い秋風に世の無常を感じつつ、亡き妹を恋しく思う心情が歌われる二首。長歌は後半、類型的な表現になっていくが、歌い起こしの「わが屋前に　花そ咲きたる……情も行かず」には、ものものしさがなく率直で、愛しい妹の永遠の不在を嘆く気持ちが伝わってくる。次の反歌三首。一首目で若子のあったことが知られる。その子を残して逝った妹の悲しみと家持のやりきれぬ思い。そして、死へ赴く妹を留めえなかったという悔い。三首目は、長歌の初めを受け、忘れ難い悲哀の情を述べて結んでいる。最後は「悲緒《かなしび》いまだ息《や》まず、また作る歌五首」の一首。吾妹子の眠る所を今は「愛しき佐保山」と歌って一連をしめくくる。

家持がこうした挽歌に詠んだ「亡りし妾（妾は嫡妻ではないが同格のあつかいだったという）」はいかなる女性であったかは明らかではない。だが、他の女性たちとは違う格別な存在として家持の中に在ったのだろう。もしかしたら、年上の聡明で美しく情の深い女性ではなかったか。家持に男女間の「もののあはれ」や人生のさまざまを教え、深く寄り添った女性という気がする。ここでの挽歌一首一首は、先人の作品に習った表現がしばしば見られ、後年の越中での秀歌や、絶唱といわれる家持の歌には遠く及ばない。しかし、この期の数多い相聞歌や宴席での歌の中で、若き日の家持に大きな衝撃を与えた出来事を歌った連作は、家持の青春時代を代表する作品の一つといえよう。

聖武帝在世中のこの頃は一応平和な橘諸兄時代で、その庇護下、家持の青春の日々もまだ幸福であった。

（二〇一五・五）

## 黄葉《もみちば》の過ぎまく惜しみ思ふどち遊ぶ今夜は明けずもあらぬか

（巻八・一五九一）

『万葉集』に大伴家持が残した歌四百七十余首の中、作歌年の分かる最初の歌はよく知られる「初月《みかづき》の歌」、

振仰《ふりさ》けて若月《みかづき》見れば一目見し人の眉引《まよびき》思ほゆるかも

（巻六・九九四）

で、天平五年（七三三）家持十六歳頃の作である。同じく「初月の歌」としてすぐ前に大伴坂上郎女の、

月立ちてただ三日月の眉根掻《まよねか》き日長《け》く恋ひし君に逢へるかも

（巻六・九九三）

があり題詠のようであるが、家持の歌はいかにも初々しく、美しいものに憧れる細やかな情感が漂う。

掲出歌はこの歌より五年後の家持作。左注によれば天平十年（七三八）冬十月十七日、右大臣橘卿（諸兄）の旧宅における宴での作という。題詞に「橘朝臣奈良麿《ならまろ》の集宴《うたげ》を結ぶ歌十一首」とあり最後に置かれている。

――美しく色づいた木の葉が散る、もみじの季が過ぎゆくのを惜しんで、親しい人々が集

い遊ぶ今夜は、明けずにいてくれないかなあ。

黄葉を惜しみ、相思う者同士が集まった今宵の宴、この楽しい時がずっと続いてほしいと願う気持ちが歌われる。「思ふどち」に同世代の心を許し合った仲間の親しさが示され、下句の歌いあげるような調子が、明るく若々しい座の雰囲気を伝えている。この宴の主人は橘諸兄の嫡男奈良麿で若者たちの集いである。参会者は、家持の他、久米女王《くめのおおきみ》、長忌寸《ながのいみきの》娘《おとめ》、縣犬養宿禰吉男《あがたのいぬかいのよしお》、同持男《もちお》、大伴宿禰書持《ふみもち》、三手代人名《みてしろのひとな》、秦許遍麿《はだのこへまろ》、大伴宿禰池主《いけぬし》らで十一首が詠まれた。

めづらしき人に見せむと黄葉《もみちば》を手折《たを》りそわが来《こ》し雨の降らくに　（巻八・一五八二）

黄葉《もみちば》を散らす時雨《しぐれ》に濡れて来て君が黄葉《もみち》をかざしつるかも　（巻八・一五八三）

あしひきの山の黄葉今夜《もみちばこよひ》もか浮びゆくらむ山川の瀬に　（巻八・一五八七）

奈良山をにほはす黄葉《もみち》手折り来て今夜かざしつ散らば散るとも　（巻八・一五八八）

十月《かむなづき》時雨に逢へる黄葉《もみちば》の吹かば散りなむ風のまにまに　（巻八・一五九〇）

一首目は主人奈良麿が詠んだ二首の後の歌。雨の中手折ってきた黄葉、大切な客人へのもてなしであろう。次は主人の思いに応えた久米女王の風情ある一首。三首目は家持の弟大伴書持の歌。散る黄葉に心を寄せ山の景を想像している。素直な優しい歌である。次の三手代人名は、奈良山を美しく染めている黄葉を歌う。歌の中に奈良山が見えることから、左注の橘卿の旧宅というのはこの辺りではないかといわれる。五首目は大伴池主の歌。時雨に遭った黄葉が今にも散りそうな様子。結句「風のまにまに」が印象的に響く。

十一首の歌には、すべて「黄葉」が詠みこまれており、作歌は冬だが、「秋の雑歌」に収められている。こうした宴席での歌は、一首だけ取り出すと格別のことはなく、類型的であったり、単なる挨拶の歌のように感じたりする。しかし、座の歌として全体を読む、声に出して読んでみると、そこに居る人々の姿や雰囲気、人間関係、景色などが見えてくるような気がする。

季節はすでに冬、散りゆく黄葉を惜しみ宴が催されたのは、奈良山近くの邸宅だろうか。十人の若者らが集い、心を一つに遊び歌を詠み合う。外は間なく降る雨、だが、宴の座は明るくにぎやかで、歌を朗誦する声、笑いさざめく声が響きわたる。この楽しい一夜が明けないでほしいと願う心を思う時「黄葉」は美しく色づいた木の葉というだけでなく、彼らの青春そのものに思える。そして、青春が足早に過ぎてゆく季節だと知るのは後のことで、さ中にある時は気づかない。家持自身や宴を共にした仲間の幾人かのこの後の人生に思いをはせると「明けずもあらぬか」と歌いあげた輝きの季が、少し痛ましく感じられる。

弟の書持は、家持の越中赴任後間もなく他界。座の主人奈良麿は、父諸兄が失脚し亡くなった後、藤原仲麿と激しく対立、クーデターを計画したが失敗（奈良麿の変）。越中時代の家持と頻繁に歌を交わし合った池主は、事変に連座して捕らえられた。家持は加わらなかったが、大伴の長として苦しい立場に置かれることになる。だが、それは二十年後のこと、まだ知る由もない。

なお、ここでの家持は内舎人と記されている。内舎人任官の年については諸説ありはっきりしないが、「初月の歌」の頃からこの内舎人の時代を経て越中守になるまでが家持の青春期といえよう。掲出歌の他に、この時期は数多くの相聞歌贈答歌や、近い位置にあった聖武帝の皇子、安積皇子への挽歌、また、どこか晴れやらぬ我が思いを詠んだ歌もある。家持の歌三首。

夢の逢は苦しかりけり覚《おどろ》きてかき探れども手にも触れねば　（巻四・七四一）
愛《は》しきかも皇子の命《みこと》のあり通ひ見《め》しし活道《いくぢ》の路は荒れにけり　（巻三・四七九）
隠《こも》りのみ居ればいぶせみ慰むと出で立ち聞けば来鳴く晩蟬《ひぐらし》　（巻八・一四七九）

天平十八年（七四六）家持は越中守に任じられた。七月には赴任するのだが、都から遠く離れることは、幸福な青春の日々に別れを告げることでもあった。　（二〇一五・八）

# 草枕旅ゆく君を幸《さき》くあれと斎瓮《いはひべ》すゑつ吾《あ》が床《とこ》の辺《へ》に　（巻十七・三九二七）

大伴家持は天平十八年（七四六）六月越中国守に任じられ、翌七月に赴任した。この頃の越中国は（国制はたびたび変更されるが）現在の富山県の範囲だけでなく能登国も含んでいた。『延喜式』には、京・越中間の往来は「上十七日、下九日、海路二十七日」とある。越中まで奈良の都から、赴任の荷物等があっての旅ではそれ以上の日数を要したのではなかろうか。平城京から北陸、越の国へは、近江湖北、越前を経てはるかな旅路であったろう。

四年ほど前（二〇一一年）の秋、近江万葉の旅で琵琶湖最北端に位置し、北陸道の起点である塩津を訪れた。道路が広く整備され交通が便利になった現代だが、この地に立った時、慣れ親しんだ大和を離れ、この辺りからまた、幾度か険しい山を越えて越前・越中へと旅した人々の姿が思われてならなかった。国守という大任を負った家持も、長い道のりをどのような思いで越中へ向かったことだろうか……。当時、家持は三十歳前後。佐保邸や妻、一族の人々と別れ、初めての地方官の体験であった。

掲出歌は、越中へ発つその家持へ、叔母の大伴坂上郎女が贈った二首の初めの歌である。——旅を行くあなたが、無事でいらっしゃるようにと祈りを捧げるため斎瓮を据えました。わたくしの床の辺りに。

越中国守として旅立つ家持の無事を、旅の安全を願う叔母坂上郎女の思いのこもった歌である。その思いは「斎瓮すゑつ」という行為で示される。「斎瓮」は神に奉る酒を盛る神聖な瓶のことで、それを床の辺に据えたというのは、そこに神を祭る祭壇を設けて祈るのだといわれる。旅行く人の無事を祈る何気ない一首だが、具体的な信仰の姿を詠み込み、甥である家持への深い慈しみの気持ちが伝わってくる。そして、また坂上郎女は次のようにも歌う。

今のごと恋しく君が思ほえばいかにかもせむする為方《すべ》のなさ　（巻十七・三九二八）
旅に去《い》にし君しも継《つ》ぎて夢《いめ》に見ゆ吾が片恋の繁ければかも　（巻十七・三九二九）
道の中《なか》国つ御神《みかみ》は旅行きも為知《しし》らぬ君を恵みたまはな　（巻十七・三九三〇）

一首目は掲出歌に続く後の歌で、去りゆく家持へのどうしようもない恋しさを歌う。下句の「……せむするすべのなさ」に表れるサ行音が響き、一層の切なさを感じさせる。後の歌は、題詞に「更に越中国に贈る歌二首」とある。初めの歌は、毎晩のように夢にあなたを見るのは、私ひとりの思いがしきりだからかと、旅に行ってしまった家持への強い思いが歌われる。次の歌は、越中の国の神に対して、家持を「旅行きも為知らぬ君」と述べ、どうか守ってほしいと訴えている。家持の幼い時を知り、育て導いてきた坂上郎女ならではの心、愛情が窺われる。

こうして掲出歌を含めた四首（出立に臨んで贈った歌と赴任先越中へ贈った歌と場面は異なるが）に流れる家持を慕い、家持の平穏無事を願う気持が、祈りの姿や言葉とともに、恋歌のように表現されているのも印象的である。坂上郎女は、家持にとって叔母、義理の母（娘の大嬢は家持の妻）であり、また旅人亡き後、大伴家の家刀自《いえとじ》として若き当主の家持を支える中心的な存在である。そして、今、彼女は平城京の家に在って、旅、異郷の地の家持の身の安全と魂の平安を願い、一心に祈っているのである。その祈り、祈りの歌こそが家持の安全と平安を保つのだと信じて……。祈りの深さ、大切な人への思いの強さが自ずと恋歌と同じような表現になるのであろう。

坂上郎女が家持を思う歌で忘れられない一首がある。家持が越中国守となるずっと以前と思われるが、題詞に「大伴坂上郎女の、姪《をひ》家持の佐保《さほ》より西の宅《いへ》に還るに興ふる歌一首」とある次の歌である。

わが背子が着る衣《けきぬ》薄し佐保風はいたくな吹きそ家に至るまで

（巻六・九七九）

優しい歌である。当時、大伴家の邸宅は佐保にあったといわれるが「西の宅」は別邸で家持が住んでいたのか。家持の身につけている衣は薄いから帰り着くまで佐保の風よ、ひどく吹かないでおくれと細やかな心遣いが歌われる。「衣薄し」「佐保風」の語も柔かく美しく響き、家持に寄せる情愛がしみじみと胸を打つ。この一首もまた、優しく純な恋歌のようである。幼くして母を、少年の日に父を亡くした家持と、彼を育て導き、支え続ける坂上郎女との絆は強く、遠く離れることによって、殊に坂上郎女は思いを深くしたに違いない。四首の歌がそれを物語っていよう。

ところで、越中の家持へは、平群《へぐり》女郎という女性も歌を贈っており、坂上郎女の歌の後に十二首を記す。

鶯の鳴くくら谷に打ちはめて焼けは死ぬとも君をし待たむ

（巻十七・三九四一）

松の花花数《はなかず》にしもわが背子が思へらなくにもとな咲きつつ

（巻十七・三九四二）

作者については伝未詳。何れも届かぬ思い、恋の苦しさを歌っているが家持の返歌はない。類歌も多いこれらの歌がなぜここに残されているのか不思議である。

（二〇一五・十一）

## 秋の田の穂向《むき》見がてりわが背子がふさ手折《たを》りける女郎花《をみなへし》かも

（巻十七・三九四三）

大伴坂上郎女の思いのこもった送別の歌を贈られた大伴家持は、天平十八年（七四六）七月、越中守として赴任してから、天平勝宝三年（七五一）八月、少納言に遷任され帰京するまでの五年間を越中に過ごした。家持の生年、養老二年（七一八）説によれば、二十九歳から三十四歳の壮年期、ここに約二百二十首の歌を残している。家持の万葉収録歌は四百七十首余り、実に半数近くが越中在任中に詠まれ、家持の歌の中でも大きな位置を占めている。

この越中の万葉歌は、家持の歌日記と見られる巻十七から十九にかけて、年次順に配列されている。都を遠く離れた大宮人、家持の心ひかれた越中の風土や風俗、現地特有の言葉などが詠み込まれ、また、国守としての生活や感慨、時には望郷の思いも歌われる。さらに、家持を中心に、交流のあった赴任地越中の官人たちや、越中を訪れた人の歌も多く収められており、広く豊かな越中万葉の世界が形成されていると見ることができよう。

掲出歌は、題詞「八月七日の夜、守《かみ》大伴宿禰家持の館に集ひて宴する歌」の一首、家持の歌である。七月の末頃に着任した家持が、おそらく、越中で初めて催した大切な宴であったろう。

――秋の田の稲穂の様子（稲の実り具合）を見がてら、あなたがたっぷりと手折って来て下さった女郎花なのですね。

秋を代表する七種《くさ》の花の一つ、「ヲミナ」の音から女性にたとえられる女郎花。野に咲き誇っていた女郎花の花を、手土産に携えて来た客を歓迎して詠んだ主人家持の挨拶の歌である。さりげない一首だが「穂向見がてり」の表現がおもしろい。稲の出来ばえを検見するという官人としての仕事を心にとめ、客への思いを伝えている。客は、先に「掾《じょう》」（地方官、越中国の三等官）として赴任していた一族の一人、大伴池主《いけぬし》である。池主のことを、家持はこの歌で「わが背子」と詠んでいる。「背子」は、普通女性が愛しい男性をいう語であるが、ここでは親愛の情をこめて恋歌ふうに表現しているのである。そして、これ以降、家持と池主は互いに熱心に歌を作り、贈答、唱和するようになっていく。二人の親密さは、後に池主が越前国の掾として転出してからも変わらず、しばしば歌を贈答している。家持と池主の系譜関係は未詳だが、越中時代の家持にとって歌友池主は大きな存在であったことはまちがいない。

家持の掲出歌に応えて池主は返歌三首を詠んでいる。

女郎花咲きたる野辺を行きめぐり君を思ひ出《で》たもとほり来《き》ぬ　（巻十七・三九四四）

秋の夜は暁《あかとき》寒し白栲《しろたへ》の妹が衣手着む縁《よし》もがも　（巻十七・三九四五）

霍公鳥《ほととぎす》鳴きて過ぎにし岡傍《をかび》から秋風吹きぬ縁もあらなくに　（巻十七・三九四六）

一首目、家持の「穂向見がてり……ふさ手折りける」に対して、あなたを思い出し回り道をしてやって来た、会いたかったのだと、相手への讃美につながる気持ちを表現した。女郎花を中に主人と客が互いへの思いを恋歌ふうに詠んだ挨拶の歌である。この恋歌仕立ての一首は次からの妻を想う歌に展開していく。今は遠く離れた都にいる妻への思いを詠んだ望郷の歌でもある。二人の間でしばらくこうした歌が詠まれた後、宴の別の参加者の歌が記される。大目秦忌寸八千島《おおきさかんはだいみきやちしま》の歌、

晩蟬《ひぐらし》の鳴きぬる時は女郎花咲きたる野辺を行きつつ見べし　（巻十七・三九五一）

僧玄勝の伝誦した古歌（大原高安真人の作）、

妹が家に伊久里《いくり》の森の藤の花今来《こ》む春も常如此《かく》し見む　（巻十七・三九五二）

そして、宴も終わりに近づいたお開き前の一首、

馬並《な》めていざ打ち行かな渋谷《しぶたに》の清き磯廻《いそみ》に寄する波見に　（巻十七・三九五四）

は家持の歌である。馬を並べて、さあそろって出かけよう。渋谷の清らかな磯に打ち寄せる波を見にと、軽やかに歌っている。「イソミニ」「ナミミニ」と同じような音が重ねられ弾む思いを伝える。「渋谷の磯」は義経伝説を持ち、海の中に浮かぶ「女岩」を望める景勝地、現在の雨晴《あまはらし》海岸辺りという。着任して間もない家持は、宴席で初めてその景勝のあることを知り、すぐにでも見たいと思ったにちがいない。宴の行われた越中国庁（現在の富山県高岡市伏木の勝興寺付近）にあった家持の官舎から、そう遠くなかった「渋谷の磯」を家持はたびたび訪れている。海のめずらしい大和から来た家持にとって、新鮮で心躍る景であったことだろう。

　宴の最後の歌は、幹事役の史生《ししょう》土師道良《はにしのみちよし》の一首、

　　ぬばたまの夜は更けぬらし玉匣《たまくしげ》二上《ふたがみ》山に月傾きぬ　（巻十七・三九五五）

夜が更けて宴を閉ざす時間になったことを歌った終宴の挨拶歌、すっきりと一連をしめくくっている。

　昨年（二〇一五年）の五月、久々に高岡を訪ねた。国道四一五号線沿いの「つまま小公園」の脇の階段を降り雨晴海岸に出て、うっすらとではあったが、立山連峰の山々を望むことができた。家持の「立山の賦」が思われた。

（二〇一六・二）

## かからむとかねて知りせば越《こし》の海の荒磯《ありそ》の波も見せましものを

（巻十七・三九五九）

天平十八年（七四六）秋の初めに越中に単身赴任した大伴家持は、越中国守として催した宴を終えた九月、思いもよらない知らせを受け取った。奈良の都にいた弟、大伴書持《ふみもち》の訃報である。家持が都を発ったのは七月、わずか二ヶ月ほど後に、近しい弟との永遠の別れが来るとは予想だにしなかったであろう。

掲出歌は、弟書持の死を悼み、家持が詠んだ長歌に添えられた反歌二首の中の一首である。左注に「右は、九月二十五日に、越中守大伴宿禰家持、遥かに弟の喪を聞き、感傷《かな》しびて作れり」と記す。

——こうなるであろうと前々から知っていたならば、今、私が居る越の海の荒々しい磯に打ちつける波を見せるのだったのに。

「越の海の荒磯」は、越中国庁にほど近い富山湾の荒磯、家持が何度も歌に詠んでいる「渋谷の磯」は現在の雨晴海岸辺りのことといわれる。そして、「越の海の荒磯の波」という端的な表現は、日本海の荒々しい景と波の様子を具体的に思い描かせる。海のない奈良の都に育った兄と弟。都とは全く違う風景を目にしている兄は、お前がこんなに早く亡くなるとわかっていたら、生きているうちに越の海を、荒磯の波を見せたかったと切なく弟を思う。家持の、弟への兄らしい情愛が胸にしみる。

家持が越中に赴任する際、平城山《なら》（奈良山。奈良県と京都府の境にある丘陵）を越え泉川（現在の木津川）まで送ってくれた書持。その時の情景を家持は長歌の前半に、

「天離《あまざか》る　鄙治《ひなをさ》めにと　大君の　任《まけ》のまにまに　出でて来《こ》し　われを送ると　青丹吉《あをによし》　奈良山過ぎて　泉川　清き川原に　馬とどめ　別れし時に　真幸《まさき》くて　吾帰り来む　平《たひら》けく　斎《いは》ひて待てと　語らひて　来し日の極《きは》み……（巻十七・三九五七）」と歌っている。

都から遠く旅立つ兄と見送る弟。ともに奈良山を越えてきた二人が馬をとどめ、水面きらめく泉川のほとりで別れを交わす場面が印象深く浮かんでくる。書持に語った、無事に帰ってくるので身を慎んで待つようにという兄としての諭しも心に残る。この別れが書持との最後の日となってしまったのだが、家持の目には奈良山や泉川の風景が消えることなく、また自身の言葉もくっきりと残っていたことだろう。長歌の後半は、

「……愛《は》しきよし　吾弟《なおと》の命《みこと》　何しかも　時しはあらむを……佐保のうちの　里を行き過ぎ　あしひきの　山の木末《こぬれ》に　白雲に　立ち棚引くと　吾《あれ》に告げつる」と使の言葉とし

て弟の死が述べられ、同時に家持自身の嘆きも歌われる。「愛しきよし　吾弟の命　何しかも」に込められた切々たる思い、ああ愛しいわが弟よ　どうして……という家持の悲痛な叫びが響いてくるようだ。「佐保のうちの　里を行き過ぎ……白雲に　立ち棚引く」は、書持が佐保山に火葬されたことを伝える。この部分を受けて掲出歌の前にもう一首、次の反歌が置かれている。

真幸くと言ひてしものを白雲に立ち棚引くと聞けば悲しも　（巻十七・三九五八）

わが弟が白雲となって棚引いていると聞けば本当に悲しいと、長歌の表現があってこその一首だが、何の飾りもない家持の心情であろう。長歌と二首の反歌、「長逝せる弟を哀《か》傷《な》しぶる歌」一連に溢れる書持への愛惜の思いは、越中守五年間の在任中、家持の胸に絶えず湧きあがっていたのではないだろうか。

大伴書持は、亡くなった時何歳だったのか、生年不明のため定かではないが、残された歌や家持の挽歌から、二人は年齢の近い兄弟だったように思われる。二十九歳前後の家持と少し年下の書持は、兄弟であり心許し合える友でもあったろう。書持の歌は、橘奈良麿の宴での歌、兄家持の亡妾を悲しみ詠んだ歌に和す歌、霍公鳥《ほととぎす》の歌など十二首ほど見出される。どの歌からも自然に親しみ、優しく温厚な人柄が偲ばれる。書持の歌三首。

あしひきの山の黄葉《もみちば》今夜《こよひ》もか浮びゆくらむ山川の瀬に　(巻八・一五八七)

長き夜を独りや寝むと君が言へば過ぎにし人の思ほゆらくに　(巻三・四六三)

わが屋戸《やど》前の花橘に霍公鳥今こそ鳴かめ友に逢へる時　(巻八・一四八一)

書持を喪った秋が過ぎ越中での初めての冬、家持は病の床に臥すことになる。慣れない地方での国守という任務、思いがけない弟の死、都では経験のない雪深い越中の冬等、直面したさまざまが家持の身にこたえたのか、一時は死を覚悟したほどの重い病となった。体力気力ともに弱り、嘆き引き籠っていた家持を、気遣い励ましたのは大伴池主であった。春の盛りになっても家持は病床にあったが、二人は天平十九年(七四七)二月二十九日から三月五日のたった数日間に、漢詩二編、長歌二首、短歌九首を手紙で交わしている。

春の花今は盛りににほふらむ折りて挿頭《かざ》さむ手力《たぢから》もがも　(巻十七・三九六五)

山峡《やまがひ》に咲ける桜をただひと目君に見せてば何をか思はむ　(巻十七・三九六七)

春の花を背景に自身の願いを詠んだ家持と、それを思いやる池主の歌である。これらの贈答歌は、二人の関わりや作歌への思いを更に深くしたことであろう。

(二〇一六・五)

## 玉匣二上山《たまくしげふたがみやま》に鳴く鳥の声の恋しき時は来にけり（巻十七・三九八七）

大伴家持は、越中国守として赴任した天平十八年（七四六）の冬から翌春にかけて大病を患う。体力気力ともに衰弱した家持だったが、ようやく病が癒えて迎えた立夏（現在の五月初旬）の頃、越中国庁の背後に広がる二上山を讃美する長歌を詠んだ。

掲出歌は「二上山の賦一首」に添えられた反歌二首の中の一首である。

――二上山に鳴いている鳥の声が、たまらなく恋しく懐しく思われる時節がやってきたことだ。

二上山は、越中国庁のあった高岡市伏木の西北に位置する双峰（東峰二七四メートル、西峰二五九メートル）の山である。「玉匣」は美しい匣（女性が櫛など化粧道具をしまっておく蓋《ふた》のついた入れ物・箱）で二上山にかかる枕詞。長歌の前半に、

「射水川　い行き廻れる　玉匣　二上山は　春花の咲ける盛りに　秋の葉の　にほへる時に　出で立ちて　振り放け見れば　神柄《かむから》や　許多《そこば》貴き　山柄《やまから》や　見が欲しからむ……（巻十七・三九八五）」と歌い、枕詞「玉匣」や「神柄」「山柄」（柄はそのものに備わって

いる本来の品格、性質など）の語を用いて二上山を神の山として讃えている。雄岳と雌岳からなり、朝夕に大和平野から眺められた二上山と同じ名を持つこの山は、家持ら官人にとって仕事の場や日々の暮らしの中に常に存在していた山であったろう。花の盛りの春、木の葉色づく秋には、一層深い思いを寄せたことであろう。

これほど貴び親しんだ二上山に鳴く鳥とは何鳥であろうか。一連の歌は、左注に「三月三十日に興に依りて作れり」と、現在の五月中旬にあたる日付が記されている。ちょうど霍公鳥《ほととぎす》の頃、霍公鳥は家持の愛好した鳥である。恋しく待ち望んだ鳥の鳴き声は霍公鳥の鳴き声にちがいない。結句「時は来にけり」には、越中でその時を迎えた喜びと、長かった病から解放された喜びとが重なって感じ取れる。家持が思いを自然のままに流れるように表出した一首ということになろうか。

ところで霍公鳥の鳴き声の歌は、一連の歌の前に、三月二十九日に詠んだ二首がある。題詞によれば、立夏になってすでに数日経っているのにまだ霍公鳥の鳴く声を聞かないので、それを恨んだ歌とある（四月立夏というが、この年の暦の立夏はもう過ぎていた）。

あしひきの山も近きを霍公鳥月立つまでになにか来鳴かぬ　（巻十七・三九八三）
玉に貫《ぬ》く花橘を乏《とも》しみしこのわが里に来鳴かずあるらし　（巻十七・三九八四）

山も近いのに四月になるまで霍公鳥はどうして鳴かないのか、薬玉に通す橘の花が少ないので、わが里には来ず鳴くこともないらしいと自問自答するように嘆く家持。霍公鳥の初音を待ちこがれる気持ちが伝わってくる。更に次のような左注も記される。

「霍公鳥は、立夏の日に来鳴くこと必定《ひつぢやう》す。又越中の風土、橙橘《とうきつ》のあること希なり。此《これ》に因りて、大伴宿禰家持、感を懐《こころ》に発して聊《いささ》かに此の歌を裁《つく》れり」霍公鳥は立夏の日に来鳴くとされ、奈良の都ではこの頃に聞いたが、越中では聞くことができなかった。それは、越中には霍公鳥の渡ってくる柑橘系の樹木が少ないせいだと、歌とともに越中の風土の特徴が語られる。家持は、こうした都とは異なる風景や時節のめぐり、暮らしを体感し、発見し、心動かされて多くの歌を詠んだのであろう。国守という大任を果たしながら、三十代の家持が、さまざまな思いを抱いて越中の地に生きていたのだと思わずにはいられない。

三月二十九日、三十日と霍公鳥への熱い思いを歌った家持は、その後四月十六日の夜中、遥かに鳴き声を聞きその思いを詠んだ。

ぬばたまの月に向ひて霍公鳥鳴く音《おと》遥《はる》けし里遠みかも　（巻十七・三九八八）

月に向かって鳴く霍公鳥の声が遥かに聞こえる。霍公鳥は、この里からはまだ遠くにいるようだ……。しみじみと響いてくる一首である。深い夜に包まれた国守の館で、家持は一人、霍公鳥のかすかな鳴き声に耳を澄ましていたのだろうか。都にいた時より遅く聞いた鳴き声に、懐しい人への思いを重ねて……。

霍公鳥への熱い思いは、掲出歌一連からも知られるが、家持は霍公鳥の歌を六十首以上も残している。そして、家持だけでなく万葉人の幾人もが、自然詠に恋や郷愁の歌などに霍公鳥を詠み、その数は百五十首ほどにものぼる。万葉集中、最も多く歌われた鳥は霍公鳥であった。

霍公鳥此《こ》よ鳴き渡れ灯火《ともしび》を月夜に比《なそ》へその影も見む　大伴家持（巻十八・四〇五四）

あしひきの山霍公鳥汝が鳴けば家なる妹し常に思ほゆ　沙弥《さみ》（巻八・一四六九）

何しかもここだく恋ふる霍公鳥鳴く声聞けば恋こそまされ　大伴坂上郎女（巻八・一四七五）

昨年（二〇一五年）の五月、高岡を訪れた折、伏木からバスで二上山万葉ラインを巡り、新緑の木立ちの中に立つ大伴家持像に会った。筆と冊子を手にしたいかにも青年官人らしい姿に、越中の地で確かに生きた家持を実感した。

（二〇一六・八）

布勢《ふせ》の海の沖つ白波あり通《がよ》ひいや毎年《としのは》に見つつ賞美《しの》はむ
（巻十七・三九九二）

立山《たちやま》に降り置ける雪を常夏《とこなつ》に見れども飽かず神《かむ》からならし
（巻十七・四〇〇一）

天平十九年（七四七）初夏、病癒えた大伴家持（前年、越中国守として赴任）は、国庁から近くその名も親しい二上山を讃える長歌「二上山の賦《ふ》一首」を歌い、続いて「布勢《ふせ》の水海《みづうみ》に遊覧する賦一首」と「立山《たちやま》の賦一首」を詠んだ。

掲出歌はそれぞれに併せられた反歌である。

——布勢の海の中に立つ白波のように、ずっと通い続けて、毎年毎年この眺めを見て賞でよう。

——立山に降り積もっている雪は、夏の今も変わらず一年中見ても見飽きることがない。神の品格による神の山だからにちがいない。

「布勢の水海」は、二上山の西北麓、氷見市南部にあった大きな湖水。干拓されて湖は消え、今は「十二町潟水郷公園」が残るだけだが、当時は、湖上の白波、水鳥、岸の藤波

など景物が多く、家持はじめ官人らが遊覧し社交の場となっていた。長歌には、

「……布勢の海に　船浮け据ゑて　沖へ漕ぎ　辺《へ》に漕ぎ見れば　渚には　あぢ群騒ぎ　島廻《しまみ》には　木末《こぬれ》花咲き　許多《ここばく》も　見の清《さや》けきか……（巻十七・三九九一）」と歌われ、舟を浮かべて遊び眺めた景色の美しさを、ああ、こんなにも見るにさわやかなのか、と感動している。その思いが反歌の「いや毎年に見つつ賞美はむ」に至るのだろう。

「立山」は、越中第一の雄峰で、三千メートル級の山が連なる立山連峰。古くは「タチヤマ」と呼ばれた。この歌は四月二十七日作、新暦では六月十日過ぎになる。四月から六月を夏とする当時では、夏の盛りに詠まれたことになろう。越中国庁から眺望できた立山、夏なのに雪をいただく山脈を、家持は初めて目にしたにちがいない。それはどれほどの驚きと感動であったろう。長歌には、

「……越の中　国内《くぬち》ことごと　山はしも　繁《しじ》にあれども……すめ神の　領《うしは》き坐《いま》す　新川《にひかは》の　その立山に　常夏に　雪降り敷きて……あり通ひ　いや毎年《としのは》に　外《よそ》のみも　振り放《さ》け見つつ　万代《よろづよ》の　語らひ草と　いまだ見ぬ　人にも告げむ……（巻十七・四〇〇〇）」と、神聖な立山を毎年、遠くからでも振り仰いで見ながら、その素晴らしさを伝えようと、立山への思いが述べられる。反歌の「見れども飽かず神からならし」にも、立山を讃美する

心がこめられている。

家持がこれらの歌を詠んだのは、越中に来て十ヶ月になる頃だろうか。弟書持の死の知らせを受けた晩秋、厳しい冬から翌春にかけて病床にあったが、ようやく回復して迎えた夏、家持は改めて新鮮な目と心で越中の自然を見つめ、向かい合ったのではないだろうか。それも自身が暮らし仕事をしている日常の中で、都人家持が体感した越中の自然の美しさ、雄大さ、荒々しさ、不思議さ……その驚き、感動を、特に「二上山の賦」「布勢の水海に遊覧する賦」「立山の賦」として意欲的に歌いあげたのだろう。「賦《ふ》」というのは、中国の韻文における文体の一形式だが、字数や句数に制限がなく、対句を多く用いたリズムある自由な散文詩のようなものという。家持のこの三作、合わせて「越中三賦」と呼びならわされている。

「越中三賦」が詠まれたのは、天平十九年三月三十日、四月二十四日、四月二十七日と記される。この後、家持は税帳使（正税帳という租税の出納簿を携えて太政官に報告に赴く使い）として上京することになるのだが、その準備をしながら、越中の自然を知らない都に住む人たちに、その素晴らしさを伝えよう、聞かせようとの思いもあって詠んだとも考えられている。「越中三賦」を土産に、約一年ぶりに家持が奈良の家に向かったのは、天平十九年五月初頭であった。

翌天平二十年の晩春、左大臣橘諸兄の使者として都からやって来た田辺福麿を歓待する宴で、布勢の水海が話題になり、実際に遊覧した時の一連の歌が残る。

如何《いか》にある布勢の浦そもここだくに君が見せむとわれを留《とど》むる　（巻十八・四〇三六）

神さぶる垂姫《たるひめ》の崎漕ぎめぐり見れども飽かずいかにわれせむ　（巻十八・四〇四六）

おろかにそわれは思ひし乎敷《をふ》の浦の荒磯《ありそ》のめぐり見れど飽かずけり　（巻十八・四〇四九）

一首目、前夜の宴席で聞いた美しい布勢の水海への期待感、次は三月二十五日、布勢の水海に舟で漕ぎ出で、景勝地垂姫の崎、乎敷の浦を巡り、その神々しさ素晴らしさに感動して詠んだ歌。一連には主人家持や国庁の役人たちの歌もあるが、この三首は田辺福麿作である。他に布勢の水海に遊覧しての歌は、天平勝宝二年（七五〇）四月六日と多祜《たこ》の湾から望んだ藤波を読み込んだ四月十二日の歌がある。この歌に因んだ氷見市下田子の地にある田子浦藤波神社を訪ねたのは藤の花の終り頃だったが、古い石段を上り古木の間から静かに広がる田園風景を眺めて幻の湖をしのんだ。

（二〇一六・十一）

## 珠洲《すす》の海に朝びらきして漕ぎ来《く》れば長浜の湾《うら》に月照りにけり

（巻十七・四〇二九）

越中国守となった大伴家持の、国守としての重要な任務の一つに「出挙《すいこ》」に関わる仕事があった。出挙は、春の端境期に国庫からの種籾（官稲・官の米）を農民に貸し与え、秋の収穫期に利息を付けて返納させるという制度である。家持はこの出挙の状況を視察するために越中国内、各地を巡った。天平二十年（七四八）春のことである。当時の越中には能登も含まれていたので（能登は天平十三年・七四一〜天平宝字元年・七五七まで越中国に併合）、家持の巡行は能登半島にまで及んだ。この春の出挙の折、九首の歌が詠まれている。

掲出歌は、九首一連の最後に置かれた歌で、題詞に「珠洲《すす》郡より発船《ふなたち》して治布《ちふ》に還りし時に、長浜の湾《うら》に泊てて、月光を仰ぎ見て作る歌一首」とある。

――珠洲の海に朝早く船を出して、ずっと漕いで来ると、長浜の湾（浦）ではもう月が皎々と広い海上を照らしている。

題詞と併せて地理的な面をとらえると「珠洲の海・珠洲郡」は能登半島の最北端、「治布」は不明だが国府近くの所、「長浜の湾」もやはり国府に近い氷見市島尾から高岡市雨晴海岸に続く「麻都太要《まつだえ》の長浜」であろうといわれる。巡行は能登半島の先端まで来て終え、海路、越中国府近くまで富山湾を南下したのであろう。早朝に船出をする「朝びらき」という簡潔でひびきの良い言葉で始まり、一日かけての船旅のはてに、ようやくたどり着いた長浜の浦で仰ぎ見た月が詠まれている。一首の中に時間の流れと広がりが感じられ、のびやかなしらべとともに家持や一行の人々の安堵感、充足感が伝わってくるようだ。静かな海面に照り輝く月の光はどれほど美しかったことだろうか……。

さて、この春の出挙のための巡行は、珠洲郡が最後であるが、どのような経過をたどったのか、詳しいことはわからない。だが、一連の歌に家持の訪ねた地、見聞し体験したこと、心ひかれたことなどが詠まれ興味深い。家持の巡行は、まず南の砺波《となみ》郡（雄神《おかみ》川）から始まって、東へ婦負《めい》郡（鵜坂川・婦負川）、更に東の新川《にいかわ》郡（延槻《はいつき》川）に至り、この後、いったん国府のあった高岡市伏木の地に戻り、あらためて能登へと向かったようである。

雄神川《をかみがは》紅にほふ少女《をとめ》らし葦附《あしつき》採ると瀬に立たすらし　（巻十七・四〇二一）
鵜坂川《うさかがは》渡る瀬多みこの吾《あ》が馬の足掻《あがき》の水に衣濡《きぬぬ》れにけり　（巻十七・四〇二二）
婦負川《めひがは》の早き瀬ごとに篝《かがり》さし八十伴《やそとも》の男《を》は鵜川立ちけり　（巻十七・四〇二三）

立山《たちやま》の雪し消《く》らしも延槻《はひつき》の川の渡瀬《わたりぜ》鐙《あぶみ》浸《つ》かすも

（巻十七・四〇二四）

「雄神川」は現在の庄川の中上流という。一首目はこの川の水に赤裳の裾を映しながら「葦附（食用にする川藻）」を採る少女たちを描写している。家持は、珍しい水生植物と水辺のあでやかな少女たちの情景に心ひかれ目に留めたのだろう。後の、桃の花の下照る道に立つ少女を詠んだ歌を思わせる美しくみずみずしい一首である。「鵜坂川」「婦負川」は、今の神通川とも支流の井田川とも諸説あるが、何れにせよ、川の水量の多さや流れの速さが歌われる。鵜飼は、万葉の時代には春も行われていたようである。馬に乗って巡行している家持の姿が目に浮かぶ。四首目「延槻の川」は現在の早月川。馬の鐙までも濡らしてしまうほど水かさの増えた瀬を渡って行く家持。かなたには雪の立山、目の前の大量の水の激しい流れ……。それは家持の想像以上のものであったろう。緊張と新鮮な驚きの中で、立山の雪解け水が流れ来ているのだと実感したにちがいない。力強く律動的な歌い起こしの「立山に雪し消らしも」と結句「鐙浸かすも」が響き合い、水の流れのさまや音、家持の心躍りもくっきりと感じ取れるようだ。越中の風土を体験した家持の歌は印象深く心に残る。次の四首は能登での歌である。

之乎路《しをぢ》から直《ただ》越え来れば羽咋《はくひ》の海朝凪《な》ぎしたり船梶《ふねかぢ》もがも

（巻十七・四〇二五）

鳥総《とぶさ》立て船木《ふなき》伐《き》るといふ能登の島山今日見れば木立《こだち》繁しも幾代神《かむ》びそ
（巻十七・四〇二六）

香島《かしま》より熊来《くまき》を指して漕ぐ船の楫《かぢ》取る間《ま》なく都し思ほゆ
（巻十七・四〇二七）

妹に逢はず久しくなりぬ饒石《にぎし》川清き瀬ごとに水占《みなうら》はへてな
（巻十七・四〇二八）

能登巡行は、先ず之乎路（富山県氷見市から石川県羽咋市へ出る山道）を越えて来て見た、羽咋の海の朝凪の光景のすばらしさを歌い、次に能登の島山（能登島）の「鳥総立て船木伐るといふ」習俗に興味を持ち、旋頭歌に詠んだ。三首目は熊来村に向かう船旅、そして再び陸行、饒石川を渡り珠洲へと進むのである。長旅になったのであろう。家持は都に残している妻を想う。しかし、半島の先端まで来ればあとは船で帰るだけ、掲出歌に至るのである。こうして、国守家持の歌により、越中、能登の地名や風土が残ることになった。

ところで、出挙では農民の負担する利息は五割であったという。家持は、この制度について どう考えていたのだろう、ふとそんなことが思われる。

（二〇一七・二）

## 里人の見る目恥づかし左夫流児《さぶるこ》にさどはす君が宮出後風《みやでしりぶり》（巻十八・四一〇八）

越中国守となった大伴家持は、五年間の在任期間中に詠んだ二百二十首にもおよぶ歌を残した。三十歳前後の若き官僚の目と心に映った、北国の厳しく壮大な自然や越中特有の風土、この地での実際の生活や仕事を通しての経験、感慨が歌われている。これらの歌の中には、越中の国守として、また、地方と中央とを結ぶという責務を負っていたであろう家持の立場が窺われる歌が幾首も見られる。多くは都からの使者である役人や高僧を迎えもてなした宴の歌、出挙のために国内を巡行した時の歌などだが、掲出歌のようなやや風変わりな歌もある。

この歌は、長歌「史生《ししやう》尾張少咋《をくひ》に教へ喩《さと》す歌一首」に併せた反歌三首の中の二首目である。家持の部下である史生（書記、下級の役人で記録に関することを司る者）少咋が、都に残してきた妻がありながら、左夫流児という遊行女婦にうつつをぬかしているのを喩した歌である。長歌に、家持は、

……神代より　言い継ぎけらく　父母を　見れば尊く　妻子《めこ》見れば　愛《かな》しくめぐし

うつせみの　世の理《ことわり》と……離《はな》れ居て　嘆かす妹が　何時《いつ》しかも　使の来《こ》むと　待たすらむ……左夫流その児に　紐の緒の　いつがり合ひて……さどはせる　君が心の為方《すべ》もすべ無さ

（巻十八・四一〇六）

と、まず神代から言い継いできた父母の尊さ、妻子の愛しさを世間の道理と説き、次に都で待っているだろう妻の姿、左夫流児とつながり合い心を惑わしているあなたの何ともしかたのないことよと歌っている。そして、掲出歌。

——里人らの見る目も恥ずかしい。左夫流児に心の底から迷っておいでのあなたの、出勤する後姿が……。

「里人」は、越中の国庁（宮）に出勤する官人「宮人」に対する語で一般民衆、近所の人。少咋は左夫流児の家から国庁に出勤していたのであろう。里人は少咋の姿を指さし笑ったにちがいない。その可笑しさ、恥ずかしさが「宮出後風」の語に表現されている。

あをによし奈良にある妹が高高《たかたか》に待つらむ心然《しか》にはあらじか

（巻十八・四一〇七）

紅《くれなゐ》は移ろふものぞ橡《つるはみ》の馴れにし衣《きぬ》になほ若《し》かめやも

（巻十八・四一〇九）

前後の歌二首である。少咋への家持の気持ちが述べられる。一首目、奈良にいる妻が待ちかねている心、それは本当ではあるまいか。真実、待ちこがれているであろうよ。後の歌、紅花で染めた美しい紅の色は消えやすいもの、橡（団栗）で染めた地味な衣には及ぶはずがないのに……。やはり連れ添った妻が良いのだと比喩をもって巧みに助言している。女性たちと数多くの恋歌を交わした家持ならではの言葉であろうか……。長歌の歌い起こしは、大上段に構えた説教調だが、全体として、家持によるゆるやかな喩しの歌といえよう。

ところが、この件には続きがある。掲出歌一連の歌は、天平感宝元年（七四九）五月十五日作だが、その二日後、都にいた妻が夫、少咋からの使いを待たずに自らやって来た時の歌という一首が加えられている。

左夫流児が斎《いつ》きし殿に鈴掛けぬ駅馬下《はゆまくだ》れり里もとどろに　（巻十八・四一一〇）

左夫流児が少咋に仕えて大切に守ってきた家に、鈴もつけない早馬が下って来て里中が大騒ぎになったという。誰かが都の妻に少咋のことを知らせたのだろう。わざと「斎きし殿」などと表現した二人の暮らす家に、鈴をつけた公用の駅馬ではなく、私用に賃借した民間の早馬に乗って妻はやって来た。本人たちは深刻な事態に陥ったにちがいない。だが、妻が「鈴掛けぬ駅馬」に乗って来たのに、里は「とどろ」に鳴りわたるというちょっとした洒落も効かせて歌われ、「宮出後風」の少咋を笑った里人は、一層おもしろ可笑しく噂したであろうことが想像される。少咋の姿を苦々しく思いながら、家持自身もどこか面白がっている感がある。結局、少咋たちはどのような結末を迎えたのか、家持は何も語ってはいない。当時、天平十六年（七四四）のことだが、中央から地方官として赴任した者に対して、現地妻を持つことを禁止した勅令が出されたという。国守家持の詠んだ「史生尾張少咋に教へ喩す歌」の背景にはそれがあるのだろう。しかし、一連の歌は人間の弱さや愚かさがユーモラスに歌われており、上司家持と部下であり単身赴任者の少咋との関わりや、家持の人間味もそれとなく感じ取れるような気がするのである。

さて、家持には次のような歌もある。

この見ゆる雲ほびこりてとの曇り雨も降らぬか心足《だら》ひに　（巻十八・四一二三）

わが欲りし雨は降り来《き》ぬかくしあらば言挙《ことあげ》せずとも年は栄えむ　（巻十八・四一二四）

天平感宝元年（七四九）、越中では日照りが続き干ばつに見舞われそうになった。その折に詠んだ雨乞いの歌と、願いが通じたのか、雨が降ったのを喜び詠んだ賀歌である。越中の安泰を祈る国守としての家持の姿が見える。

家持は越中の自然や風土を愛し、政務を執った国庁でさまざまな人と関わりながら懸命に働き生きたのだと、残された歌に触れつつ思いをはせている。

（二〇一七・五）

# 天皇《すめろき》の御代栄えむと東《あづま》なる陸奥《みちのく》山に黄金《くがね》花咲く

（巻十八・四〇九七）

大伴家持が国守として越中に赴任する前、聖武天皇は、恭仁、紫香楽、難波と彷徨していた頃の天平十五年（七四三）盧舎那大仏の建立を発願、天平十七年（七四五）平城京に戻って後、天平十九年（七四七）大仏の鋳造が開始された。大仏造営は進み完成の日は近づいたが、大仏に塗る黄金が不足し天皇を悩ませていた。そんな折の天平二十一年（七四九）二月、陸奥国《みちのくのくに》小田郡（現在の宮城県遠田郡）より黄金が産出、献上された。四月、聖武天皇は大仏に拝礼、仏前に黄金出土の報告をし、喜びと感謝の宣明を発した。叙位も行われ、年号は天平感宝と改められた。この宣命、天皇の言葉は、遠く越中に在った家持にも届き、家持は、長大な賀歌を作って祝賀の心を表した。

掲出歌は「陸奥国より金を出《いだ》せる詔書を賀《ほ》く歌一首」に併せた反歌三首の中、三首目の歌である。

――天皇、わが大君の御代が栄えていくであろう、そのしるしとして陸奥国の山に黄金の花が咲くことだ。

黄金が出土したことを「黄金花咲く」と巧みに表現している。「花咲く」に五穀豊穣、豊かさと御代の栄えを寿ぎ、祈る気持ちを込めたのだろう。若い頃、内舎人として聖武天皇の側近く仕えた家持の、敬愛する天皇の御代を祝福し讃美した一首である。この歌を含む三首の反歌を添えられた長歌は、家持の詠んだ長歌の中で最も長く百七句から成り、聖武天皇の宣命に応えたような歌になっている。宣命の中に、大伴氏は祖先以来、天皇の近くで親しく奉仕し、また護衛に任ずる兵士、親衛隊（内兵《うちのいくさ》）としてよく仕えてきた氏族であると功績を讃え、信頼を寄せるくだりがあって、家持を感激させた。また、家持の位も一階級昇進した。長歌は家持の喜びと心躍りから詠まれたのだろうといわれる。前半は、黄金産出に関して述べられ、後半は、

「……大伴の　遠つ神祖《かむおや》の　その名をば　大来目主《おほくめぬし》と　負《お》ひ持ちて　仕へし官《つかさ》　海行かば　水浸《みつ》く屍《かばね》　山行かば　草生《む》す屍　大君の　辺《へ》にこそ死なめ　顧みは　せじと言立《ことだ》て　大夫《ますらを》の　清きその名を　古《いにしへ》よ　今の現《をつつ》に　流さへる　祖の子等《こども》そ　大伴と　佐伯の氏は　人の祖《おや》の　立つる言立《ことだて》　人の子は　祖の名絶たず　大君に　奉仕《まつろ》ふものと　言ひ継げる　言《こと》の職《つかさ》そ　梓弓　手に取り持ちて……（巻十八・四〇九四）」と、内兵としての大伴氏の伝統と、これを受け継いでいこうとする精神を歌っている。ここに見られる有名な「海行

かば……顧みは　せじ」の部分は、宣命の中に引かれた大伴氏の言立て、天皇への忠誠誓約の歌「海行かば水漬く屍、山行かば草むす屍、大君の辺にこそ死なめ　長閑《のど》には死なじ」の最後の一句を「顧みはせじ」と換えてくり返したものである。この一句によって「水漬く屍、草生す屍となっても天皇のそばで死のう、我が身を顧みることはしまい」と天皇のために忠誠を尽くすという決意が、一層強く迫り、後の世にも影響を及ぼすのである。

掲出歌と並ぶ反歌は次の二首。

大夫《ますらを》の心思ほゆ大君の御言《みこと》の幸《さき》を聞けば貴み　（巻十八・四〇九五）

大伴の遠つ神祖《かむおや》の奥津城《おくつき》はしるく標《しめ》立て人の知るべく　（巻十八・四〇九六）

天皇の貴い言葉によって奮い起つ大夫の心、祖先を敬い大伴氏の誇りを示すことを一族に呼びかけるように歌い、長歌後半の大意を要約している。

天平感宝元年（七四九）五月、内兵としての大伴氏を讃えた天皇の言葉に感激し、喜びと高揚感からこれら一連を詠んだが、現実はどうだったのか。大伴氏はかつて、大伴金村の失脚以前の全盛時代、その軍事力によって天皇を支え守り、深く交わってきた。しかし時代も制度も変わった天平の世にあっては、大伴氏の内兵の実質は殆ど失われている。それは家持にも解っていただろう。大伴氏の長である家持とて、天皇から遠く離れた越中にいるのだ。もはや実態の薄くなった内兵という言葉のみを頼りに、力のある大伴氏が天皇と濃く関わっていた良き時代の記憶を呼び起こそうとしているように思われる。大伴氏は武門であるとともに歌の伝統を継ぐ文の家、また外交につとめた家でもあった。家持はこうした環境に生い育ち、当時の新しい教養人であったにちがいない。だが、大伴氏の過去の栄光や首長としての重責を負い続け、古い意識から解放されることもなかったのであろう。天皇への忠誠や大夫心を高々と歌いあげながら、どこかに空しさを抱えていたのではなかろうか。家持のどうしようもない苦悩や憂鬱、悲しみがかすかに響いてくる。

天平勝宝三年（七五一）七月、五年間の越中在任を終え、三十四歳の家持は少納言に任ぜられ帰京した。翌年の四月、橘諸兄と藤原仲麿の対立が表面化し不穏な空気の漂う中、盛大に大仏開眼会が行われた。三年前、陸奥国からの黄金献上を寿ぐ歌を詠んだ家持はこの大仏開眼供養に関して一首の歌も残していない。

なお、家持の長歌の歌碑が、越中国庁跡とされる高岡市伏木の勝興寺境内にある。「海行かば……」の歌詞が刻まれ、昭和十二年の日中戦争に際して建てられたという。荘重なメロディも浮かぶが複雑な思いがする。

（二〇一七・八）

春の苑紅《そのくれなゐ》にほふ桃の花下照《したで》る道に出で立つ少女《をとめ》　（巻十九・四一三九）

わが園の李《すもも》の花か庭に降るはだれのいまだ残りたるかも　（巻十九・四一四〇）

天平勝宝二年（七五〇）大伴家持は、国守として赴任した越中の地で四度目の春を迎えていた。

掲出歌は、題詞に「天平勝宝二年三月一日の暮《ゆふべ》に、春の苑の桃李《ももすもも》の花を眺瞩《なが》めて作る二首」とあり、巻十九の巻頭に置かれる。三月一日は今の四月中旬頃、北国の遅い春もようやく盛りとなる頃だろうか。春の暮れつ方、庭に咲く桃と李の花を眺めながら、家持はこの二首を詠んだのである。

——春の夕べのたそがれ色に染まる庭。そこにあでやかに咲く紅の桃の花。その木の下、桃の花の色が映え、照り輝く道に出て佇んでいる少女よ。

——（庭の所々に見える小さく白いもの、あれは）わが家の庭の李の花が散っているのだろうか。それとも、うっすらと降り積もった雪がまだ残っているのだろうか……。

春の夕暮れの苑、桃の花の照り咲く下に少女を配して詠まれた一首目の何と華麗で幻想的な美しさであろう。中国風の一幅の絵を見るようである。桃の花は中国伝来の花であり、『文選』などを読んでいたと思われる家持には中国詩文の影響も考えられよう。また、明るく華やかな歌の背景には、長く厳しかった北国の冬から解放された喜び、前年の秋に都から妻の坂上大嬢を迎えた喜びがあるのかもしれない。そして、この歌は、初句、三句、五句を「春の苑」「桃の花」「出で立つ少女」と体言を並べて止め、それだけで言い切って印象の鮮やかな一首となっている。こうした歌いぶりは家持の表現の工夫、新しい境地といわれる。

次の歌は、夕暮れの淡い光の中で、土の上に見える白いものを李の花なのか残雪なのか疑問に思い、揺らぐ気持ちがそのまま歌われている。

掲出歌二首は、春の苑とわが園、桃の紅の花と李の白い花と対をなしているようである。さて家持は、この後も続けて盛んに歌を詠み、三月一日から三日にかけての歌は十二首になる。

春まけて物悲しきにさ夜更けて羽振《はぶ》き鳴く鴫《しぎ》誰が田にか住む　（巻十九・四一四一）
物部《もののふ》の八十少女《やそをとめ》らが汲みまがふ寺井の上《うへ》の堅香子《かたかご》の花　（巻十九・四一四三）

杉の野にさ躍る雉《きぎし》いちしろく哭《ね》にしも泣かむ隠妻《こもりづま》かも　（巻十九・四一四八）

朝床《あさどこ》に聞けば遥けし射水川《いみづがは》朝漕ぎしつつ歌ふ船人　（巻十九・四一五〇）

一首目、掲出歌に続く三月一日の歌、春になって何か物悲しい心持ちがする夜更け、羽をふるわせ羽ばたきながら泣く鴫は、誰の田に居つこうとするのだろうか。春の夜更けに聞こえてくる鴫の鳴き声や羽音、物悲しさが一層沁みてくる。繊細な春の愁いの感情が歌われる。

二首目、翌二日の歌、たくさんの少女たちが入り乱れて水を汲んでいる。寺の井のほとりに咲く堅香子（かたくり）の花よ……。村の共同の井に水を汲む少女たちと、可憐なかたくりの花の取り合わせが新鮮で美しい。うす紅のかたくりの花が見え、少女たちのさざめきも聞こえるようだ。当時、国府のそばにあった寺の辺りに寺井が掘られていたのだろう。

三首目、三日の明け方の歌（日付は二日）、杉林の野で跳ねて鳴く雉よ。お前は、はっきりと人目につくほどに声をあげて泣く隠り妻だというのか……。妻を求めて鳴く雉を、恋に泣く隠り妻になぞえて思いやっている。館に近い丘陵地に棲む雉の高く鋭い鳴き声に何か哀切な響きを感じたのだろうか。

四首目、三日の朝の歌（日付は二日）、朝の床で聞いていると、遠くはるかに聞こえる。射水川を朝漕ぎながら歌う船人の声が……。射水川は国府の近くを流れる川。家持は国府の館にあって、遠く船人の歌声を聞いていたのであろう。ゆったりとしたもの憂い時間。はるかな音に心寄せる姿が浮かぶ。

これらの歌を含めて十二首の、巻十九の巻頭歌群は、三月一日の歌は暮から夜の順で並び、以下二日三日は、昼の歌四首、夜の歌二首、暁の歌二首、朝の歌一首と全体的に時間の流れに沿って並べられている。こうして見ると、家持は日中はもちろん、夜更けでも明け方でも目覚めて歌を書きつけていたようだ。それは、多く残されている宴席や各地遊覧の歌や贈答の歌などとは別の情趣を感じさせる歌、家持が孤り、孤りの世界で自然な心のままに詠んだ歌ということになろうか。この歌群の歌には、「もの悲しき」「心もしのに」「偲ふ」という語が印象深く見出される。明るく華やかな歌、優しい歌の奥深くかすかに響いてくる哀しみや憂い。やがて、都に帰ってから詠まれる絶唱といわれる歌に流れていく家持特有の心情なのであろう。

（二〇一七・十一）

しな離《ざか》る越《こし》に五箇年《いつとせ》住み住みて立ち別れまく惜しき宵《よひ》かも

（巻十九・四二五〇）

越中の地に五度の冬を過ごした大伴家持は、天平勝宝三年（七五一）七月十七日、少納言に遷任となり帰京することになった。

掲出歌は、都へ出発する八月五日の前夜、「国厨の饌（国庁の厨房で用意した料理）」による送別の宴が、次官の内蔵縄麿《くらのなわまろ》の館で催された折、家持の詠んだ歌と題詞に記される。――山坂を隔てた遠い越の国に五年間も住み暮らしてきて、いよいよここを立ち別れることの何と名残惜しい今宵であるよ。

都から遠く越中へ赴任して長い時が経った。生まれ育った奈良とは全く異なる風景や季節のめぐり、さまざまな人と出会い、国守としての仕事にも励んだ。大病も経験し、弟書持の死の知らせを受けたのもここだった。そして多くの歌を詠んだ。今はもうすっかり住み慣れたこの地を離れようとしている家持の胸に、一入の思いが湧きあがってきたことだろう。「住み住みて」という同じ語を重ねた表現には、家持の感慨がこもり印象深く響いてくる。この一首は、山上憶良の「天ざかる鄙《ひな》に五年《いつとせ》住まひつつ都の風習《てぶり》忘らえにけり

（巻五・八八〇）」を心に持って歌っていると思われるが、「立ち別れまく惜しき宵かも」と惜別の情は、家持の歌の方に、より直接的に強く示されている。

家持は、同じ八月四日に、正税帳使として上京中であった掾《じょう》（三等官）久米広縄の留守の館に次の二首の歌を残している。

あらたまの年の緒長く相見てしその心引《こころびき》忘らえめやも　（巻十九・四二四八）

石瀬野《いはせの》に秋萩凌《しの》ぎ馬並めて初鷹猟《はつとがり》だに為《せ》ずや別れむ　（巻十九・四二四九）

一首目、年永く互いに心を寄せ合い、交わしてきた好意は忘れられないと感謝の思いを述べ、二首目は、今年初めての鷹狩だけをもしないで別れるのかと嘆いている。家持の目には、秋萩の野に馬を並べる二人の姿が見えていたことだろう。親しい友と言葉を交わすことなく別れなければならない悲しみが、実感をこめて歌われ、しみじみと伝わってくる。

翌八月五日の明け方、国府の諸僚による見送りを受け都に向かって出発した。時に、射水郡大領の阿努君《あののきみ》広島が門前の林中に設けた餞饌の宴（送別の宴）で、内蔵縄麿の盃を捧ぐる歌に応えての家持の歌と題詞に記される一首がある。

玉桙《ほこ》の道に出で立ち行くわれは君が事跡《ことと》を負ひてし行かむ　（巻十九・四二五一）

都への道に立ち出て行くわたしは、あなたの成しとげた成果、業績を背負って行きましょうと、盃を捧ぐる歌は見られないが、家持の気持ちは述べられる。内蔵縄麿の役人としての成績を、上京して報告しようというのであろう。歌の内容としては少し特殊に感じられるが、部下を思う国守としての家持の姿が浮かんでくる。

越中を発って都への途上、八月のある日のできごとが題詞に記述されている。家持は、かつて越中に在職し、今は越前国掾の職にある大伴池主の館を訪れたところ、正税帳使の任を終えて帰路にある久米広縄と出会った。互いにこの偶然の出会いに感激した二人は、歌を作って交歓した。

君が家に植ゑたる萩の初花を折りて挿頭《かざ》さな旅別るどち
久米広縄（巻十九・四二五二）

立ちて居て待てど待ちかね出でて来し君に此処《ここ》に遇ひ挿頭しつる萩
大伴家持（巻十九・四二五三）

大伴池主の家に植えてある萩、その初花をかざしての親密な宴。会えないと思っていた人との思いがけない再会。そしてまた遠く旅に別れる人たち。可憐な萩の花に寄せて喜びと切なさが優しく歌われ胸に沁みる。越中の国府で、熱く濃く歌を作り、交わし合い学んだ家持と大伴池主。久米広縄不在の館に心を残してきた家持。仕事でも歌の世界でも、家持にとって二人の存在はかけがえのないもの、また、それぞれにとっても互に大きなものであったろう。天平勝宝三年八月萩の花咲き初むる時季の邂逅は、三人の心に深く刻まれたにちがいない。越前、越中、奈良の都と別れた三人がこれから後、そろって一同に会することはなかったのではなかろうか……。越前で大伴池主らと別れた家持は、自身の人生の中で特別な意味を持つ、五年間の越中時代が終わったことを実感し、ひたすら平城京をめざしたことだろう。少納言として帰京する喜びを抱きつつ、藤原氏の勢力が増し、複雑な都の時局についても思いを巡らせていただろうか。家持三十四歳の秋であった。

平成三十年（二〇一八）立春を迎えても日本列島は冷え込みが厳しく、殊に北陸地方は連日大雪に見舞われ、大変な状況が続いている。『万葉集』にも、越中の大伴家持の次のような歌がある。天平勝宝三年（七五一）正月二日、降る雪が殊に多く四尺積もったという。

新《あら》しき年の初めは彌年《いやとし》に雪踏み平《なら》し常かくにもが　（巻十九・四二二九）

降る雪を腰になづみて参り来し験《しるし》もあるか年の初《はじめ》に　（巻十九・四二三〇）

（二〇一八・二）

# 関連略年表

（・掲出歌　作者）

| 西暦 | 年号 | 天皇 | 出来事　万葉関連事項 | 主な万葉歌人 |
|---|---|---|---|---|
| | | 仁徳 | | ・磐姫皇后 |
| 四五六 | 安康三 | 雄略 | 雄略天皇即位 | 雄略天皇 |
| 五九三 | 推古元 | 推古 | 聖徳太子（？〜六二二）摂政となる | |
| 六二九 | 舒明元 | 舒明 | 舒明天皇（五九三〜六四一）即位 | 舒明天皇 |
| 六三〇 | 二 | | 遣唐使始まる（〜八九四まで） | |
| 六四二 | 皇極元 | 皇極 | 皇極天皇（五九四〜六六一）即位 | |
| 六四五 | 大化元 | | 中大兄皇子、中臣鎌足ら蘇我入鹿を暗殺（乙巳の変・大化の改新） | |
| | | 孝徳 | 孝徳天皇（五九七〜六五四）即位 | |
| | | | 中大兄皇子、皇太子となる | 斉明天皇 |
| 六五五 | 斉明元 | 斉明 | 皇極上皇、斉明天皇（五九四〜六六一）として即位 | ・額田王 |
| 六五八 | 四 | | ・有馬皇子、謀反の疑いで刑死 | 有馬皇子 |
| 六六一 | 七 | | 斉明天皇崩御し、中大兄皇子称制（即位しないで執政） | |
| 六六三 | 天智二 | 天智 | 白村江の戦いで、唐・新羅軍に大敗 | ・倭大后 |
| 六六七 | 六 | | 近江大津京遷都 | ・鏡王女 |
| 六六八 | 七 | | 天智天皇（六二六〜六七一）即位 | 藤原鎌足 |
| | | | ・天皇、蒲生野に遊猟 | |
| 六七一 | 一〇 | | 大友皇子、太政大臣となる　・大海人皇子、吉野に引退 | |
| 六七二 | 天武元 | 天武 | 大海人皇子、吉野にて挙兵（壬申の乱）　・大友皇子、自害 | |

| | | | | |
|---|---|---|---|---|
| 六七三 | 二 | | 天武天皇（?～六八六）飛鳥浄御原にて即位 | ・天武天皇 |
| | | | 鸕野讃良皇女、立后（皇后） | ・高市皇子 |
| 六七四 | 三 | | 大伯皇女、伊勢神宮へ向かう | 持統天皇 |
| 六七八 | 七 | | ・十市皇女、没 | 大津皇子 |
| 六七九 | 八 | | 吉野行幸、天皇皇后が六皇子（草壁・大津・高市・忍壁・川 | ・大伯皇女 |
| | | | 島・志貴）と盟約を結ぶ | ・柿本人麿 |
| 六八三 | 一二 | | ・鏡王女、没 | ・高市黒人 |
| 六八六 | 朱鳥元 | 持統 | 天武天皇崩御し、皇后称制 | ・志貴皇子 |
| | | | ・大津皇子、謀反の疑いで刑死 | ・弓削皇子 |
| 六八九 | 持統三 | | ・草壁（日並）皇子、没 | 但馬皇女 |
| 六九〇 | 四 | | 持統天皇（六四五～七〇二）即位 | ・穂積皇子 |
| 六九四 | 八 | | 藤原京遷都 | ・長意吉麿 |
| 六九六 | 一〇 | | ・高市皇子、没 | ・藤原宇合 |
| 六九七 | 文武元 | 文武 | 持統天皇譲位し、文武天皇（六八三～七〇七）即位 | ・長屋王 |
| 七〇一 | 大宝元 | | 「大宝律令」完成 | |
| 七〇七 | 慶雲四 | 元明 | 文武天皇崩御し、元明天皇（六六一～七二一）即位 | |
| 七〇八 | 和銅元 | | ・但馬皇女、没 | |
| 七一〇 | 三 | | 平城京遷都 | |
| 七一二 | 五 | | 『古事記』完成 | |

| 西暦 | 年号 | 天皇 | 出来事　万葉関連事項 | 主な万葉歌人 |
| --- | --- | --- | --- | --- |
| 七一五 | 霊亀元 | 元正 | 元明天皇譲位し、元正天皇（六八〇〜七四八）即位 | 山上憶良 |
| | | | ・穂積皇子、没　・志貴皇子、没 | 大伴旅人 |
| 七一八 | 養老二 | | 「養老律令」完成 | ・大伴坂上郎女 |
| | | | ・大伴家持、生？（〜七八五） | 山部赤人 |
| 七二〇 | 四 | | 『日本書紀』完成 | 小野老 |
| 七二四 | 神亀元 | 聖武 | 元正天皇譲位し、聖武天皇（七〇一〜七五六）即位 | ・笠金村 |
| 七二六 | 三 | | 山上憶良（六六〇〜七三三?）、筑前国守となる | 聖武天皇 |
| 七二七 | 四 | | 大伴旅人（六六五〜七三一）、大宰帥となる | ・光明皇后 |
| 七二九 | 天平元 | | 長屋王の変　・長屋王、没 | ・高橋虫麿 |
| | | | 光明子（藤原夫人）、立后（皇后） | ・湯原王 |
| 七三六 | 八 | | ・遣新羅使節団一行出発 | ・大伴四綱 |
| 七三七 | 九 | | 疫病大流行 | |
| | | | ・藤原四兄弟（房前・麻呂・武智麿・宇合）死去 | ・笠女郎 |
| 七三八 | 一〇 | | 橘諸兄（六八四〜七五七）、右大臣となる | ・藤原八束 |
| | | | ・中臣宅守、この頃越前へ流罪 | 橘諸兄 |
| 七四〇 | 一二 | | 藤原広嗣の乱 | ・大伴田村大嬢 |
| | | | 聖武天皇、東国（伊勢・美濃・伊賀・近江国）などを巡幸 | ・紀女郎 |
| | | | 恭仁京遷都 | ・市原王 |

| | | | | |
|---|---|---|---|---|
| 七四一 | 一三 | | 国分寺、国分尼寺建立発願 | 大伴書持 |
| 七四三 | 一五 | | 大仏（盧遮那仏金銅像）造立発願、紫香楽宮造営 | 狭野弟上娘子 |
| 七四四 | 一六 | | 難波宮を皇都とする<br>・安積皇子、没 | ・中臣宅守<br>平群女郎 |
| 七四五 | 一七 | | 都を平城京に戻す（平城京遷都） | ・田辺福麿 |
| 七四六 | 一八 | | ・大伴家持、越中守となる　・弟書持、没 | ・大伴家持 |
| 七四七 | 一九 | | 大仏鋳造開始 | 大伴池主 |
| 七四八 | 二〇 | | ・大伴家持出挙で、越中国内巡行 | |
| 七四九 | 天平感宝元<br>天平勝宝元 | 孝謙 | 陸奥国より黄金献上<br>聖武天皇譲位し、孝謙天皇（七一八〜七七〇）即位 | |
| 七五一 | 三 | | ・大伴家持、越中より帰京（少納言に遷任）<br>『懐風藻』完成 | |
| 七五二 | 四 | | 東大寺大仏開眼供養 | |
| 七五四 | 六 | | ・大伴家持、兵部少輔に遷任（防人歌） | |
| 七五六 | 八 | | 太上天皇（聖武）崩御、遺品を東大寺に納める（正倉院） | |
| 七五七 | 天平宝字元 | | 橘奈良麿らの謀反発覚 | |
| 七五八 | 二 | 淳仁 | 淳仁天皇（七三三〜七六五）即位 | |
| 七五九 | 三 | | ・大伴家持、因幡守となる<br>『万葉集』最終歌（巻二十・四五一六）を詠む | |

| 西暦 | 年号 | 天皇 | 出来事　万葉関連事項 | 主な万葉歌人 |
|---|---|---|---|---|
| 七六二 | 天平宝字六 | | ・大伴家持、帰京 | |
| 〜<br>（七八四） | | | その後、信部大輔、薩摩守、大宰少弐、民部少輔などを経て参議となり、右京大夫兼春宮大夫、陸奥按察使鎮守将軍等を歴任<br>——歌日記　歌稿整理？ | |
| 七六四 | 八 | 淳仁 | 恵美押勝（藤原仲麿）反乱、近江に敗死 | |
| 七八四 | 延暦三 | | 長岡京遷都 | |
| 七八五 | 四 | | ・大伴家持、陸奥多賀城にて没 | |
| 七九四 | 一三 | 桓武 | 平安京遷都 | |
| 八〇七 | 大同二 | | ——この頃『万葉集』成る？（一説） | |

# 万葉地図

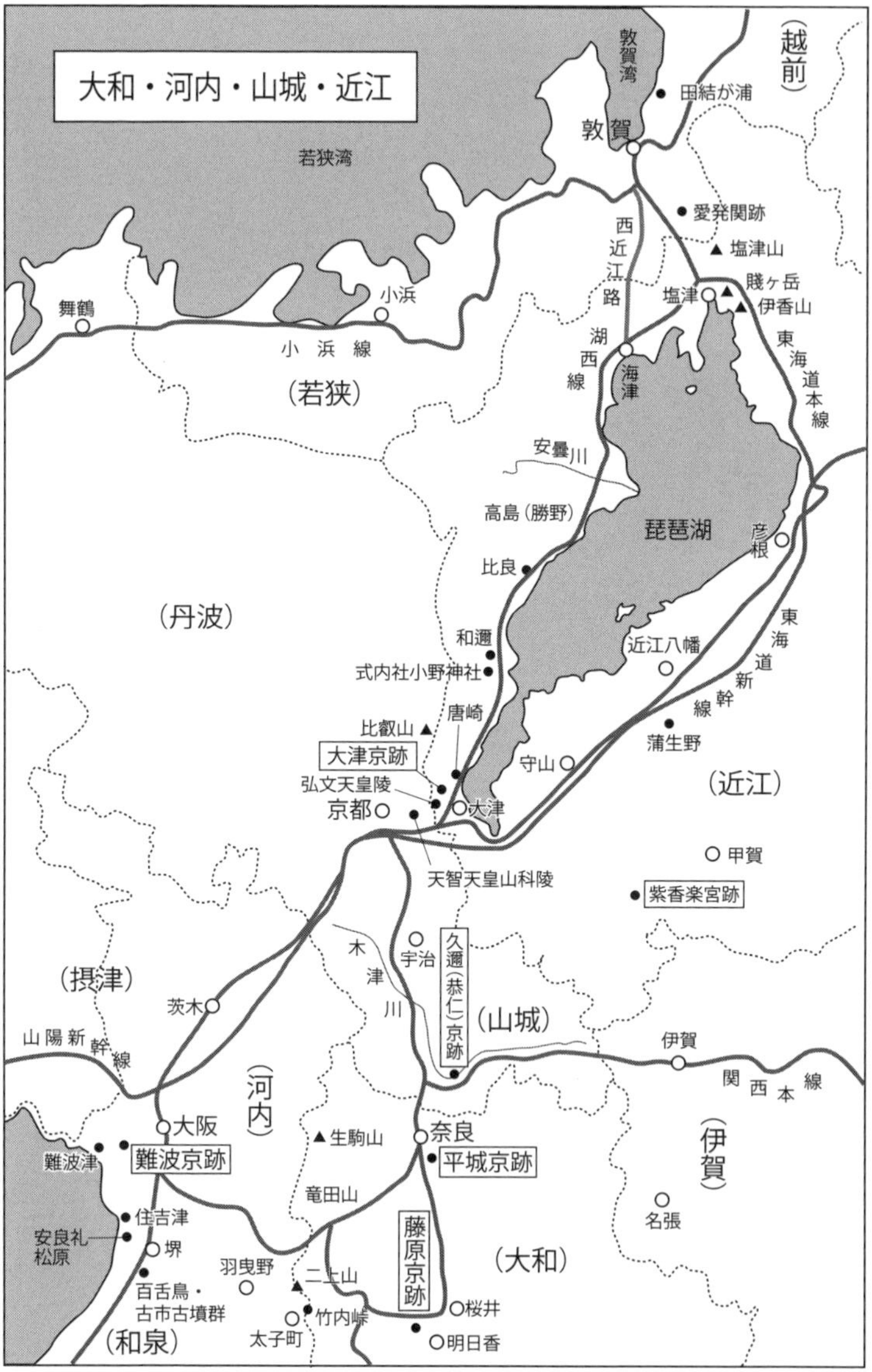
大和・河内・山城・近江
若狭湾
敦賀湾
敦賀
田結が浦
(越前)
愛発関跡
塩津山
西近江路
賤ヶ岳
塩津
伊香山
小浜
舞鶴
小浜線
湖西線
海津
東海道本線
(若狭)
安曇川
高島(勝野)
琵琶湖
彦根
比良
(丹波)
和邇
式内社小野神社
近江八幡
東海道新幹線
唐崎
比叡山
大津京跡
弘文天皇陵
蒲生野
守山
(近江)
京都
大津
甲賀
天智天皇山科陵
紫香楽宮跡
木津川
宇治
久邇(恭仁)京跡
(摂津)
茨木
(山城)
山陽新幹線
伊賀
関西本線
(河内)
大阪
奈良
生駒山
難波津
難波京跡
平城京跡
(伊賀)
竜田山
住吉津
藤原京跡
名張
安良礼松原
堺
羽曳野
二上山
(大和)
百舌鳥・古市古墳群
竹内峠
桜井
太子町
明日香
(和泉)

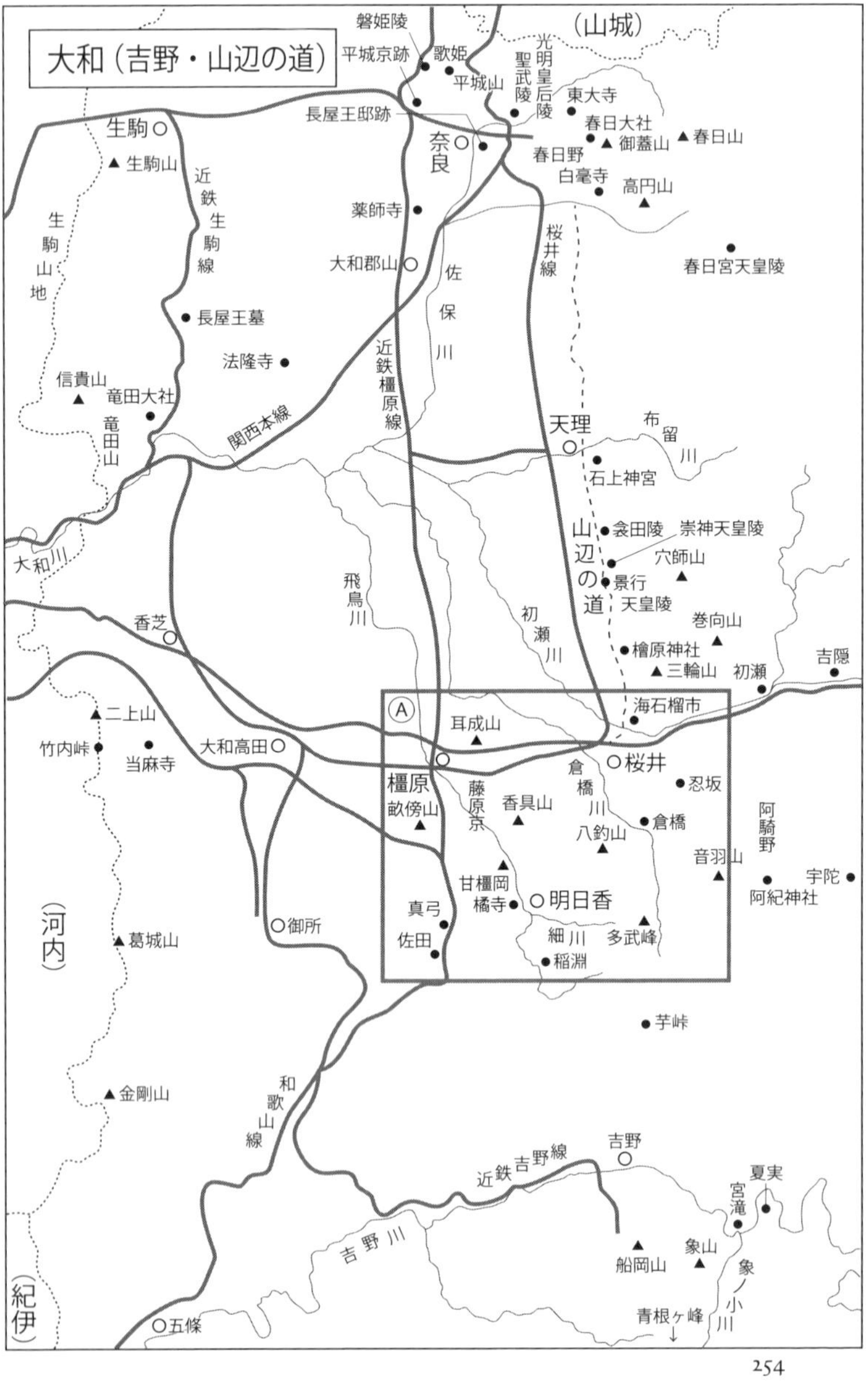

大和（吉野・山辺の道）
（山城）
磐姫陵
平城京跡
歌姫
平城山
光明皇后陵
聖武陵
東大寺
春日大社
御蓋山
春日山
長屋王邸跡
奈良
春日野
白毫寺
高円山
生駒
生駒山
近鉄生駒線
生駒山地
薬師寺
桜井線
春日宮天皇陵
大和郡山
佐保川
長屋王墓
法隆寺
近鉄橿原線
信貴山
竜田大社
竜田山
関西本線
天理
布留川
石上神宮
山辺の道
衾田陵
崇神天皇陵
穴師山
景行天皇陵
大和川
飛鳥川
初瀬川
巻向山
香芝
檜原神社
三輪山
初瀬
吉隠
二上山
海石榴市
竹内峠
当麻寺
大和高田
耳成山
桜井
橿原
忍坂
藤原京
倉橋川
畝傍山
香具山
倉橋
阿騎野
八釣山
音羽山
甘樫岡
宇陀
阿紀神社
橘寺
明日香
真弓
（河内）
葛城山
御所
細川
多武峰
佐田
稲淵
芋峠
金剛山
和歌山線
吉野
近鉄吉野線
夏実
宮滝
吉野川
象山
船岡山
象ノ小川
（紀伊）
青根ヶ峰
五條

## Ⓐ飛鳥（藤原京）周辺

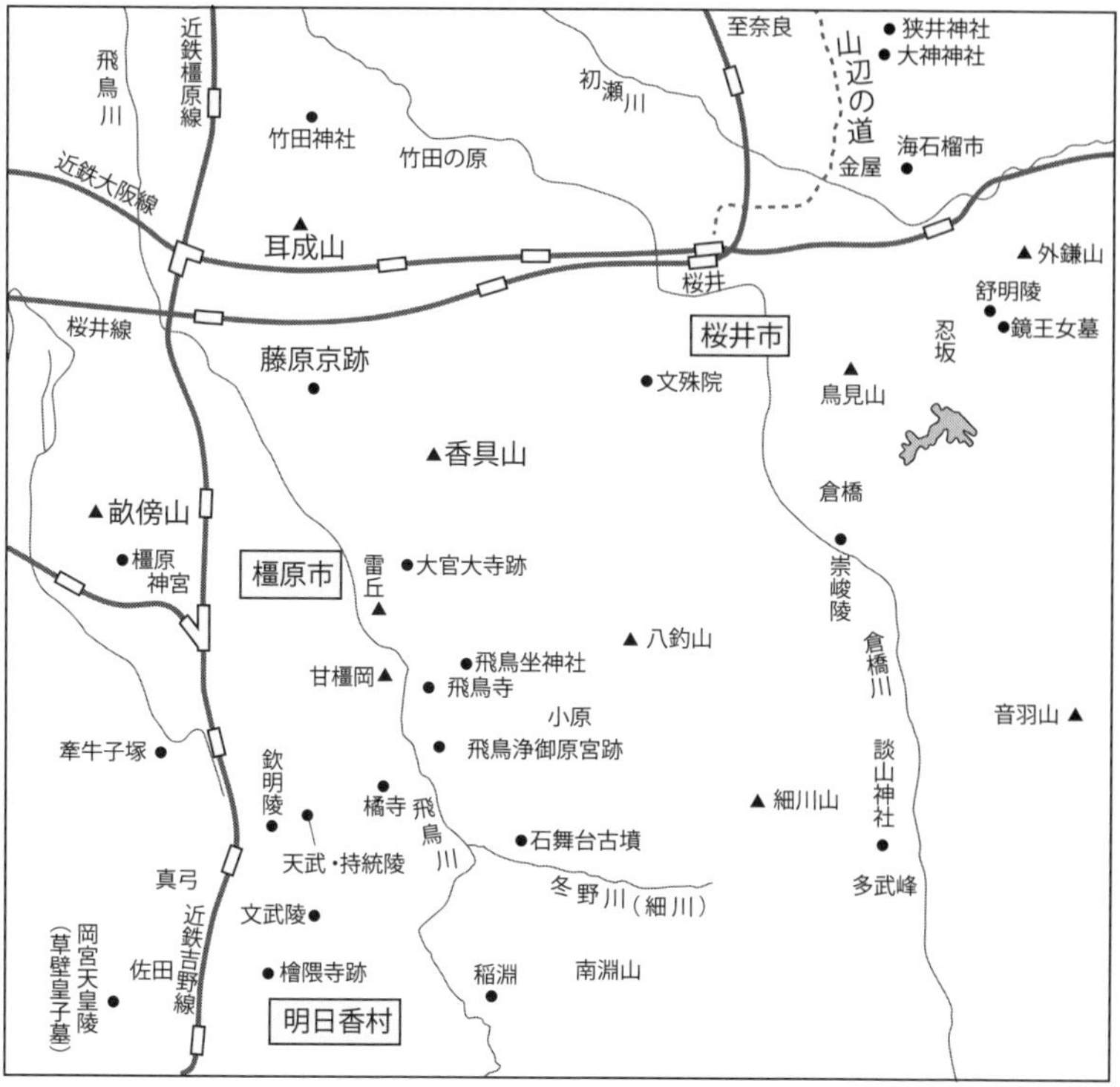

至奈良
狭井神社
大神神社
山辺の道
飛鳥川
近鉄橿原線
初瀬川
竹田神社
竹田の原
海石榴市
金屋
近鉄大阪線
耳成山
桜井
外鎌山
舒明陵
桜井線
桜井市
鏡王女墓
忍坂
藤原京跡
文殊院
鳥見山
香具山
倉橋
畝傍山
橿原神宮
橿原市
雷丘
大官大寺跡
崇峻陵
八釣山
倉橋川
飛鳥坐神社
甘樫岡
飛鳥寺
小原
音羽山
牽牛子塚
飛鳥浄御原宮跡
談山神社
欽明陵
橘寺
飛鳥川
細川山
石舞台古墳
天武・持統陵
真弓
冬野川（細川）
多武峰
近鉄吉野線
文武陵
岡宮天皇陵（草壁皇子墓）
佐田
檜隈寺跡
稲淵
南淵山
明日香村

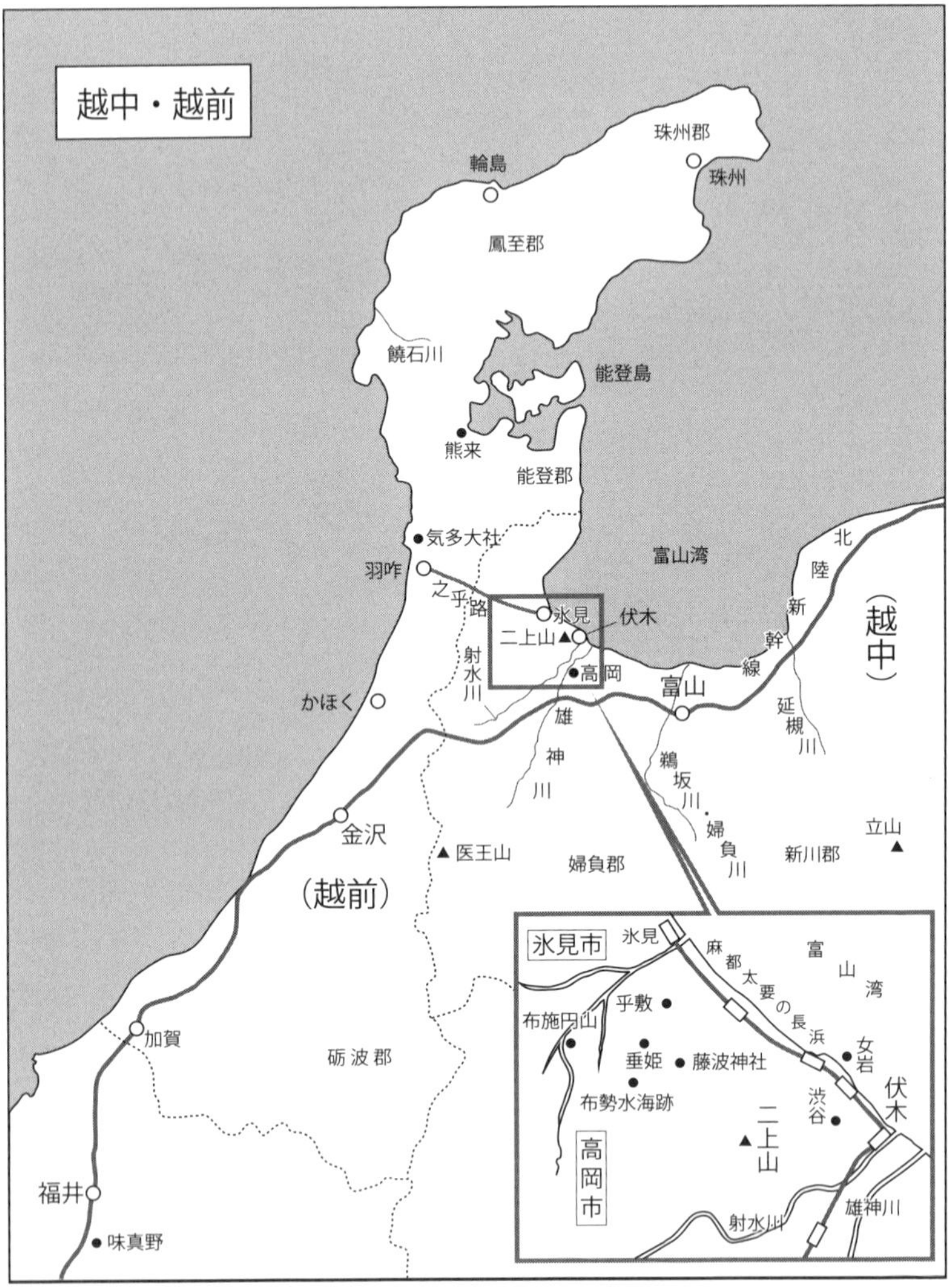
越中・越前
珠州郡
珠州
輪島
鳳至郡
饒石川
能登島
熊来
能登郡
気多大社
富山湾
羽咋
之乎路
氷見
伏木
二上山
射水川
高岡
富山
かほく
雄神川
北陸新幹線
（越中）
延槻川
鵜坂川
婦負川
立山
金沢
医王山
婦負郡
新川郡
（越前）
加賀
砺波郡
福井
味真野
氷見市
氷見
麻都太要の長浜
富山湾
乎敷
布施円山
垂姫
藤波神社
女岩
伏木
渋谷
布勢水海跡
二上山
高岡市
射水川
雄神川

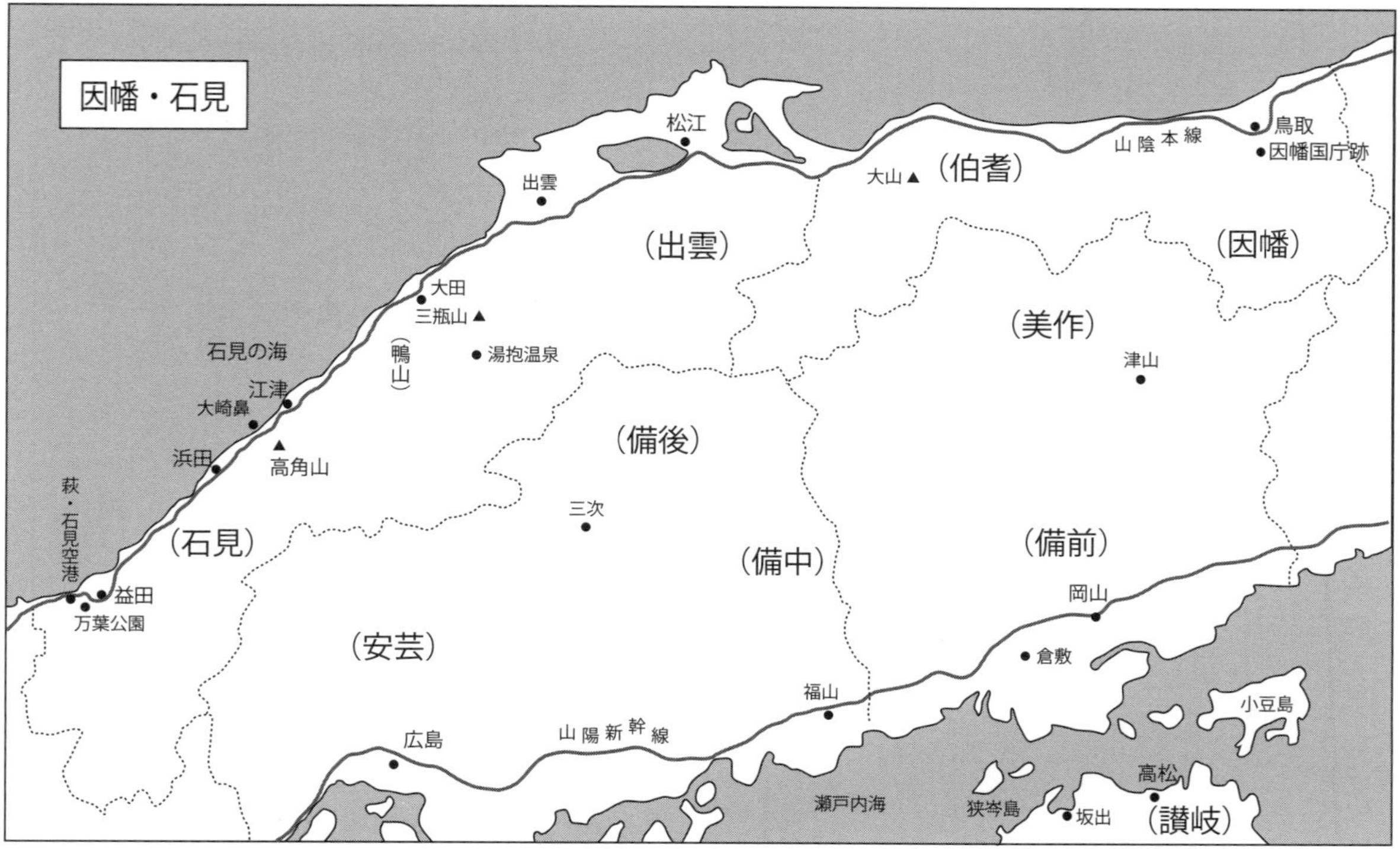

因幡・石見
松江
鳥取
山陰本線
因幡国庁跡
出雲
大山
(伯耆)
(出雲)
(因幡)
大田
三瓶山
(美作)
石見の海
湯抱温泉
(鴨山)
津山
江津
大崎鼻
(備後)
浜田
高角山
萩・石見空港
三次
(石見)
(備中)
(備前)
益田
万葉公園
岡山
(安芸)
倉敷
福山
小豆島
広島
山陽新幹線
高松
瀬戸内海
狭岑島
坂出
(讃岐)

# 天皇家系図

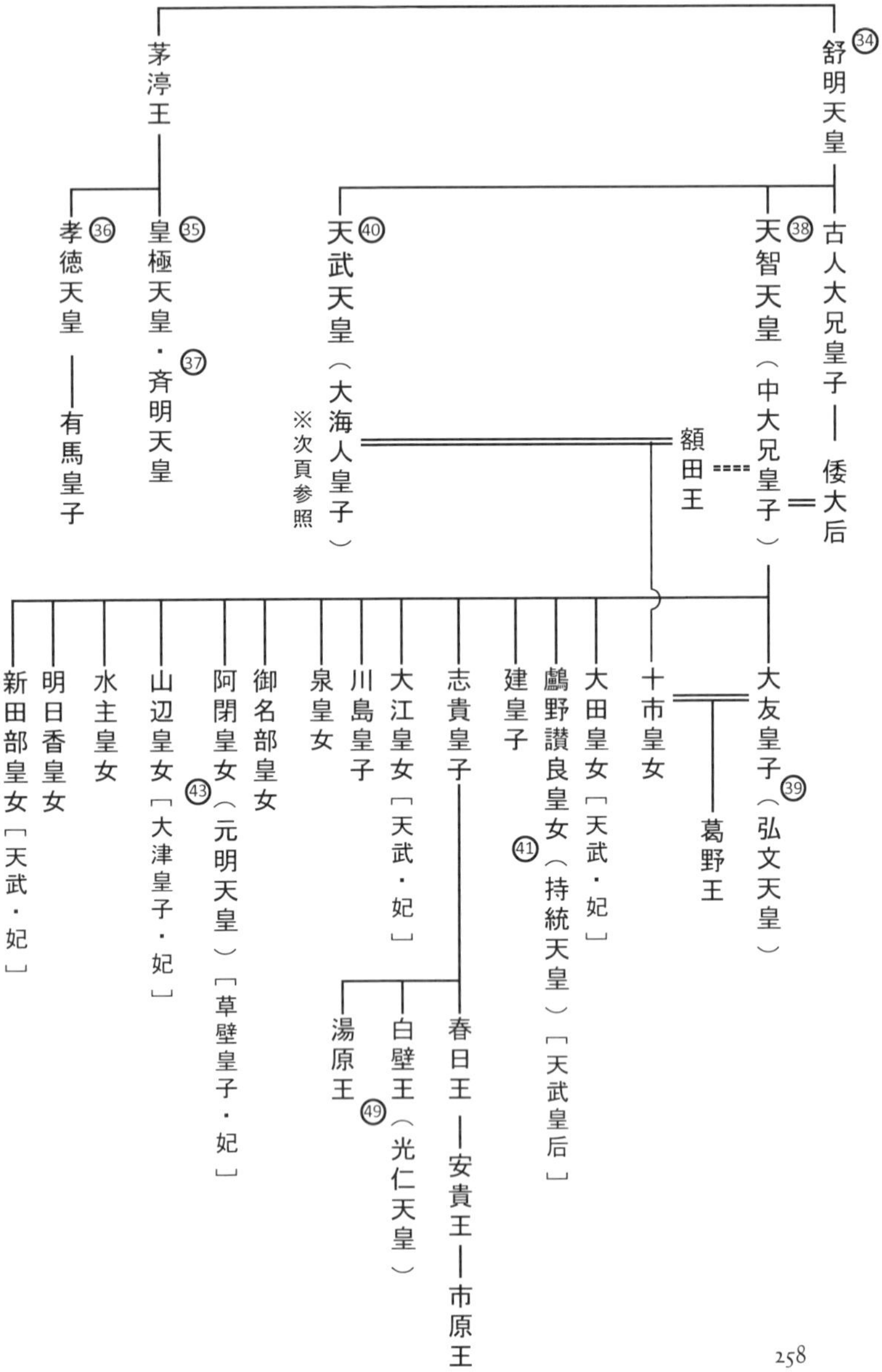

㉞舒明天皇
茅渟王
古人大兄皇子
倭大后
㊳天智天皇（中大兄皇子）
額田王
㊵天武天皇（大海人皇子）
※次頁参照
㉟皇極天皇・㊲斉明天皇
㊱孝徳天皇
有馬皇子
㊴大友皇子（弘文天皇）
葛野王
十市皇女
大田皇女［天武・妃］
㊶鸕野讃良皇女（持統天皇）［天武皇后］
建皇子
志貴皇子
春日王
安貴王
市原王
㊾白壁王（光仁天皇）
湯原王
大江皇女［天武・妃］
川島皇子
泉皇女
御名部皇女
㊸阿閉皇女（元明天皇）［草壁皇子・妃］
山辺皇女［大津皇子・妃］
水主皇女
明日香皇女
新田部皇女［天武・妃］

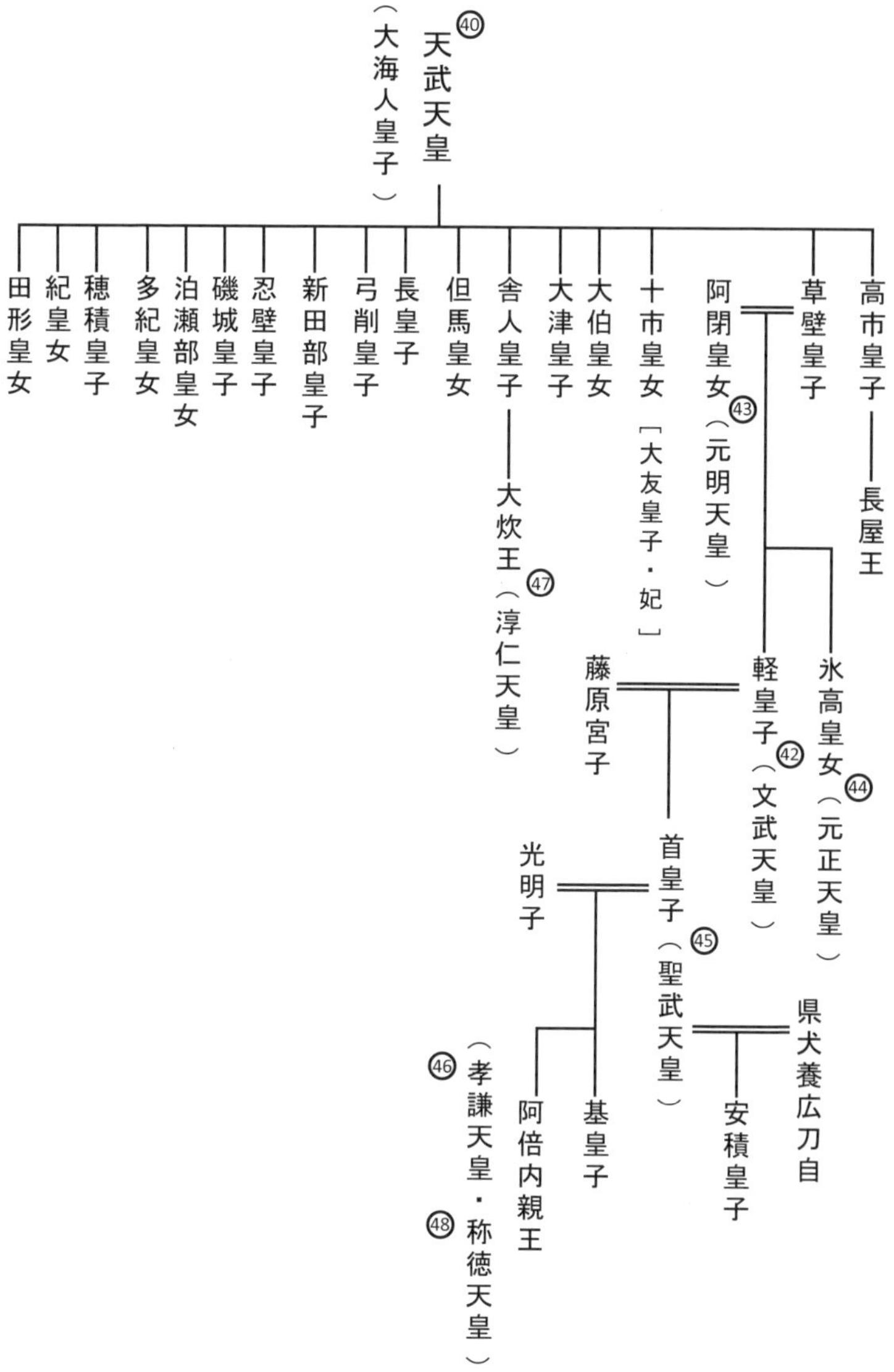

㊵天武天皇
（大海人皇子）
高市皇子
長屋王
草壁皇子
阿閉皇女㊸（元明天皇）
氷高皇女㊹（元正天皇）
軽皇子㊷（文武天皇）
藤原宮子
首皇子㊺（聖武天皇）
県犬養広刀自
安積皇子
光明子
基皇子
阿倍内親王
㊻（孝謙天皇・㊽称徳天皇）
十市皇女
［大友皇子・妃］
大伯皇女
大津皇子
舎人皇子
大炊王㊼（淳仁天皇）
但馬皇女
長皇子
弓削皇子
新田部皇子
忍壁皇子
磯城皇子
泊瀬部皇女
多紀皇女
穂積皇子
紀皇女
田形皇女

## 参考文献一覧

『日本古典文學大系　萬葉集　一～四』高木市之助、五味智英、大野晋校注　岩波書店　一九五七年五月～一九六二年五月
『日本古典文學大系　古事記　祝詞』倉野憲司、武田祐吉校注　岩波書店　一九五八年六月
『増訂　萬葉集全註釋　一～十四』武田祐吉　角川書店　一九五六年七月～一九五七年十二月
『折口信夫全集　第四巻　口譯萬葉集（上）～第五巻　口譯萬葉集（下）』折口博士記念古代研究所　中央公論社　一九六六年二月～一九六六年三月
『万葉集　上巻～下巻』（全二冊）伊藤博校注　角川ソフィア文庫　一九八五年三月～一九八五年四月
『万葉開眼（上）～（下）』土橋寛　日本放送出版協会　一九七八年四月～一九七八年五月
『柿本人麻呂　日本詩人選2』中西進　筑摩書房　一九七〇年十一月
『大伴家持　日本詩人選5』山本健吉　筑摩書房　一九七一年七月
『高市黒人・山部赤人　日本詩人選3』池田弥三郎　筑摩書房　一九七〇年九月
『笠金村・高橋虫麻呂・田辺福麻呂　人と作品』中西進編　おうふう　二〇〇五年九月
『柿本人麻呂　コレクション日本歌人選001』高松寿夫　笠間書院　二〇一一年三月

『大伴家持　コレクション日本歌人選042』小野寛　笠間書院　二〇一三年一月
『日本女歌伝』馬場あき子　角川書店　一九七八年十月
『日本文学の歴史2　万葉びとの世界』高木市之助、竹内理三編　角川書店　一九六七年六月
『山辺の道』田中日佐夫、入江泰吉　三彩社　一九六九年六月
『律令国家と万葉びと　日本の歴史　飛鳥・奈良時代』鐘江宏之　小学館　二〇〇八年二月
『カメラ紀行　萬葉の歌』山本健吉、葛西宗誠　淡交社　一九五七年十二月
『写真紀行　近江の万葉散歩』岸哲男　東方出版株式会社　一九九七年五月
『万葉集を歩く』安藤典子編集　ＪＴＢ　二〇〇一年
『越中万葉をたどる』高岡市万葉歴史館編　笠間書院　二〇一三年三月
『萬葉植物歌考』中根三枝子　渓声出版　二〇一〇年四月
『万葉花譜　春・夏～万葉花譜　秋・冬』松田修　国際情報社　一九八二年二月～一九八二年四月
『植物で見る万葉の世界』國學院大學「萬葉の花の会」「萬葉の花の会」事務局　二〇〇四年九月
『万葉集必携』五味智英編　學燈社　一九六七年八月
『万葉事始』坂本信幸、毛利正守編　和泉書院　一九九五年三月
『新版　日本史年表』歴史学研究会編　岩波書店　一九八四年六月

『萬葉秀歌上巻・下巻』齋藤茂吉　岩波新書　一九三八年十一月
『万葉の時代』北山茂夫　岩波新書　一九五四年十二月
『万葉群像』北山茂夫　岩波新書　一九八〇年十二月
『萬葉百歌』山本健吉、池田弥三郎　中公新書　一九六三年八月
『万葉の世界』中西進　中公新書　一九七三年十一月
『万葉の女流歌人』寺田透　岩波新書　一九七五年四月
『万葉びとの一生』池田弥三郎　講談社現代新書　一九七八年三月
『誤読された万葉集』古橋信孝　新潮新書　二〇〇四年六月
『万葉びとの宴』上野誠　講談社現代新書　二〇一四年四月
『古代飛鳥を歩く』千田稔　中公新書　二〇一六年四月
『万葉集から古代史を読みとく』上野誠　ちくま新書　二〇一七年五月
『大伴家持』藤井一二　中公新書　二〇一七年六月
『図説　万葉集』坂本勝（監修）　青春新書　二〇〇九年四月
『図説　古事記と日本書紀』坂本勝（監修）　青春新書　二〇〇九年一月
『万葉秀歌探訪』岡野弘彦　日本放送出版協会　一九九八年九月
『悲歌の時代』岡野弘彦　講談社学術文庫　一九九〇年七月
『万葉の旅（上）（中）（下）』犬養孝　現代教養文庫　一九六四年七月

『万葉大和を行く』山本健吉　河出文庫　一九九〇年五月
『万葉の人びと』犬養孝　新潮文庫　一九八一年十二月
『万葉花　動物・風月編』岡田憲佳、矢富厳夫　ニッポンリプロ　二〇〇五年八月
『万葉集事典』中西進編　講談社文庫　一九八五年十二月
『大和路・信濃路』堀辰雄　角川文庫　一九六〇年十二月
『冬の家族』岡野弘彦歌集　角川書店　一九六七年九月
『バグダッド燃ゆ』岡野弘彦歌集　砂子屋書房　二〇〇六年七月
『憧憬　古代史の吉野』桐井雅行（監修）　奈良県吉野町経済観光課　一九九二年三月
「國文學」特集　万葉歌人と歴史的背景　學燈社　一九六六年十一月
「國文學」特集　万葉の歌びとたち　學燈社　一九六八年一月
「國文學」特集　古典文学に見る愛のかたち　學燈社　一九六八年八月
「國文學」特集　古代ロマンの世界　學燈社　一九六八年十一月
「國文學」特集　万葉集の詩と永遠　學燈社　一九七二年五月
「國文學」特集　柿本人麻呂と大伴家持　學燈社　一九七六年四月
「國文學」万葉集の詩と歴史　學燈社　一九七八年四月
「國文學」〈愛〉の古典文学　學燈社　一九八一年四月
「國文學」飛鳥・奈良　記紀万葉の文学空間　一九八二年四月

「國文學」万葉集—その編集作業と多声性　二〇〇四年七月
「国語と國文學」特集　上代文学の研究　東京大学国文学会　一九六六年四月
「國學院雜誌」萬葉集特集号　國學院大學　一九六九年十一月
「國文學　解釈と鑑賞」万葉集の謎　至文堂　一九六九年二月
「国文学　解釈と鑑賞」特集　響きあう古代　至文堂　一九八〇年二月
「人」特集　わが万葉、わが古代　「人」短歌会　一九八五年一月
「芸術新潮」万葉集であるく奈良　新潮社　二〇一〇年四月
「よみがえる万葉大和路」株式会社ランダムハウス講談社　二〇一〇年三月

# あとがき

今、手元にすっかり変色した一枚のプリントがあります。

万葉の旅　折口古代研究所
・コース　奈良（飛鳥、吉野）を訪ねて
・期日　　十二月二十日〜二十四日
・見学地　平城京跡、春日山、橘寺……

等と記されています。旅に、夜行の急行「大和」をよく利用しましたが、東京・奈良間片道千六百三十円、急行料金四百円とあり驚いてしまいます。初めての万葉の旅、昭和四十一年の暮れ、五十年以上前のことです。

この年國学院大學に入学した私は、岡野弘彦先生の「万葉集研究会」を知り、「折口博士記念古代研究所」のドアをノックしたのは秋、間もなく万葉の旅でした。先生に導かれ、万葉の故地を訪ねて、奈良市内を歩き、飛鳥路を行き、吉野へと峠を越えました。朝から日の暮れるまで、毎日どれほど歩いたでしょうか。痛み始めた足をひきずりながら、一年生の私は、先生や先輩方についていくのが精いっぱい、旅とは歩くことなのだと身にしみました。それでも先生が道々、生き生きと語られる万葉歌や万葉の人々の姿を、平城の風に吹かれながら、大和の山なみを望みながら聞くのは楽しく心が躍りました。前の年に修学旅行で訪れた奈良とは全く別の、万葉の大和が、私の中にしっかりと刻まれた忘れえぬ旅です。

私の学生時代は一九六〇年代後半、騒然とした時代で、殊に私が三、四年生の頃は学内も揺れていました。学生部の仕事に当たられていた先生は、連日のように学生と厳しい対面をされていました。一般学生の私たちも無関心、無関係ではいられず、今という時代に学生であることや古典を学ぶこと、日本という国や平和について等未熟ながら自問し語り合う日々でした。こうした日常を心に持ちながらの旅でしたが、雨の日も小雪舞う日も歩き続ける大和や近江の自然の中で、不思議により近く万葉人の息づかいや足音を聞いたような気がしました。万葉の歌が、はるかに遠く美しいものというだけでなく、ここに確かに生きた人々の声や思いなのだと感じられました。私の『万葉集』への旅は、学生時代の万葉の旅が原点であり始まりでした。この旅は今も続いています。

二〇〇三年、旧友であり万葉の旅を共にした秋山佐和子さんが、短歌と評論の季刊誌「玉ゆら」を創刊され、万葉歌について書く機会を戴きました。創刊号よりこれまで六十回、自由に思いのままに書き続けられたこと、有り難く思います。掲出歌六十首は、秀歌だからとか特に意図があって選んだのではありません。季節が巡ってきたり、旅に出たり、前の歌との関わりからふと思い出したり……等、気持ちの趣くままに綴っています。ただ、終わり近くに大伴家持の歌を多くとりあげていますが、これは、私自身年齢を重ね、他の歌びとより少し多くの事が伝えられている家持の歌を、その人生に添いながら味わってみたいと考えたからです。まだまだ不十分ですが、家持の歌との新たな出会いも喜びでした。

また、「玉ゆら」の会員である吉崎敬子さんが声をかけて下さり「音読万葉集講座」に参加、四千五百余首を声に出して読み切ったのは貴重な体験であり、書き続ける大きな力となりました。受講生の方々との万葉の旅も楽しい思い出です。

こうして書き綴った六十首について読み返してみますと、統一感、歌の選出にも片寄りが見られます。長きにわたっての文章も、途中で書きようが変わっていたり、と難点が目につきます。歌の読みや解釈についても、不備や私の孤りよがりの点が少なくないと思いますがお許し願います。思いのままに綴ってきた六十首を、良い機会だからまとめるように勧められましたのに、そういうつもりはなく中途半端になるから、と渋る私の背中を更に強く押して下さったのは秋山さんでした。秋山さんの励ましと助言がなければまとめることはできませんでした。改めて感謝申し上げます。そして、連載を続けております「玉ゆら」という場に学び合う仲間がいてくれることも私の支えです。会員の皆様にお礼申し上げます。

本書をまとめるにあたりふり返りますと、いかに多くの方々から教えを受けているかが思われます。「万葉集研究会」の岡野弘彦先生や先輩、学び合った友。大学の『万葉集』の授業で講義して下さったのは久松潜一先生、静かな佇いでのお話にゆったりと万葉の時間が流れました。折にふれて参加している講座や先人の書物からも多くを学びました。そして、二〇〇七年から現在まで、池袋の明日館で岡野先生の『万葉集』『古事記』『伊勢物語』の講座を受講しています。九十歳を越えられた先生の講義を、再び生徒となって聴くことのできる幸せをしみじみと感じつつ、これからも万葉の歌を私の中に響かせて行きたいと思っております。

最後に、この度の出版に際し、本阿弥書店のスタッフの皆様に大変お世話になりました。殊に担当して下さった佐藤碧様には、常に暖かく細やかなご配慮を戴きました。また、装幀の渡邉聡司様は、私の想いを汲み、はるかな万葉の世界を描いて下さいました。本当に有り難く皆様に心よりお礼申し上げます。

二〇一八年　夏

鈴木　久美子

本書は、二〇〇三年七月から二〇一八年四月発行の「玉ゆら」に掲載した、「心に響く万葉の歌」六十回までを発表年月日順に収録した。執筆年月については、各回の文末に記した。

## 著者略歴

鈴木久美子（すずき・くみこ）

1948年　千葉県生まれ
1970年　國學院大学文学部卒業
2003年　「玉ゆら」創刊参画
　　　　「玉ゆら」短歌会所属

万葉《まんよう》のひびき

二〇一八年九月二五日　初版発行

著　者　鈴木久美子
〒二九九―三二三三
千葉県大網白里市永田一七六二―二

発行者　奥田　洋子

発行所　本《ほん》阿《あ》弥《み》書店
〒一〇一―〇〇六四
東京都千代田区神田猿楽町二―一―八　三恵ビル
電話　〇三―三二九四―七〇六八
振替　〇〇一〇〇―五―一六四四三〇

印刷・製本　日本ハイコム㈱

定　価　本体二七〇〇円（税別）



ISBN978-4-7768-1375-0 C0092（3091）